Né à New York en 1947, James Patterson publie son premier roman en 1977. La même année, il obtient l'Edgar Award du roman policier. Il est aujourd'hui l'auteur de plus de quarante best-sellers traduits dans le monde entier. Plusieurs de ses thrillers ont été adaptés à l'écran.

Maxine Paetro a travaillé pour plusieurs agences de publicité new-yorkaises de 1975 à 1987. C'est ainsi qu'elle a rencontré James Patterson et qu'a débuté leur collaboration, notamment sur la série des *Women's Murder Club*.

JAMES PATTERSON

ET MAXINE PAETRO

15ᵉ affaire

ROMAN TRADUIT DE L'ANGLAIS (ÉTATS-UNIS)
PAR NICOLAS THIBERVILLE

JC LATTÈS

Titre original :

15ᵀᴴ AFFAIR
Publié par Little, Brown and Company,
une division de Hachette Book Group.

À tous les fans du Women's Murder Club

I

1

Alison Muller n'était pas d'une beauté qu'on aurait pu qualifier de classique. Son visage avait quelque chose de saisissant, encadré par de longs cheveux blonds et barré d'une frange dégradée qui venait épouser les contours de ses larges lunettes de soleil. Vêtue d'un jean moulant et d'un manteau en cuir noir qui s'évasait au-dessus des genoux, elle s'avançait d'un pas décidé, rythmé par le claquement sec de ses talons hauts.

C'était l'après-midi, et tandis qu'elle progressait dans le hall nimbé d'une lueur dorée du Four Seasons Hotel, Ali observait chaque homme, femme ou enfant autour d'elle, qui traversant le hall, qui patientant au guichet ou se prélassant dans des fauteuils face à la cheminée, les classant en deux grandes catégories, touristes ou hommes d'affaires, et forçant les types qui la reluquaient à détourner le regard, tout en s'entretenant au téléphone avec sa fille Mitzi, âgée de cinq ans.

— Mais non, Mitzi, je n'ai pas oublié ton anniversaire. J'y ai pensé, et puis ça m'est un peu sorti de la tête.

— Si, tu as oublié !

— Pas complètement. En fait, je pensais que c'était demain.

— Tout le monde se demandait où tu étais passée.

— Je te promets de me faire pardonner, ma puce.

— Mais quand ? Tu vas faire quoi ?

Les pensées d'Ali la ramenèrent à l'homme qui l'attendait dans une chambre au quatorzième étage.

— Tu peux donner le téléphone à papa, s'il te plaît ?

Elle passa devant l'éblouissante exposition d'art moderne et arriva au niveau des ascenseurs, tout au fond du hall. Là, elle patienta derrière un couple de Français qui discutaient pour savoir où ils iraient dîner, et s'ils avaient le temps de prendre une douche et de se changer.

Ali en profita pour consulter ses e-mails, les gros titres du *Investors Business Daily*, ainsi que le texto de Michael, qui lui demandait si elle s'était perdue.

— J'ai essayé de la consoler, fit soudain la voix de son mari. Mais c'est peine perdue.

— Je suis certaine que tu vas gérer ça au mieux, mon chéri. Je lui commanderai quelque chose sur Internet en rentrant.

— Et tu comptes rentrer bientôt ?

Mon Dieu, ces questions. Ces incessantes questions.

— Après le dîner, répondit-elle. Désolée, mais ce rendez-vous est extrêmement important. (Les portes de l'ascenseur s'ouvrirent.) Je t'embrasse, je dois y aller.

— Dis au moins au revoir à Mitzi.

Et merde !

— Deux secondes, je ne capte plus.

Ali s'avança dans la cabine et s'adossa dans un coin, son manteau entrouvert laissant apercevoir la crosse d'un pistolet calé derrière sa ceinture. Les portes se refermèrent et l'ascenseur démarra, rapide et silencieux.

Parvenue au quatorzième étage, elle s'avança dans le couloir au sol recouvert d'une épaisse et luxueuse moquette.

— Allô, miss Mitzi?

Elle arriva face à la chambre 1420 et frappa trois coups légers. La porte s'ouvrit.

— Joyeux anniversaire, mon petit cœur. Je rentre bientôt, d'accord? Gros bisous.

Elle raccrocha, entra dans la pièce et referma la porte derrière elle avant de se jeter dans les bras de Michael.

— Tu es en retard, lui reprocha-t-il.

2

Michael Chan ôta les lunettes d'Alison et retint son souffle. Il ne pouvait plus se passer de cette femme – pourtant, il avait essayé. Elle lui sourit et il posa ses mains de chaque côté de son visage pour l'embrasser fougueusement.

Un baiser qui en appela d'autres, profonds et chargés de promesses. Michael souleva Ali et elle enroula ses jambes autour de lui tandis qu'il se dirigeait vers le lit. La suite était somptueuse, décorée dans les tons bleus et bronze et illuminée par un non moins somptueux coucher de soleil, qui donnait à la vue sur San Francisco des airs d'aquarelle.

Mais Chan remarqua à peine le panorama. Alison exhalait un délicieux parfum d'orchidées et de musc, et elle était en train de lui lécher délicatement le lobe de l'oreille.

— Tu me rends dingue, murmura-t-il. Complètement dingue.

Il la déposa sur le matelas.

— Pas si vite, susurra-t-elle, haletante.

— Bien sûr, répondit-il. Je sais être patient.

Le sang pulsait dans ses veines. Les mains sur les hanches, il l'observa pour voir ce qu'elle allait faire.

Elle leva vers lui son regard de braise et détailla sa silhouette et les traits de son visage comme si elle cherchait à les mémoriser. Leurs rencontres étaient peu fréquentes, mais lorsqu'ils se retrouvaient, ils aimaient faire semblant d'être des étrangers. C'était leur petit jeu.

— Dites-moi au moins votre nom, souffla-t-elle.

— Vous d'abord.

Il lui retira ses bottes et elle se redressa pour s'asseoir et se débarrasser de son manteau, qu'elle repoussa au bord du lit. Michael s'empara alors du pistolet qu'elle gardait à sa ceinture, jeta un œil dans le viseur, renifla le canon et posa l'arme sur la table de nuit.

— Intéressant, fit-il. Bel objet.

Il lui demanda de s'allonger puis s'étendit sur le lit à côté d'elle et repoussa les mèches de cheveux qui lui tombaient devant les yeux.

— Quel est votre nom ?

— Je m'appelle… Renata.

— Et moi Giovanni. Prince de Gorgonzola.

Elle partit d'un grand éclat de rire. Un rire magnifique.

— Je rencontre enfin le Prince du Fromage !

Michael se força à conserver un visage impassible.

— Tout à fait. Et on ne fait pas attendre un membre de la famille royale.

Il lui caressa la joue puis glissa la main dans le décolleté de son chemisier.

— Il me semble vous avoir déjà rencontré, dit-elle.

Il défit un à un les boutons nacrés.

— Je ne crois pas, non. Je m'en souviendrais, répondit-il en posant la main sur ses seins.

Il lui agrippa soudain les cheveux et lui tira la tête en arrière. Elle laissa échapper un gémissement.

— Vous m'avez payé trois pièces d'or. Je vous ai suivi dans votre chambre, dans un hôtel face à la fontaine de Trevi.

— Je n'ai jamais séjourné à Rome.

Il la retourna pour qu'elle se retrouve dos à lui et, du bout des doigts, suivit la courbure de son corps, descendant jusqu'à la hanche et se délectant des sons qui montaient de sa gorge comme elle se tortillait pour se dégager.

— Tu as parlé à ton mari?

— Pourquoi cette question?

— Parce que j'aimerais qu'il te mette à la porte.

Il se releva pour lui enlever son jean et se déshabiller entièrement.

Il n'entendit pas le bruit derrière la porte.

Ça ne lui ressemblait pas. D'ordinaire, ses sens étaient parfaitement aiguisés, mais son esprit était tout entier accaparé par les délices qui l'attendaient. Alison le dévisageait avec un air étrange.

— Écoute, souffla-t-elle. Quelqu'un essaie d'entrer.

— C'est le ménage! annonça une voix.

— Je n'ai pas fermé la porte, fit Chan. Et toi?

— Non, moi non plus.

— Revenez plus tard! cria Chan.

Mais la porte était déjà en train de s'ouvrir. Les roulettes du chariot d'entretien franchirent la barre de seuil. Michael ramassa son pantalon en hâte et se dirigea vers l'entrée.

— *Non! Attendez!* hurla-t-il.

Trois détonations fusèrent, étouffées par un silencieux. Peu importait que Michael Chan ait reconnu son assassin.

Extinction des feux.

Game over.

Michael Chan n'était plus de ce monde.

3

La semaine avait été rude, et nous n'étions encore que lundi.

Mon coéquipier, Rich Conklin, et moi-même venions de témoigner contre Edward «Ted» Swanson, un flic responsable de la mort de dix-huit personnes, et dont le parcours sanguinaire avait pris fin à l'issue d'une fusillade avec les hommes de Kingfisher, un baron de la drogue réputé pour son extrême violence, qui avait des raisons d'en vouloir à Swanson.

Pourtant, Swanson avait toujours joui d'une excellente réputation au sein du SFPD. C'est pourquoi Conklin et moi avions ressenti une profonde indignation en découvrant son autre facette, celle du ripou psychopathe.

Au cours de sa «carrière» parallèle, Swanson avait dérobé à Kingfisher plus de cinq millions de dollars en drogue et en espèces. Ce trafiquant, connu sur toute la côte ouest pour sa sauvagerie, n'avait pas considéré ces vols comme de simples pertes inhérentes au métier.

Après la fusillade, alors que Swanson avait sombré dans le coma et était hospitalisé en soins intensifs,

Kingfisher s'était dit que le meilleur moyen de récupérer son bien consistait à diriger ses menaces sur l'enquêteur en charge de l'affaire.

Et cet enquêteur n'était autre que moi.

Il s'était mis à m'abreuver d'appels téléphoniques irrationnels, parfaitement intraçables et totalement terrifiants.

Par la suite, quand Swanson était sorti de l'hôpital et s'était vu inculper de meurtre et de trafic de stupéfiants, les appels avaient cessé. Une semaine plus tard, les autorités mexicaines avaient découvert le corps de Kingfisher en Basse-Californie. Le cauchemar était-il fini ?

Parfois, certains événements effrayants nous traumatisent a posteriori, lorsqu'on réalise à quel point les choses auraient pu mal tourner.

C'était le cas avec Swanson.

Se rendre compte qu'on a été manipulé par un flic véreux, c'est avoir l'impression que le monde autour de soi s'est ébranlé. On reconsidère ses amitiés, on ne sait plus à qui faire confiance, ni si on peut encore se fier à son propre jugement. J'étais satisfaite de mon témoignage contre Swanson ce jour-là. Richie aussi s'en était bien sorti, et c'était maintenant au jury de se prononcer sur la culpabilité ou l'innocence de Swanson.

— Cette histoire est enfin derrière nous, commenta mon coéquipier. Il est temps de passer à autre chose.

Il était un peu plus de 18 heures, et je m'apprêtais à quitter l'immeuble en granit qui abrite le Palais de Justice lorsque mon mari m'envoya un texto pour me dire qu'il rentrerait tard et qu'il restait du poulet rôti dans le frigo.

J'étais déçue de ne pas voir Joe, mais tandis que je sortais sous un beau et lumineux soleil estival, je me consolai en pensant que j'allais passer une soirée paisible avec ma fille, et que dans trois heures, montre en main, je serais en route pour le pays des rêves.

Je démarrai mon vieil Explorer, et je venais juste de m'extraire du grondement de l'heure de pointe sur Bryant Street lorsque je reçus un appel du boss.

— Scène de crime au Four Seasons, Boxer, annonça Brady. J'ai besoin de toi sur place.

La seule scène à laquelle j'avais envie d'assister, c'était ma fille en grenouillère et moi avec un verre de chardonnay à la main. Mais la brigade criminelle était en sous-effectif, mon coéquipier et moi ne croulions pas sous les enquêtes, et Brady était un bon lieutenant à qui je ne pouvais rien refuser.

— Tu as prévenu Conklin?

— Il est déjà en chemin.

J'effectuai un demi-tour dans Geary Street et, vingt minutes plus tard, je retrouvai mon coéquipier dans le luxueux hall du Four Seasons. Conklin était aussi fatigué que moi, mais ça lui allait plutôt bien.

— On va être payés en heures sup', me glissa-t-il.

— Génial! m'exclamai-je avec un manque d'enthousiasme de circonstance. Il t'a dit quoi, Brady?

— Il m'a demandé d'être rapide et efficace.

— Plutôt que lent et approximatif?

Richie éclata de rire.

— Apparemment, le Four Seasons a hâte de nous voir déguerpir.

Nous empruntâmes l'ascenseur jusqu'au quatorzième étage et débouchâmes sur un couloir bouclé par des policiers en uniforme. Adossés contre les murs, ils s'étaient postés au niveau des sorties en attendant notre arrivée.

Nous passâmes sous le ruban jaune et saluâmes d'un hochement de tête les collègues que nous connaissions. Parvenus à la porte de la chambre 1420, nous signâmes le registre que nous tendit le policier en faction.

— Qui a appelé ? lui demandai-je.

— Le responsable de la sécurité. Des clients avaient signalé des coups de feu.

— Ça donne quoi, à l'intérieur ?

— C'est pas beau à voir.

— Allez, au boulot, fis-je en me tournant vers Conklin.

4

Le policier s'écarta et nous découvrîmes le corps nu d'un homme gisant sur le dos, à environ cinq mètres de la porte d'entrée. Il avait reçu une balle dans le front, une autre dans l'œil droit, et une dernière dans la poitrine pour faire bonne mesure.

— Selon toi? demandai-je à mon coéquipier. La trentaine? Type asiatique?

Conklin hocha la tête.

— Il porte une montre de luxe et une alliance. A priori, on n'a pas affaire à un cambriolage.

J'entendis soudain quelqu'un prononcer mon nom.

Charlie Clapper, le directeur de la police scientifique de San Francisco, apparut devant nous.

— Boxer, Conklin. Bienvenue au Four Seasons. Que puis-je faire pour rendre votre séjour plus agréable?

— Nous dire que tu as identifié la victime, que l'assassin est en garde à vue et qu'il vient d'avouer.

Clapper est un ancien de la criminelle, un professionnel de haut vol qui connaît son métier sur le bout des doigts.

— Je ne sais pas si les miracles existent, répondit-il en riant, mais il n'y en a pas eu aujourd'hui.

Je jetai un coup d'œil derrière Clapper. Les techniciens de scène de crime passaient déjà les lieux au peigne fin. Équipée de fenêtres insonorisées, la luxueuse suite jouissait d'une vue spectaculaire sur la ville. Il y avait beaucoup de sang autour du corps de la victime, mais la chambre derrière lui était impeccable.

J'observai la moquette et la tapisserie bleu argenté, les draps légèrement froissés, le couvre-lit encore en place. Pas de bouteille de vin entamée ou de restes de repas. La télévision était éteinte.

Tout cela donnait l'impression que la chambre 1420 n'avait été utilisée qu'un court instant avant que son occupant ne soit abattu.

Conklin demanda à Clapper de nous livrer les premiers éléments.

— Pour commencer, il semblerait que la victime ait eu de la compagnie. On a retrouvé des traces de rouge à lèvres et plusieurs longs cheveux blonds sur l'une des taies d'oreiller. En revanche, aucun portefeuille, bagage, ou papier d'identité. Pas de vêtements ou de chaussures.

— Super.

Clapper poursuivit :

— La victime s'est enregistrée sous le nom de Gregory Wang. Il a utilisé une carte de crédit au même nom ; le paiement est passé mais il n'y a aucun Gregory Wang à l'adresse correspondant à la carte – ni nulle part ailleurs. D'autre part, la chambre a été nettoyée. On n'a retrouvé aucune empreinte. La carte

23

qui a servi à ouvrir la porte appartient à Maria Silva, une femme de ménage. Elle n'est pas en service en ce moment et elle ne répond pas sur son téléphone. Une voiture de patrouille s'est rendue chez elle.

— Et les empreintes de la victime, ça donne quoi ? demanda Conklin.

— *Nada*. Il n'est pas répertorié dans la base de données. Il n'a jamais fait partie de l'armée, il n'a jamais enseigné en école primaire et son casier est vierge. Mais ce n'est pas tout. Il y a une autre scène de crime dans la chambre voisine, porte de droite. Ça ne peut pas être une coïncidence, mais j'avoue que pour l'instant, le lien entre les deux m'échappe.

5

Le docteur Claire Washburn nous attendait dans la chambre voisine – médecin légiste en chef, Claire est également ma meilleure amie. Elle brandit ses mains gantées pour me montrer pourquoi elle préférait ne pas m'étreindre.

— Dépêchez-vous de jeter un coup d'œil, on ne va pas tarder à emporter les corps.

Il y avait donc plusieurs cadavres ?

La chambre, plus petite que celle que nous venions de quitter, était décorée de la même manière et possédait la même vue sur les toits de la ville.

La principale différence tenait à ce qu'elle renfermait deux fois plus de victimes.

Les deux corps gisaient sur la moquette bleu pâle, un jeune homme noir et une jeune femme blanche, tous deux âgés d'une vingtaine d'années.

La fille portait un jean et une chemise à motifs écossais dans les tons pastel. Ses cheveux roux s'étalaient autour de son visage où se lisait une expression de surprise. Le garçon portait un pantalon en velours noir et un tee-shirt sous un pull bleu à col en V.

J'avais l'impression que le garçon s'était fait tirer dessus alors qu'il était assis au bureau, et que la fille devait se trouver dans un fauteuil près de la table basse. À la façon dont les corps s'étaient effondrés, ils avaient dû se lever précipitamment en entendant arriver leur agresseur. Les balles étaient toutes venues se loger au niveau de leurs troncs et dans les fauteuils où ils étaient assis.

Leur sang avait éclaboussé les murs et les meubles, mais je ne repérai aucune douille.

— À quand remonte la mort? demandai-je à Claire.

— Une heure environ.

— Ils ont été identifiés?

— Il n'y a rien d'autre dans cette pièce que ces deux jeunes et les vêtements qu'ils portent sur eux.

— Leurs empreintes n'ont rien donné, ajouta Clapper. Ils se sont enregistrés sous de faux noms. Tout a été nettoyé, comme dans la chambre voisine. J'irais même jusqu'à dire que la pièce n'a jamais été aussi propre.

Tandis que Claire et ses techniciens plaçaient les deux cadavres anonymes dans des sacs mortuaires, je remarquai des câbles et des chargeurs de batterie posés sur le sol, derrière le bureau.

— Regarde, lançai-je à mon coéquipier. Ces deux jeunes étaient venus avec des ordinateurs portables. Certains dispositifs de surveillance sont connectés à Internet et peuvent être activés à distance avec une application dédiée.

— Tu penses que les victimes étaient des détectives privés? demanda Conklin.

26

— Si c'est le cas, il devrait y avoir des caméras miniatures dans la chambre voisine.

— On va vérifier ça, fit Clapper.

Il quitta la pièce et revint quelques minutes plus tard avec trois petits « bugs ». Il avait retrouvé le premier sur une douille au-dessus du miroir de la salle de bains, le deuxième sur la lampe du bureau et le troisième au niveau de la conduite de ventilation.

— Et toujours pas la moindre empreinte, ajouta-t-il.

Je contactai le lieutenant Jackson Brady pour le mettre au courant de nos découvertes, puis envoyai un texto à Joe pour l'avertir que je risquais de rentrer tard dans la nuit. Pour finir, je téléphonai à Mme Rose, une adorable grand-mère qui habite l'appartement face au nôtre et qui est devenue la nounou de notre fille.

— Pouvez-vous rester un peu plus tard ? lui demandai-je. Je crois qu'il y a du poulet dans le frigo.

— C'est pour vous que je l'avais cuisiné, me dit-elle en rigolant.

— Avec des spaetzle ?

— Bien entendu.

Je promis de la contacter dès que je serais sur le chemin du retour. J'essayai ensuite de rappeler Joe, puis lui envoyai un message. Aucune réponse.

Où était passé mon mari ? Pourquoi ne répondait-il pas ?

— Le responsable de la sécurité veut nous voir au plus vite, me prévint Conklin.

6

Liam Dugan était un solide quinquagénaire, un ancien sergent du LAPD à présent responsable de la sécurité au Four Seasons.

— Quel carnage, hein ? me dit-il tout en nous conduisant vers le placard où était entreposé le matériel de nettoyage.

Il ouvrit la porte, et là, nous vîmes, coincé derrière le chariot de ménage, le corps de Maria Silva.

Elle avait les cheveux bruns coupés court et portait la tenue bleue et or des employés de l'hôtel. Une trace de sang coagulé était visible sur son épaule.

— C'était une femme charmante, fit Dugan. Mariée, deux enfants. Désolé, mais je pensais qu'elle était encore vivante, alors je l'ai touchée. J'ai également dû déplacer le chariot et deux ou trois autres objets pour pouvoir rentrer dans le placard. Elle a pris une balle dans la nuque. Son passe a disparu. Les employées de ménage ont toutes un passe attaché à un cordon qu'elles portent autour du cou.

Nous isolâmes cette nouvelle scène de crime derrière un ruban jaune, puis je m'approchai des policiers chargés de surveiller les lieux pour leur demander d'attendre la relève avant de quitter leur poste.

Après ça, Conklin et moi regagnâmes la chambre 1418, où nos deux détectives présumés avaient été exécutés. Nous étudiâmes les traces de sang en essayant d'élaborer des scénarios.

Ces quatre meurtres portaient clairement la signature d'un professionnel et semblaient liés les uns aux autres. M. Wang apparaissait comme la cible principale, et Maria Silva avait sûrement été la première à mourir.

La femme qui avait laissé des cheveux blonds sur l'oreiller pouvait être, au choix, un simple témoin de la scène, l'assassin, une complice ou encore une victime. Elle pouvait également avoir quitté l'hôtel avant que les choses ne s'enveniment et ignorer ce qui s'était passé. Tout était possible.

Nous rejoignîmes Dugan au QG de la sécurité, où nous visionnâmes les enregistrements des caméras de surveillance correspondant aux quatre dernières heures. Six endroits clés avaient été sélectionnés.

— Je vous laisse un plan de l'étage, proposa Dugan. Si vous avez besoin de quoi que ce soit, n'hésitez pas à venir me trouver.

Sur le coup de 20 heures, on nous apporta des sandwichs au rosbif, des pickles, des chips et du café. À 22 heures, j'allai me passer un peu d'eau sur le visage dans les toilettes pour femmes.

Je me regardai dans le miroir. J'avais les cheveux en bataille, mais pas dans le style « blonde à la peau cuivrée qui passe ses journées à la plage ». Non, plutôt comme si mes cheveux me détestaient. Je refis ma queue-de-cheval et fixai intensément le reflet de mes yeux cernés. J'avais aussi besoin d'une bonne douche. Je m'arrêtai là.

De retour au QG de la sécurité, je venais à peine de poser mes fesses sur ma chaise que Conklin pointa son doigt sur un homme qui apparaissait à l'image, et qui ressemblait fort à notre victime d'origine asiatique : l'homme de la chambre 1420 qui s'était enregistré sous le nom de Gregory Wang.

On le voyait sortir de l'ascenseur menant au hall de l'hôtel, situé au cinquième étage de l'immeuble, puis s'approcher du comptoir. Il était seul, portait un pantalon de couleur sombre, un blouson gris et une casquette qui dissimulait en partie son visage. Une sacoche d'ordinateur pendait à son épaule droite. Il s'enregistra à l'accueil puis s'éloigna et quitta le champ de la caméra. Il réapparaissait ensuite sur les images d'une autre caméra, au niveau des ascenseurs permettant d'accéder aux chambres.

L'enregistrement se révélait d'excellente qualité, mais hormis le pas alerte de Wang, il n'y avait rien d'intéressant à glaner sur ces images. Je repassai une nouvelle fois le moment où Wang traversait le hall en direction des ascenseurs. J'observai les numéros s'afficher tandis que la cabine s'élevait vers les étages, s'arrêtant à plusieurs reprises avant d'atteindre le quatorzième puis de redescendre.

Je visionnai ensuite les images issues de la caméra de surveillance positionnée à la sortie des ascenseurs, au quatorzième étage. On voyait Wang quitter la cabine à 16 h 30, s'avancer dans le couloir et glisser sa carte d'accès pour ouvrir la porte de la chambre 1420.

— Il ne frappe pas, fis-je remarquer à voix haute.
Son invitée n'était pas encore arrivée.

Nous fîmes défiler les images en avance rapide; les gens entraient et sortaient de leurs chambres ou des ascenseurs. Aucun n'éveilla nos soupçons. Nous arrêtâmes les images lorsqu'une employée de ménage apparut en poussant un chariot. À 17 heures, Maria Silva était toujours vivante.

À 17 h 52, une femme blonde sortit de l'ascenseur.

— Tiens, tiens, dis-je.

Elle était en pleine conversation téléphonique. Ses cheveux, ses lunettes de soleil et le portable qu'elle tenait près de sa bouche m'empêchaient de bien voir son visage. Son allure générale était celle d'une femme élégante et sûre d'elle. Nous la regardâmes longer le couloir jusqu'à la chambre 1420. Elle toqua, la porte s'ouvrit et elle entra.

Nous laissâmes défiler l'enregistrement, dans l'attente de l'apparition des agresseurs. Nous allions sûrement les voir abattre la femme de ménage puis pénétrer dans la chambre voisine de la 1420 pour liquider les deux détectives privés.

À 18 h 23, l'écran devint subitement gris.

Nous poursuivîmes notre visionnage en espérant que la coupure serait brève, mais il n'y avait plus rien à voir.

Plus aucune image.

Nous avions donc quatre cadavres sur les bras et pas le moindre début de piste sur l'identité, le mode opératoire et les motivations du ou des assassins.

Ça ne me plaisait pas.

Vraiment pas du tout.

7

Il était 3 heures du matin lorsque j'arrivai enfin chez moi, avec un mal de crâne de la taille d'un champignon atomique.

Martha, notre border collie et fidèle amie à fourrure, m'accueillit à la porte. Ses jappements réveillèrent Mme Rose qui s'était endormie sur le canapé, mais heureusement, pas Julie. J'étreignis chaleureusement notre adorable baby-sitter, et lorsqu'elle prit congé pour regagner son appartement, je jetai un œil à l'écran de mon téléphone.

Joe ne m'avait toujours pas rappelée.

Ce n'était pas la première fois que Joe passait toute une journée sans me donner de nouvelles. Il avait décroché un poste de consultant auprès des services de la sûreté aéroportuaire et pouvait très bien s'être retrouvé pris dans une série de réunions, ou absorbé par des problèmes d'organisation liés aux protocoles de sécurité.

Il adorait son travail, dans lequel il s'investissait souvent sans compter, mais il était tout de même plus de 3 heures du matin ! Je n'avais pas même reçu le moindre texto depuis dix-huit heures.

J'étais bien sûr inquiète. Lui était-il arrivé quelque chose?

J'allai embrasser ma petite princesse endormie, puis laissai échapper un profond soupir et sentis aussitôt la tension s'évacuer de mon corps. Je restai un instant à la regarder respirer, ma main posée sur son dos. Après m'être assurée qu'il n'y avait pas de courant d'air et que ma fille était au sec et dormait paisiblement, je remontai sa couverture et refermai doucement la porte.

J'allai prendre un Advil suivi de la douche bien chaude dont je rêvais depuis plusieurs heures. J'enfilai mon pyjama et allai une dernière fois vérifier que Julie dormait bien avant de me mettre au lit. Je sombrai instantanément dans un profond sommeil.

Environ une heure plus tard, mes yeux s'ouvrirent d'un seul coup.

Joe n'était toujours pas rentré.

Je tapotai le bord du lit et Martha sauta pour me rejoindre, tourna plusieurs fois sur elle-même et se blottit contre moi. Je passai mon bras sur son flanc et repensai aux quatre victimes du Four Seasons. Je me remémorai chacune des scènes de crime en espérant que le sommeil m'aiderait à trouver des réponses aux nombreuses questions qui demeuraient en suspens.

Lorsque je me réveillai à nouveau, il faisait jour.

La nuit ne m'avait pas porté conseil, mais Joe ronflait, allongé à côté de moi.

8

J'embrassai mon mari.

— On est quel jour? demanda-t-il en ouvrant ses beaux yeux bleus

Je lui répondis et il se rendormit aussitôt.

Je le secouai pour le réveiller.

— On est quel jour? demanda-t-il à nouveau.

— Mardi, deuxième édition. Il est 6 h 45 et j'aimerais bien savoir pourquoi tu n'as pas répondu à mes appels. J'ai essayé de te joindre au moins dix fois.

— Désolée, Linds, mon portable était éteint.

— Permets-moi de te dire que je l'ai mauvaise.

Je lançai mes jambes par-dessus le bord du lit, mais Joe enroula son bras autour de ma taille et m'attira contre lui.

— Plusieurs personnes de notre liste de surveillance sont apparues sur le registre des passagers. Je ne peux pas t'en dire davantage.

— OK.

Je me tortillai pour tenter de sortir du lit, mais il refusa de desserrer son étreinte.

— Je suis désolé, Linds.

— Ça va, mais n'oublie pas que je m'inquiète quand tu ne me donnes pas de nouvelles.

— Je sais. C'est pareil pour moi.

Nous nous enlaçâmes et je commençai à me radoucir un peu. Voire plus qu'un peu. Je tâchai d'oublier les affreuses images de cadavres qui restaient tapies dans mon esprit, et même de m'empêcher d'écouter si Julie dormait toujours. Martha posa son museau sur le bord du lit et Joe la repoussa sans perdre le rythme.

Nous fîmes l'amour avec passion. Rien d'inédit, mais ce fut un instant délicieux, alors qu'un simple baiser me semblait inenvisageable quelques minutes plus tôt.

Je m'effondrai à côté de Joe, le bras sur son torse et la tête posée sous son menton.

— C'était bien, soufflai-je.

— Bien ? Compte tenu de mon âge et du fait que je n'ai quasiment pas dormi ?

J'éclatai de rire.

— C'était génial, Joe. Ça n'a jamais été aussi bon !

— On remet ça ?

— Garde un peu de force pour ce soir, répondis-je en riant à nouveau.

Je m'habillai et sortis avec Martha pour un jogging le long de Lake Street. Avant de rentrer, je m'étirai longuement en observant le lever de soleil, les premiers automobilistes et les autres joggers qui promenaient leurs chiens.

De retour à l'appartement, je vis Julie assise dans sa chaise haute et sentis une bonne odeur de pancakes flotter dans l'air. J'allai embrasser ma fille et lui faire un câlin.

— Tu es trop mignonne, ma chérie. Tu as dit merci à papa pour les pancakes ?

— Nooooon, s'écria-t-elle en abattant ses mains sur la tablette.

— OK, je vois que c'est toujours ton mot préféré.

— Nooooon, gazouilla-t-elle en riant aux éclats.

— Bon, alors c'est moi qui vais le remercier.

Je passai les bras autour de la taille de mon mari et le serrai fort.

— Je t'aime tellement, Joe. Merci d'avoir préparé ce bon petit déjeuner.

— Mais de rien. Allez, assieds-toi.

Je m'installai à la table baignée par la lumière éclatante du soleil matinal. Joe servit les pancakes accompagnés de bacon croustillant, et entre deux bouchées, je donnais à manger à Julie, qui se régalait avec ses céréales.

Le moment était idyllique. L'image même du bonheur. Je n'avais jamais connu de petits déjeuners joyeux dans mon enfance, alors j'en profitais au maximum.

— J'ai vu que tu m'avais appelé à 3 heures du matin, fit remarquer Joe.

— Je venais juste de rentrer. Une scène de crime horrible au Four Seasons. À croire que le quatorzième étage s'était transformé en abattoir.

Je lui livrai tous les détails, histoire de profiter de sa perspicacité et de son intelligence.

— Parmi les points qu'il nous reste à éclaircir, il y a cette femme mystérieuse qu'on a vue entrer dans la chambre de l'une des victimes. (Je m'efforçai de la décrire le mieux possible.) C'était peut-être sa maîtresse, une call-girl ou même sa femme. Je ne sais pas… Ce qui est certain, c'est qu'elle est la seule personne vivante à pouvoir répondre à nos questions.

— La frange et les lunettes de soleil constituent un excellent camouflage, observa Joe. Même le fait de parler au téléphone permet de déformer la bouche et de rendre presque impossible une identification par reconnaissance faciale. Encore un peu de café?

— Non, merci. Je vais aller prendre une douche.

Je restai longtemps sous le jet en repensant à cette femme blonde et aux précieuses informations qu'elle serait en mesure de nous apporter si jamais nous parvenions à la retrouver.

En attendant, le cadavre de la chambre 1420 était notre point de départ.

9

Je retrouvai Claire en salle d'autopsie où, vêtue d'une combinaison et les mains gantées, elle était en train de procéder à l'examen du corps de l'homme retrouvé mort dans la chambre 1420. Elle avait pratiqué une incision en Y qui descendait jusqu'au pubis.

— Ça donne quoi? lui demandai-je.

— Tu sais depuis combien de temps je suis médecin légiste? rétorqua-t-elle en guise de réponse.

— Depuis que je suis grande comme ça, indiquai-je en posant ma main sur ma tête.

Claire et moi avions démarré dans la police en même temps, il y avait de ça une douzaine d'années.

— Et tu sais combien d'autopsies je réalise en moyenne en une seule année?

— Dis-le-moi, ça ira plus vite.

Elle déposa le foie de la victime sur le plateau de sa balance. Bunny Ellis, l'une des assistantes de Claire, me salua d'un geste et prit les notes que Claire lui tendait.

— À peu près mille deux cents.

— OK.

Claire était d'humeur grincheuse; ça ne lui ressemblait pas.

— Ce que je déteste le plus…

— Ce sont les enfants morts. Je sais.

— Et en deuxième position, ce sont les victimes abattues en pleine force de l'âge, toutes ces personnes qui auraient pu mener des vies riches et productives. Comme cet homme, Wang ou peu importe son vrai nom. Il était en parfaite santé. Ses organes sont sains, ses os et ses articulations dignes d'un athlète. Je ne suis même pas certaine qu'il ait souffert de brûlures d'estomac une seule fois dans sa vie.

— Tu peux m'en dire un peu plus?

— Il a une cicatrice sur le genou, poursuivit Claire tout en continuant à manier le scalpel. Sûrement une chute de vélo quand il avait six ans. C'est à peu près tout.

— Contenu de l'estomac?

— Sandwich jambon-crudités et thé vert.

— Analyses sanguines?

— J'attends les résultats. Je dois aussi envoyer ça au labo, ajouta-t-elle en me montrant un récipient en inox contenant trois balles de revolver. Calibre moyen, je dirais du neuf millimètres. Comme tu le vois, rien de bien folichon. Je te parie un hamburger que l'arme du crime n'est pas répertoriée.

— C'est au tour de qui, après?

— Hé, je n'ai que deux mains, Lindsay! Et je n'en ai pas encore terminé avec Wang.

— Message reçu, Butterfly. Je te laisse bosser.

— Je m'occupe de la jeune femme anonyme dès que j'en ai terminé avec lui, fit Claire en se radoucissant.

Elle aussi semblait en parfaite santé. Une peau de pêche. Elle avait tout juste l'âge de conduire et de voter. J'aurai besoin de renfort pour boucler tout ça aujourd'hui. Pendant ce temps-là…

— Oui ?

— Le téléphone n'arrête pas de sonner. La hiérarchie. Le maire. Les médias. J'ai d'autres corps à autopsier pour d'autres affaires. Si tu as un moment pour déjeuner, les filles voulaient se retrouver au MacBain's.

En disant «les filles», elle voulait parler de Cindy et Yuki, les deux autres membres du club que Cindy avait baptisé le Women's Murder Club, et dont Claire et moi faisions également partie.

— Je vais essayer de me libérer.

Je quittai Claire et regagnai à grandes enjambées le Palais de Justice via la passerelle qui le reliait à l'institut médico-légal. Je présentai mon insigne au type du détecteur de métal puis empruntai l'escalier pour rejoindre la salle de la brigade, au quatrième étage. L'équipe de jour avait commencé à investir les lieux, mais plusieurs téléphones sonnaient dans le vide.

Brady était dans son bureau, la minuscule pièce vitrée située dans un recoin tout au fond de la salle. Il me vit arriver de loin et se leva pour m'ouvrir la porte.

Blond, taciturne, Brady possède un physique de lutteur et la bravoure qui va avec. Il est du genre obsédé par le travail vingt-quatre heures sur vingt-quatre.

— Du neuf ? s'enquit-il sans préambule.

— Pas plus que cette nuit. C'est du boulot de professionnel. On attend d'identifier un témoin qui pourrait se révéler capital.

Toutes ses lignes se mirent à sonner avant qu'il n'ait pu me demander de penser à le tenir informé en direct.

10

MacBain's est le bistrot de quartier pour tous les flics, avocats et autres cautionnaires qui travaillent dans ce coin de Bryant Street. Claire et moi nous tenions sur le pas de la porte, intriguées par l'agitation qui régnait à l'intérieur du pub. Des grappes de clients étaient agglutinées au comptoir, toutes les tables occupées : cela ressemblait à un pot de départ en retraite.

Il était encore temps de faire demi-tour et de choisir un autre endroit pour déjeuner, mais Sydney, l'une des serveuses, pointa son doigt en direction du juke-box lorsqu'elle nous aperçut.

— Venez, elles sont là.

Cindy Thomas se leva et nous fit signe de la main. Elle portait sa « tenue de détective » : sweat à capuche gris clair, tee-shirt et jean. Journaliste spécialisée dans les affaires criminelles pour le compte du *San Francisco Chronicle*, Cindy s'habillait ainsi presque tous les jours.

J'avais parfois de la peine pour elle.

Cindy était une fille adorable, heureuse dans sa vie professionnelle et sentimentale, mais son malheur tenait à ce que son fiancé et son amie, à savoir mon coéquipier et moi-même, ne pouvaient rien divulguer de leurs enquêtes. Cindy représentait les médias, et généralement, les journalistes et les flics ne sont pas les meilleurs amis du monde.

Yuki Castellano, le bras juridique du Women's Murder Club, était assise à côté de Cindy, contre le mur, adossée à un tonneau de cacahuètes. Tailleur noir impeccable, chignon, collier de perles, elle avait revêtu son armure d'avocate.

Claire et moi nous faufilâmes à travers la foule. Je progressais dans son sillage, guidée par le pull rose qu'elle avait enfilé par-dessus sa combinaison. Je portais quant à moi mon ensemble habituel, qu'il pleuve ou qu'il fasse soleil, à la ville comme au travail : pantalon bleu, chemise blanche, veste bleue, les cheveux tirés en queue-de-cheval, mon insigne autour du cou.

Je me glissai sur une chaise face à Yuki, Claire s'assit à côté de moi, et nous levâmes toutes la main en même temps.

— On va commander maintenant, déclara Claire lorsque Syd arriva.

Syd nota les cuissons pour les quatre burgers – bleu, saignant, à point et bien cuit. Nous commandâmes également du thé glacé, sauf Yuki, qui opta pour un rhum Coca, avec beaucoup de rhum.

— Tu bois avant d'aller au tribunal ? m'étonnai-je.

— Le procès a été annulé à cause de circonstances indépendantes de ma volonté.

Au même instant, les clients derrière nous entonnèrent une chanson à boire, en applaudissant et en tapant du pied. Yuki dut hurler pour nous raconter l'histoire de sa cliente, Sandra, une étudiante de dix-huit ans accusée de complicité dans un braquage à main armée. D'après Yuki, Sandra attendait dans la voiture de son petit ami le retour de ce dernier, parti acheter une bouteille d'alcool dans une épicerie. Du moins, c'était ce que le jeune homme lui avait dit. Mais il était venu armé et dans une tout autre intention, et lorsque le gérant du commerce avait actionné son alarme, le petit ami lui avait tiré une balle en pleine poitrine.

Accusée de complicité, la cliente de Yuki encourait une peine allant de quinze à vingt ans de réclusion si l'épicier survivait à ses blessures. Sa caution avait été fixée à un montant ridiculement élevé, une somme dont sa famille n'avait été capable de rassembler que dix pour cent.

— J'ai vu Sandra pas plus tard qu'hier, fit Yuki. Je lui ai répété que j'avais des contacts au bureau du district attorney, et que si elle témoignait contre son enfoiré de copain, je pourrais sûrement lui obtenir un allégement de peine – un allégement considérable.

— Et elle a refusé ! intervint Cindy.

Yuki secoua la tête.

— Ce matin, juste avant l'audience, elle a déchiré ses draps et elle s'est pendue aux barreaux de sa cellule… Pourquoi ? Pourquoi elle a fait ça ? Pourquoi elle ne m'a pas écoutée ? Même sans charger cet abruti, elle aurait pu être condamnée à une peine beaucoup plus légère que ce qu'elle craignait. Quand je pense à sa pauvre famille… Ça me rend malade !

Elle enfouit sa tête dans ses mains, et nous nous efforçâmes de la consoler. Lorsque son verre arriva, elle en but la moitié d'une seule traite. Sachant pertinemment qu'elle avait tendance à surestimer sa capacité de résistance à l'alcool, j'étais certaine qu'elle repartirait de ce déjeuner en titubant.

Claire embraya en pestant contre les cadavres venus récemment s'ajouter à ceux qui s'entassaient déjà dans sa morgue – sans mentionner les noms et les détails. Cindy dressa aussitôt l'oreille.

— Au fait, Claire, j'ai entendu parler de la tuerie du Four Seasons. Tu ne peux pas me laisser sur ma faim. Donne-moi au moins un petit os à ronger.

Je me fis la réflexion que Cindy pouvait peut-être nous aider. Si nous ne parvenions pas à identifier les victimes du Four Seasons, elle pouvait diffuser leurs portraits dans le *Chronicle*. Mais nous n'en étions pas encore là.

Promenant mon regard autour de la table, je vis à quel point mes trois amies semblaient sous pression. Une tension que le fait d'avoir à crier pour se faire entendre par-dessus les clameurs de la salle ne faisait qu'accentuer.

Pour ma part, j'étais heureuse. Ma vie était plutôt agréable ces derniers temps. Ma petite famille se portait à merveille, Joe et moi avions tous les deux du travail, de bons salaires, et même les quatre heures passées à fixer un écran d'ordinateur n'avaient pas réussi à me faire complètement redescendre du petit nuage sur lequel nos ébats matinaux m'avaient propulsée.

Il ne me serait pas venu à l'esprit de penser que les choses pouvaient changer vite.

Très vite.

11

Je regagnai le Palais de Justice après le déjeuner et retrouvai Conklin en salle de pause. Il était en train de jeter les restes de son repas chinois à emporter.

— Le responsable de la sécurité nous a envoyé un enregistrement vidéo du hall de l'hôtel, m'apprit-il. Il contient les images filmées avant et après celles qu'on a déjà visionnées. Peut-être que les deux jeunes de la chambre 1418 sont arrivés aux alentours de midi.

Je demandai aux inspecteurs Lemke et Samuels de se pencher sur la séquence enregistrée entre 20 h 30 et minuit, et leur remis plusieurs images de la mystérieuse femme blonde, issues de captures d'écran. Je nouai mes cheveux en queue-de-cheval, fis craquer mes doigts et m'installai à côté de mon coéquipier.

— Au boulot ! déclarai-je en lançant la vidéo.

12 h 30. Le luxueux hall grouillait de clients et d'hommes d'affaires qui se dirigeaient vers l'entrée du MKT, le restaurant de l'hôtel. Conklin et moi passâmes trois heures épaule contre épaule à fixer les images, une séance de visionnage uniquement

ponctuée par quelques allers-retours aux toilettes, histoire aussi de se dégourdir les jambes.

Lorsque l'équipe de jour commença à quitter les lieux, j'avais les yeux desséchés et les tempes battantes. Il était 15 h 27 sur la vidéo. Je cliquai sur Pause.

Une jeune femme poireautait devant le desk, en jean et veste matelassée, le cou enveloppé dans une grosse écharpe. S'agissait-il de l'un des deux jeunes détectives privés retrouvés morts dans la chambre 1418? Je m'apprêtais à appeler Conklin pour lui faire part de mon interrogation, lorsque la fille se dirigea vers l'ascenseur. Je vis tout de suite que je m'étais complètement trompée.

Au même instant, je me rendis compte que Conklin venait de pointer son index vers une autre partie de l'écran.

— J'ai l'impression d'avoir déjà vu ce type sur un autre enregistrement. Une séquence filmée un peu plus tard.

Il fit tournoyer la flèche du pointeur de la souris autour d'un homme de forte corpulence qui se tenait dos à l'objectif de la caméra, vêtu d'un manteau épais et coiffé d'un bonnet. Les détails de sa silhouette et des traits de son visage étaient presque entièrement obscurcis – et pourtant, il me semblait familier.

— Il me fait penser à Dugan, lâchai-je. Le type de la sécurité.

Nous observâmes le gros homme qui s'éloignait des caméras, se faufilant entre les groupes de personnes de telle manière que nous eûmes beau zoomer, faire des arrêts sur image, il nous fut impossible d'obtenir une vue même partielle de son visage.

— Il connaît l'emplacement des caméras, commenta Conklin.

— Comme si c'était un professionnel. Viens, on va essayer de le choper sur l'autre enregistrement.

J'introduisis le disque dans le lecteur. Nous l'avions déjà visionné une dizaine de fois, mais à présent, nous avions un objectif. Au bout de quelques minutes, je reconnus notre homme qui suivait une trajectoire mouvante pour échapper à l'œil des caméras avec la dextérité d'un quarter horse. Il disparaissait dans la foule, réapparaissait quelques secondes plus tard telle une grosse tache sombre. Il finit par disparaître des images pour de bon.

Le timecode indiquait 16 h 20 à l'arrivée dans le hall de M. « Wang ». Une heure et vingt-cinq minutes plus tard, la sublime et mystérieuse blonde faisait son entrée théâtrale.

Je connaissais ce passage par cœur.

J'imprimai plusieurs captures d'écran de Wang, de la blonde, ainsi que de l'« homme-anguille ». J'en étais à remercier Lemke et Samuels pour leur aide lorsque le téléphone de mon bureau se mit à sonner. C'était Brady :

— Le voiturier a retrouvé le véhicule de l'homme assassiné dans la chambre 1420.

— Sérieux ?

— Une Subaru Outback appartenant à un certain Michael M. Chan. La photo et la description du DMV correspondent : taille, poids, couleur des yeux. Âge : trente-deux ans. Il n'avait pas de casier et vivait à Palo Alto avec sa femme, Shirley, et ses deux jeunes enfants. Le couple enseignait à Stanford. Lui était prof d'histoire chinoise, elle prof de mandarin. C'est tout ce que j'ai pour l'instant. Je t'envoie les coordonnées en texto.

Je remerciai Brady et me tournai vers mon coéquipier.

— On tient enfin une piste sérieuse, Rich.

— Il n'est jamais trop tard !

12

Un doux soleil d'après-midi éclairait les somptueuses bâtisses du quartier de Professorville, à
Palo Alto. Nous quittâmes University Avenue pour
nous engager dans Waverley Street, une rue bordée
d'arbres où les jardins rivalisaient de luxuriance.

La maison du couple Chan était située sur le côté
sud de la rue, au beau milieu d'un bloc. Murs vert
sauge, architecture de style Craftsman, la demeure
possédait une large lucarne rampante qui faisait face
à la rue. L'allée centrale était encadrée par des mas-
sifs de fleurs soigneusement entretenus.

Notre vieux véhicule de surveillance, maquillé en
minivan familial, avec un autocollant GO GIANTS
sur le pare-chocs arrière, était positionné le long du
trottoir opposé, juste en face de la maison.

Nous nous garâmes dans l'allée du garage, derrière une Chevrolet break rutilante. Je contactai
Brady pour l'informer que nous étions arrivés, puis
Conklin et moi nous dirigeâmes vers la porte d'entrée. Je pressai le bouton de la sonnette. Une femme
d'origine asiatique âgée d'une petite trentaine d'années, en pantalon de jogging gris et tee-shirt rose

Life Is Good, vint nous ouvrir. Une croix en or pendait à une chaîne autour de son cou. Elle portait des lunettes de créateur à monture violette.

J'écartai l'un des pans de ma veste pour lui montrer mon insigne, me présentai ainsi que mon coéquipier, puis lui demandai si elle était bien Shirley Chan et si nous pouvions entrer pour discuter un peu avec elle. La frayeur s'alluma dans ses yeux comme deux petites flammes sombres. Elle savait déjà que nous n'étions pas venus lui vendre des billets de tombola pour la fête annuelle de la *Police Benevolent Association*.

— C'est à propos de Michael ? demanda-t-elle en posant la main sur sa clavicule. Il va bien ? Je vous en supplie, dites-moi qu'il va bien.

Ni Conklin ni moi ne répondîmes, et durant ce bref silence, le regard de Mme Chan se promena entre nous deux, pour finalement se poser sur Conklin.

Mon coéquipier possède une beauté magnétique et sait toujours comment s'y prendre avec les femmes, qu'il s'agisse d'une junkie, d'une tueuse en série, d'une fêtarde ou d'une vieille dame perdue dans un parking. En l'occurrence, nous avions affaire à une épouse sur le point d'apprendre que son mari avait été assassiné après avoir passé un moment intime en compagnie d'une magnifique créature que nous n'avions toujours pas réussi à identifier.

Mme Chan s'effaça pour nous laisser entrer.

Nous la suivîmes à travers le hall jusqu'à un salon composé de meubles en pin délavé et de petits canapés recouverts de tissus dans les tons kaki. Un large écran plat trônait au-dessus de la cheminée.

Deux enfants, qui semblaient âgés de cinq et sept ans, levèrent les yeux vers nous. Ils remarquèrent instantanément la détresse sur le visage de leur mère.

— Qu'est-ce qu'il y a, maman ? demanda la petite fille en se relevant.

Elle agrippa sa mère par la taille. Mme Chan avait les mains qui tremblaient. Sa voix aussi, lorsqu'elle demanda à ses enfants de monter dans leur chambre. Ils protestèrent en gémissant jusqu'à ce qu'elle finisse par s'écrier :

— Haley. Brett. Obéissez tout de suite !

Les deux petits s'enfuirent à l'étage.

Mme Chan refusait de s'asseoir et nous dévisageait, la main devant la bouche. Je sortis la photo de Michael Chan que Brady m'avait remise et la lui présentai.

— Cet homme est-il bien votre mari ?

— Oh, mon Dieu ! Il a eu un accident de voiture ?

— Quand l'avez-vous vu pour la dernière fois, madame Chan ? lui demanda Conklin d'une voix douce.

— Hier matin. Il m'a appelée dans l'après-midi, mais il n'est pas rentré à la maison hier soir. Ça ne lui ressemble pas du tout. Où est-il ? Où est Michael ? Il lui est arrivé quelque chose ?

— Désolé de vous l'apprendre, madame, répondit mon coéquipier. Votre mari a été assassiné hier après-midi.

13

Conklin s'était installé au volant de notre voiture de patrouille et nous regagnions San Francisco sous le soleil déclinant. Assise à l'arrière, effondrée, Mme Chan était au téléphone avec sa sœur, qui vivait à Seattle. Brady nous contacta pour nous informer que le maire avait menacé de faire appel au FBI si nous ne progressions pas plus vite dans notre enquête. La presse avait eu vent de l'affaire, et traité le sujet sur un mode hystérique qui avait insufflé la peur dans tous les hôtels de la ville.

— Cette histoire risque de faire très mal au secteur du tourisme, ajouta-t-il.

— Ça veut dire quoi, «plus vite»? répliquai-je d'un ton sec. Je te rappelle que les journées n'ont que vingt-quatre heures, et qu'on bosse déjà vingt-cinq heures par jour! Sans aucune aide.

— Je vais te trouver du renfort.

Lorsque j'eus raccroché, Conklin se tourna vers moi.

— On en saura plus dès que Mme Chan aura vu les images.

Bien sûr, il était possible qu'elle identifie une connaissance de son mari sur l'un des enregistrements des caméras de surveillance, ce qui nous permettrait de faire sauter quelques verrous et de progresser, enfin !

Conklin s'engagea sur la bretelle d'accès à l'autoroute 101. Sur la radio, les messages se succédaient : une fusillade entre deux voitures près du zoo, une bagarre générale dans un bar de Haight-Ashbury, un mari qui avait poignardé sa femme à Diamond Heights – en bref, du classique, contrairement à l'affaire qui nous intéressait.

Mon portable se mit à sonner. C'était Joe.

— Désolé, Linds, je suis coincé à l'aéroport. Impossible de me libérer tout de suite.

— Moi aussi, je suis coincée, Joe. On fait comment ? C'est pas cool du tout.

— Je sais bien. Et dans vingt ans, Julie dira à sa psy qu'on l'a négligée pendant sa petite enfance.

Je n'avais pas trop envie de plaisanter.

— Tu as prévenu Mme Rose ?

— Oui. Elle est déjà chez nous. Je crois qu'elle a prévu de regarder plusieurs épisodes de *Fringe*. Elle adore notre télé.

— Dans ce cas, parfait, lâchai-je avant de raccrocher.

J'étais furieuse contre Brady qui nous avait transmis la menace du maire, et furieuse contre Joe qui n'avait pas été foutu de me dire quand il pensait rentrer. Je me retournai pour jeter un rapide coup d'œil à la veuve de Michael Chan. Appuyée contre la vitre, elle regardait défiler le paysage plongé dans la pénombre. Elle semblait dévastée par la mort de son mari, comme si son univers venait de s'écrouler.

Je me sentis soudain terriblement honteuse d'avoir expédié Joe au téléphone, et je l'aurais aussitôt rappelé si Mme Chan n'avait pas levé les yeux vers moi.

— Je ne comprends pas, me dit-elle.

Elle me posa alors une série de questions tout à fait pertinentes.

Comment avions-nous identifié le corps de son mari? Était-il seul lorsqu'il avait été découvert? Quels vêtements portait-il? Son téléphone avait-il été retrouvé? Avait-il souffert avant de mourir? Avions-nous la moindre idée de l'identité de son assassin? Et des raisons pour lesquelles Michael avait été abattu?

Je lui répondis du mieux possible, mais aucune de mes réponses ne la réconforta. Je voulus lui prendre la main, mais mon geste était maladroit et elle s'absorba à nouveau dans la contemplation du décor.

Une demi-heure plus tard, Shirley Chan était assise sur une chaise métallique dans la salle d'interrogatoire numéro deux, entre Conklin et moi. Sur la table, un ordinateur portable diffusait les images captées par les caméras du Four Seasons. Nous avions demandé à Mme Chan de nous avertir si jamais elle reconnaissait quelqu'un.

Au bout de dix minutes de visionnage, ses yeux s'agrandirent lorsqu'elle découvrit son mari qui traversait le sol en marbre de l'hôtel en direction du desk, d'un pas décidé, comme s'il était en mission.

— Le voilà! s'écria-t-elle. C'est lui! Qu'est-ce que tu fais là, Michael?

Conklin et moi échangeâmes un regard par-dessus la tête de Mme Chan tandis qu'à l'écran, son mari s'approchait des ascenseurs. Je fis défiler l'enregistrement en avance rapide jusqu'à l'arrivée d'une femme blonde arborant de larges lunettes de soleil et un long manteau en cuir.

Je cliquai sur Pause et me tournai vers la veuve éplorée assise à côté de moi.

— Reconnaissez-vous cette femme, madame Chan?

Son regard se concentra sur la blonde.

— Qui est-ce? demanda-t-elle d'une voix froide, résignée.

— On l'ignore, répondis-je. Mais il est possible qu'elle soit la dernière personne à avoir vu votre mari vivant.

14

Nous scrutâmes tous les trois la femme blonde figée sur l'écran.

Nous ignorions son nom et la nature de son activité. Qui était-elle pour Michael Chan? Une call-girl? Sa manucure? Sa maîtresse de longue date? Son dealer? Son gestionnaire financier? Sa banquière? Nous ne savions pas si elle était vivante, ni si c'était elle qui avait tué Michael Chan ou orchestré son assassinat, ou bien si elle avait quitté la chambre avant qu'il ne soit abattu et ignorait qu'il était mort.

D'après Conklin, lorsque Mme Chan aurait fini de visionner les enregistrements des caméras de surveillance, nous obtiendrions les réponses à une partie de nos questions.

— Je vais vous montrer plusieurs vues de cette personne, fis-je à Mme Chan en introduisant un autre disque dans le lecteur du portable.

Nous visionnâmes cette fois les images du quatorzième étage. On voyait la femme blonde quitter l'ascenseur et s'éloigner de la caméra pour se diriger le long du couloir, vers la chambre de Chan.

Je cliquai sur Pause après qu'elle eut toqué à la porte et que Chan fut venu lui ouvrir. Ce dernier n'apparaissait pas sur ces images. On ne distinguait que la silhouette de la femme et son ombre dans le couloir.

— Michael se trouvait dans cette chambre? demanda Mme Chan.

— Oui.

— C'est elle qui l'a tué?

— On n'en sait rien.

— Je veux voir comment elle était au moment de quitter la chambre.

— Nous n'avons pas d'autres images, répondis-je. Peu de temps après son arrivée, un problème technique a mis fin à l'enregistrement. Et si jamais elle a quitté l'hôtel en repassant par le hall, alors elle avait changé de tenue et d'apparence.

— Elle n'a quand même pas pu se volatiliser! s'exclama Mme Chan.

— L'hôtel occupe dix-sept étages à partir du cinquième, dans un immeuble qui en compte quarante. Elle a peut-être emprunté une sortie de secours. Il faut aussi que vous sachiez que la chambre de votre mari était probablement surveillée.

Je montrai à Mme Chan les photos prises à la morgue des deux jeunes détectives présumés qui avaient potentiellement capturé les derniers instants de Michael Chan. Elle ne les reconnut pas.

— Il pouvait s'agir d'étudiants, suggérai-je.

Elle secoua la tête et je songeai qu'il serait judicieux de passer en revue les photos d'identité des quatre mille étudiants de l'université. Je demandai à Mme Chan de me citer les noms des amis proches de son mari, aussi bien sur le campus qu'en dehors, et lorsque Richie quitta la pièce pour aller chercher des cafés, je lui posai des questions personnelles sur son mariage.

Ce qui la mit en colère.

— J'ai confiance en Michael. Il m'a toujours été fidèle. Et ce n'est pas parce que cette femme a l'air de… Enfin, tout cela ne signifie pas forcément qu'ils avaient une liaison.

— On cherche justement à établir la nature de leur relation, madame Chan. Il faut à tout prix qu'on la retrouve. Qui sait ? Elle aussi est peut-être une victime.

J'avais une foule de question à poser à Shirley Chan.

Pourquoi Michael a-t-il utilisé une fausse identité ? Pourquoi a-t-il menti sur son emploi du temps ? Vous avait-il déjà menti par le passé ? Avez-vous déjà eu des soupçons sur ses activités ?

Elle me répondit par des « Je ne sais pas » et « Non, non, non ». Puis elle posa sa tête sur la table grise couverte d'éraflures et fondit en larmes. Le temps que Conklin revienne avec les cafés, elle s'était réfugiée dans le mutisme. Fin de l'interrogatoire.

J'appelai l'officier de permanence pour lui demander de faire raccompagner Mme Chan à son domicile, et Conklin quitta la pièce avec elle.

Je décidai d'attendre son retour pour comparer mes notes avec les siennes, et mis ce temps à profit en téléchargeant la vidéo issue de la caméra installée dans notre véhicule de surveillance, qui était resté garé dans Waverley Street toute la journée.

Je nous vis, Conklin et moi, remonter l'allée pour aller sonner chez les Chan, puis Shirley nous ouvrir la porte. Je me concentrai ensuite sur le flot de véhicules.

Le time code indiquait 17 h 24 lorsque le voisin des Chan s'installa à bord de sa berline grise et effectua une marche arrière, bloquant ainsi le passage à une Mercedes noire qui remontait la rue. L'automobiliste dut patienter le temps de la manœuvre.

Même s'il faisait sombre et que les vitres de la Mercedes étaient teintées, j'eus l'impression de reconnaître le profil du conducteur – la forme de son crâne, l'angle de son menton. Je sentis mon cœur s'accélérer avant même d'avoir eu le temps de comprendre ce qui m'effrayait.

L'homme au volant de la Mercedes tourna la tête pour observer notre minivan. Je cliquai sur Pause pour améliorer l'image du conducteur qui regardait droit vers la caméra.

Dans mon esprit, tout s'affola. J'étais comme paralysée.

C'était Joe qui conduisait cette voiture!

Pourquoi avait-il été filmé devant la maison d'un homme qui venait de se faire assassiner, à cinquante kilomètres de San Francisco?

Mon cœur et mon cerveau s'étaient comme figés, mais mes yeux continuaient d'enregistrer tous les détails. Joe, mon mari adoré, le père de ma fille, mon meilleur ami, mon amant, l'homme en qui j'avais toute confiance... Je luttais pour trouver une explication rationnelle.

Joe me cherchait-il? Brady lui avait-il dit où j'étais? Et, dans ce cas, pourquoi Joe avait-il redémarré après la manœuvre du voisin? Pourquoi ne m'avait-il pas téléphoné?

Il y avait forcément une raison…

Laquelle?

15

Je ne me suis jamais considérée comme une personne lâche, mais, en l'occurrence, il m'était impossible de montrer cet enregistrement à quiconque avant d'en avoir parlé avec mon mari.

J'envoyai un texto à Richie pour lui dire que je rentrais chez moi et qu'on se verrait le lendemain matin, puis j'empruntai l'escalier pour rejoindre le hall d'entrée et quittai le Palais par la porte arrière, au niveau de la passerelle. Sur le parking de Harriet Street, je retrouvai ma voiture garée seule sous le pont autoroutier.

Je regagnai mon immeuble en pilote automatique. Dans ma tête, le chaos s'apparentait à un carambolage géant sur une autoroute du Minnesota en pleine tempête de neige. Je ne savais plus où étaient le haut et le bas, ni quand se produirait le prochain impact.

Sur le coup de 23 heures, j'arrivai devant la porte de mon appartement.

Si Joe était rentré, j'allais devoir me confronter à lui. Et s'il n'était pas là, mon agonie ne ferait que se prolonger jusqu'à son arrivée. Il m'avait dit qu'il était à l'aéroport.

Il me l'avait affirmé, et c'était un pur mensonge.

J'introduisis ma clé dans la serrure. Martha poussa un aboiement, et tandis que j'ouvrais la porte, je l'entendis s'élancer depuis le salon. Elle apparut en trombe au coin du couloir et se jeta sur moi, me percutant en plein plexus solaire.

Je me penchai vers elle pour lui faire un câlin puis me dirigeai vers le salon, m'attendant à voir mon sale menteur de mari se lever de son fauteuil pour m'accueillir.

Mais le fauteuil était occupé par notre charmante voisine aux cheveux gris et au cœur grand comme une maison.

Je pense que mon visage devait être crispé, mais je la saluai et la remerciai chaleureusement d'être restée aussi tard. Après avoir demandé à Mme Rose comment allait Julie, je lui demandai si elle pouvait encore rester une ou deux minutes, le temps que je sorte Martha.

— Bien sûr. Vous avez faim, Lindsay ?

Je n'avais rien avalé depuis des heures – l'idée ne m'avait même pas effleuré l'esprit – et imaginer un bon plat chaud qui m'attendrait à mon retour me fit saliver d'avance. Je sortis Martha pour un rapide tour du quartier, et lorsqu'elle eut fini ce qu'elle avait à faire, je regagnai en hâte mon appartement.

Mme Rose m'avait préparé une assiette de pain de viande accompagné de purée de pommes de terre, qui m'attendait sur le comptoir de la cuisine avec un verre de vin. Je la remerciai à nouveau et lui demandai si elle avait apprécié sa séance de visionnage de *Fringe*. Je n'entendis rien de ce qu'elle me répondit.

Comment aurais-je pu me concentrer sur un sujet aussi futile ? La tempête de neige sévissait toujours dans ma tête avec la même fureur, et je mangeai mon plat sans en apprécier la saveur.

Je revins à l'instant présent au moment où Mme Rose m'expliquait qu'elle venait de changer Julie, qu'elle avait entamé un nouveau paquet de couches et qu'elle repasserait le lendemain matin.

Elle prit congé et je me glissai sans un bruit dans la chambre de ma fille.

Julie a les mêmes cheveux sombres et longs cils que son père. En la regardant, je ne pus m'empêcher de repenser aux enfants de Michael et Shirley Chan. Leur sommeil risquait d'être perturbé pendant plusieurs années. Je déposai un baiser sur le front de ma petite fille. Mon petit trésor.

Plus tard, tandis que je rangeais la cuisine, je songeai à Mme Chan et à la façon dont elle avait tenté en vain d'expliquer le comportement de son mari. Mme Chan qui se demandait ce qu'il allait advenir de sa famille à présent qu'il n'était plus là.

Ces sentiments, je les partageais, mais la différence tenait à ce que mon mari était encore vivant. Il pouvait me parler. Et il allait le faire, j'y comptais bien.

Je lançai le programme du lave-vaisselle puis allumai mon ordinateur portable pour télécharger la vidéo capturée par la caméra de notre minivan. Je voulais revoir Joe dans sa Mercedes.

Et voilà qu'il apparaissait, grand et beau, fixant l'objectif de la caméra comme une star hollywoodienne. Je passai le reste de l'enregistrement en avance rapide sans rien remarquer de particulier.

Je ne vis personne se faufiler subrepticement entre deux buissons. Hormis la Mercedes de Joe, aucune autre voiture ne ralentit en passant devant la maison des Chan, ni ne passa tout court. Rien, pas même un chat errant.

Je tâchai de me calmer et composai le numéro de Joe sur mon téléphone portable. J'imaginais déjà sa voix couverte par le grondement d'un avion en train de décoller derrière lui, et mon soulagement en me rendant compte que je m'étais fourvoyée.

Au lieu de ça, une voix m'annonça que la messagerie de mon correspondant était pleine.

Je pris une bonne douche et m'essuyai vigoureusement avant d'enfiler une chemise de nuit et d'aller voir Julie dans sa chambre. Elle dormait profondément. Je me rendis au salon et m'installai dans le rocking-chair, face à la fenêtre donnant sur Lake Street.

Lorsque Joe rentrerait, je lui demanderais simplement : *Qu'est-ce que tu foutais à Palo Alto ? Pourquoi tu m'as menti ?*

J'allai me coucher, et lorsque les pleurs de Julie me réveillèrent, un coup d'œil à mon réveil m'indiqua qu'il était 6 h 15. Je tournai la tête, certaine de trouver Joe endormi à côté de moi.

Mais son côté du lit était vide.

Je posai la main sur les draps froids et sentis ma résolution voler en éclats. Les larmes me montèrent aux yeux.

Où était Joe ?

Pourquoi n'était-il pas rentré ?

16

Mme Rose arriva à 7 heures, gaie et pimpante comme à son habitude.

Elle me prépara des œufs brouillés pendant que je donnais à manger à ma fille, et me parla longuement de ses petits-enfants, qui vivaient en Caroline du Nord. Je coiffai Julie et jouai un peu avec elle à «trois petits chats». Mon petit déjeuner avalé, je dis au revoir à tout le monde, sanglai mon holster, enfilai mon coupe-vent et pris la direction du Palais de Justice.

Je passai les vingt minutes du trajet à broyer du noir. Mon mari m'avait menti. J'étais pleine de colère et d'inquiétude. Pourquoi ne m'avait-il pas appelée? Pourquoi n'était-il pas rentré hier soir? Était-il blessé? Était-il mort?

Je ne connaissais même pas les noms des personnes pour lesquelles il travaillait, c'est dire à quel point le travail m'avait absorbée ces derniers mois.

Je m'en voulais terriblement.

Le temps de garer ma voiture, mon état n'avait fait qu'empirer et, dans l'idéal, j'aurais aimé ne croiser personne. Hélas, en arrivant dans le hall, je tombai nez à nez avec Jacobi, mon ami et ancien coéquipier qui occupait à présent le poste de chef de la police. Il me connaissait comme s'il m'avait faite.

— Qu'est-ce qui se passe, Boxer? Tu tires une de ces tronches!

— J'étais perdue dans mes pensées. Cette affaire du Four Seasons me prend la tête.

C'était en partie vrai – en partie seulement. Je ne tenais pas à m'ouvrir sur le reste.

Jacobi me promit de mettre plusieurs équipes sur le coup pour nous assister dans cette enquête.

Je le remerciai, lui adressai un petit geste de la main puis m'engageai dans l'escalier pour rejoindre la salle de la brigade.

Conklin était installé à son bureau.

— J'ai regardé la vidéo de la caméra du minivan, fis-je lorsqu'il leva les yeux vers moi.

— Et alors?

— J'espère que tu vas me traiter de folle.

Il me dévisagea comme si son opinion était déjà faite. En général, j'ai beau essayer, je ne suis pas très douée dans l'art de dissimuler mes sentiments. Je m'assis devant mon ordinateur et Conklin vint se placer derrière moi pour visionner les images tournées la veille dans Waverley Street.

Je cliquai sur Pause quelques secondes avant l'instant fatidique.

— Observe bien, et dis-moi ce que tu vois.

Conklin se concentra et, au moment où Joe se tournait vers la caméra, je cliquai à nouveau sur Pause.

— Ce ne serait pas Joe? lança mon coéquipier. Qu'est-ce qu'il faisait là-bas?

— C'est la question à mille dollars, et je n'ai malheureusement pas la réponse. Je ne l'ai pas revu depuis que ces images ont été filmées.

— Mais alors…

— Mais alors quoi ?

— Je comprends maintenant pourquoi je le trouvais familier.

— Qui ça ?

— Le type de l'hôtel, celui avec un gros manteau qui avait l'air d'esquiver les caméras. Regarde. (Il retourna à son bureau pour prendre les impressions des captures d'écran que nous avions faites la veille.) Tu ne vois pas ? Ce type, là, c'est Joe !

17

J'appelai Cindy pour lui demander de passer me voir au plus vite. Je devais à tout prix lui parler. Elle me rejoignit sur les marches du Palais de Justice un quart d'heure plus tard.

— Tu as des infos à me donner? demanda-t-elle sans préambule.

Elle portait un tee-shirt et des bottes à bouts ferrés, un choix de chaussure qui n'avait rien d'innocent. Elle était clairement en mode bouledogue.

— On a besoin d'identifier ces personnes, répondis-je en sortant mon téléphone pour lui montrer les photos de la mystérieuse femme blonde et des deux jeunes détectives, dont des portraits, réalisés à la morgue, avaient été légèrement retouchés pour leur donner l'air un peu moins mort.

— OK. Envoie-les-moi. (Je m'exécutai.) Tu veux les interroger à propos des meurtres du Four Seasons? Tu peux me dire quelque chose?

— Commence déjà par publier les portraits et attendons de voir ce que ça donne.

— OK, OK, OK, fit Cindy. Tu me garantis l'exclusivité?

— Pour les prochaines vingt-quatre heures. Après ça, le FBI sera de la partie et ils feront les choses à leur sauce.

— Je vais publier l'article sur la page d'accueil du site dès que j'aurai le feu vert de Tyler. Les photos devraient être en ligne aujourd'hui, et sur l'édition papier de demain.

— Génial.

— Je demanderai aux lecteurs de me contacter directement.

— Tu as vingt-quatre heures.

— J'ai compris.

Mon téléphone se mit à vibrer à cet instant. Brady, évidemment.

— Boxer, plusieurs personnes du FBI viennent d'arriver.

— Je suis en bas. J'arrive dans une seconde. (Je raccrochai et me tournai vers Cindy.) Je ne sais pas trop combien de temps cette fenêtre de vingt-quatre heures va rester ouverte. Tiens, voilà un taxi. (Je pointai du doigt la voiture arrêtée au feu rouge.) Essaie de le prendre.

Elle me remercia et me promit que je n'aurais pas à le regretter. Nous échangeâmes une accolade puis je filai rejoindre Conklin et Brady au quatrième.

Nous prîmes l'ascenseur direction le bureau de Jacobi, et y rencontrâmes trois types sérieux en costards gris. Nous passâmes deux heures à leur apprendre tout ce que nous savions. Tout, à l'exception d'un détail que je n'étais pas prête à leur communiquer – et je savais que Richie me couvrirait.

Je ne leur dis pas un mot concernant Joe.

18

Lorsque Cindy me téléphona aux alentours de 22 h 30, j'étais au bord du désespoir. Je n'avais toujours aucune nouvelle de Joe, Julie pleurait, et j'avais eu beau tout essayer, impossible de la calmer. Elle était inconsolable et je ne comprenais pas pourquoi. Je venais d'enfiler une robe de chambre, et je m'apprêtais à traverser le couloir pour aller chercher Mme Rose lorsque le téléphone sonna.

— Bingo! s'écria Cindy. J'ai reçu un mail.

— Je te rappelle plus tard, Cin'.

— Sérieux?

Julie poussa soudain un cri avec une vigueur renouvelée. *Pourquoi?*

— Sérieux, je ne peux pas te parler pour l'instant.

Je posai ma main sur le front de Julie, vérifiai sa couche. Le problème venait d'ailleurs. Je la portai jusqu'à la cuisine en lui tapotant le dos et réchauffai son biberon. Était-elle malade? Réagissait-elle simplement à ma propre anxiété?

Je la ramenai dans sa chambre, m'installai dans le rocking-chair pour lui donner son biberon et tâchai de reprendre mes esprits. Heureusement pour moi,

Julie ne pouvait pas tout faire en même temps : boire et pleurer.

Elle s'endormit dans mes bras et j'allai la déposer dans son lit le plus délicatement possible. Elle ne se réveilla pas mais je restai auprès d'elle jusqu'à ce que sa respiration se fasse plus lente et plus profonde. Certaine qu'elle dormait à poings fermés, j'allai me préparer un chocolat chaud à la cuisine.

Je posai le bol sur la petite table, au bout du canapé, où je m'assis avec la ferme intention de me détendre enfin un peu.

Je m'étais assoupie lorsque le téléphone se remit à sonner.

Joe.

Je ramassai le combiné là où je l'avais laissé, par terre près du canapé, et répondis au bout de la cinquième sonnerie.

— Bon sang, Lindsay, fit la voix de Cindy. C'est quoi, ton problème au juste ?

— C'est Julie. Elle n'arrêtait pas de pleurer.

— Et maintenant, tout va bien ?

— Je crois, oui.

— OK, fit Cindy. C'est à propos de la femme blonde de l'hôtel. Quelqu'un m'a contactée pour me dire qu'il la connaissait. Tu as un peu de temps, ou j'en parle juste à Richie ?

— Mets-moi sur haut-parleur et dis-nous ce que tu as appris.

— Je suis là, grogna Richie.

— Super. Alors, Cindy ? Qui est cette femme ?

19

La personne anonyme qui avait pris contact avec Cindy pouvait bien faire enfin décoller l'enquête. À condition, bien sûr, qu'il ne s'agisse pas d'un témoignage bidon.

Je pris mon ordinateur portable, allai entrouvrir la porte de la chambre de Julie et revins m'installer sur le canapé pour me mettre au travail. Je tapai *Alison Muller* dans les différentes bases de données dont je disposais. Ne trouvant rien, j'effectuai une recherche sur Google.

À 23 heures, je contactai Brady.

Il s'éclaircit la gorge avant de répondre.

— Allô?

— Cindy a reçu une information anonyme à propos de la mystérieuse blonde du Four Seasons. Il vaudrait mieux qu'on garde ça pour nous en attendant d'avoir fait quelques vérifications.

Tous les flics savent bien que le FBI n'est pas du genre à aimer partager. Une fois qu'ils sont impliqués dans une enquête, ils l'accaparent et n'hésitent pas à vous mettre sur la touche. Vous n'avez alors plus qu'à suivre l'affaire dans les journaux.

J'expliquai tout ça à Brady, qui se contenta d'émettre un grognement.

— Alors ? demanda-t-il. Ça donne quoi ?

— D'après l'informateur de Cindy, elle s'appelle Alison Muller. Trente-cinq ans, cadre chez Aptec, une boîte d'informatique de la Silicon Valley. Le type prétend habiter dans la même rue qu'elle, à Monterey.

— Tu as une adresse ?

— Oui.

J'entendis la voix de Yuki en fond :

— Qui appelle à cette heure-là, Brady ?

— C'est Lindsay. On n'en a pas pour très longtemps.

— J'ai glané quelques infos sur le site d'Aptec. Elle est mariée à Khalid Khan, le compositeur. Ils ont deux enfants, cinq et treize ans. Alison Muller est diplômée de Stanford. Elle a passé un doctorat de mathématiques au MIT et elle parle espagnol et chinois couramment. Ce n'est qu'une supposition, mais elle a pu rencontrer Chan à Stanford.

Il y eut un silence ; Brady réfléchissait à ce que je venais de lui apprendre.

— OK, dit-il ensuite. Je vais contacter la police de Monterey et leur demander de surveiller la maison des Muller jusqu'à demain matin. Conklin et toi allez la convoquer demain à la première heure.

J'appelai mon coéquipier pour le tenir informé puis tentai de joindre Joe.

Sa boîte vocale était encore pleine.

Je traînai mon humeur noire jusqu'au lit et m'allongeai en fermant les yeux, mais le sommeil refusa de passer le pas de la porte. Tant mieux, en un sens, car Brady me rappela à peine une heure après notre coup de fil.

— Juste pour faire le point.

— Je t'écoute.

— Alison Muller est portée disparue. La police de Monterey a lancé un avis de recherche. Son mari ne l'a plus revue depuis deux jours.

— Sans blague ?

— Khalid Khan lui a parlé au téléphone lundi en fin de journée. Elle avait raté la fête d'anniversaire de sa fille. Elle lui a dit qu'elle travaillait et qu'elle ne rentrerait pas tard. Depuis, plus de nouvelles.

— Lundi en fin de journée… Au moment où ont été commis les meurtres du Four Seasons.

— Exactement.

Nous évoquâmes les questions qui restaient en suspens. *Où était passée Alison Muller ? Avait-elle été kidnappée sous la menace d'une arme ? Était-elle morte ? Avait-elle quelque chose à voir dans la mort de Michael Chan et des autres victimes du Four Seasons ? Et si oui, quel rôle avait-elle joué ?*

— Rien d'autre ? demandai-je ensuite. Le mari n'a pas reçu de demande de rançon ?

— Non. Il a essayé de joindre sa femme sur son téléphone, mais sans succès. D'après la police de Monterey, la dernière fois qu'elle a utilisé son portable, c'était lundi, à 18 h 57, dans la zone de Market Street.

Le Four Seasons était situé dans cette rue.

Je compris qu'il allait être impossible de trouver Muller pour l'interroger. Elle avait disparu, et je ne savais pas du tout où la chercher. Une autre pensée assaillit mon esprit à cet instant. Joe Molinari, mon mari, avait lui aussi disparu.

Que faisait-il ? Était-il impliqué dans cette affaire ? Je sentis un frisson me parcourir l'échine, comme si je me retrouvais à nouveau sur cette autoroute mortellement glaciale du Minnesota. Sauf que cette fois, j'étais nue, seule et sans ma voiture.

Julie se mit à gémir dans son lit.

— Je retire ce que j'ai dit tout à l'heure, dis-je à Brady tout en jetant un coup d'œil en direction de la chambre.

— À savoir ?

— On va avoir besoin du FBI.

— À demain matin, Boxer.

Je raccrochai, et le poids de mon mensonge s'abattit sur moi d'un seul coup. C'était un mensonge par omission, mais il s'avérait lourd de conséquences. Et en mentant à Brady, j'avais également impliqué mon coéquipier.

Je devais parler de Joe à Brady.

Il pouvait décider de me virer. Et il aurait raison de le faire.

J'espérais que d'ici le lendemain matin, j'aurais une explication à tout ça, une théorie qui viendrait totalement innocenter mon mari – un truc plausible et non je ne sais quelles élucubrations.

Peut-être allait-il rentrer dans la nuit, auquel cas je pourrais l'interroger.

J'osais l'espérer.

20

J'étais malade à l'idée de montrer ces images de Joe, filmé dans des lieux où la logique aurait voulu qu'il ne soit pas. J'aurais voulu lui demander des explications. C'était mon mari. J'avais confiance en lui. Pour autant, je n'oubliais pas qu'il m'avait menti, me plaçant par la même occasion dans une situation plus qu'inconfortable.

Je devais faire ce qui me semblait juste. Je m'armai donc de courage et me dirigeai d'un pas résolu vers la salle de la brigade.

Brady, alias Lieutenant Badass, se trouvait dans son bureau vitré. C'était un homme courageux. Droit. Pas du genre à amuser la galerie.

À l'époque où j'occupais son poste, j'avais fini par détester le fait de rester enfermée dans mon bureau à gérer la paperasse. Maintenant, c'est moi qui viens lui rendre des comptes. De temps à autre, il m'était arrivé de prendre quelques libertés avec les procédures policières, et Brady m'avait à chaque fois soufflé dans les bronches en me prévenant qu'il ne fallait pas que cela se reproduise.

Cette fois, je sentais qu'il ne se contenterait pas d'un simple avertissement.

Je me frayai un chemin à travers les bureaux métalliques disséminés dans la grande salle et toquai à la porte de l'aquarium. Le nez plongé dans son écran d'ordinateur, Brady me fit signe d'entrer.

— Je suis occupé, Boxer. Ça ne peut pas attendre ?

Face à mon mutisme, il releva la tête et braqua sur moi son regard bleu acier.

— J'ai rendez-vous avec Jacobi dans cinq minutes. Dépêche-toi.

— J'ai quelque chose d'important à te dire, Brady. Ça fait trente-six heures que je n'ai plus de nouvelles de Joe, et hier, pendant que j'étais chez la veuve de Chan avec Conklin, à Palo Alto, la caméra du minivan a filmé Joe dans sa Mercedes qui passait devant la maison.

— Je ne comprends pas bien… Tu peux me répéter ça ?

Brenda, notre assistante, entra à cet instant et déposa une pile de documents sur le bureau de Brady.

— Le sergent Chi souhaite vous parler, lieutenant, et votre ex-femme a téléphoné.

— Mettez tout en attente tant que mon rendez-vous n'est pas terminé, répondit Brady.

— On peut en reparler plus tard, intervins-je en me levant à moitié de ma chaise.

— Reste assise.

Je m'exécutai.

— Réexplique-moi tout ça de manière précise et concise, ajouta Brady.

J'avalai péniblement ma salive et me lançai donc dans un récit «précis et concis» des pérégrinations de Joe, depuis son passage au Four Seasons le jour des meurtres jusqu'à son apparition devant la maison des Chan, à Palo Alto.

— Vous l'avez vu à l'hôtel?

— Un homme qui lui ressemblait beaucoup, oui. On l'a repéré sur les images des caméras de surveillance peu après l'heure estimée à laquelle les meurtres ont été commis.

— Tu en es certaine?

— Il lui ressemblait, mais je ne peux pas l'affirmer avec certitude.

— Et vous l'avez aussi reconnu sur les images de Palo Alto? Mais qu'est-ce qu'il fabrique, au juste?

— Je n'en sais rien, Brady. Je n'en sais rien...

— Tu crois qu'il pourrait être impliqué dans les meurtres du Four Seasons?

— Non. Bien sûr que non! m'écriai-je avec conviction.

Mais j'avoue que j'ignorais à présent de quoi Joe était capable.

— Bordel, Lindsay. Tu aurais dû me parler de ça hier.

Brady était furieux. Je l'aurais été aussi à sa place. J'attendis qu'il me demande de rendre mon insigne et mon arme.

— Je voulais lui en parler avant, répondis-je au bout d'un moment.

Je levai les yeux vers lui, mais la tempête semblait refuser de s'abattre. Peut-être se retenait-il à cause des liens d'amitié qui nous unissent – Brady est marié avec mon amie Yuki, et Joe et moi les fréquentons souvent en dehors du travail.

— J'ai rendez-vous avec Jacobi et plusieurs types du FBI, lâcha-t-il finalement. Tu vas devoir répéter ton histoire, Boxer. Prends les vidéos et rejoins-moi là-haut.

21

Un soleil timide perçait à travers le brouillard ce matin-là. Le vol 888 de la Worldwide Airlines, en provenance de Pékin, se trouvait en phase d'approche finale.

9 heures. Michael Chan était assis dans la rangée centrale du pont principal, en classe affaires. Les sièges, étroits et inconfortables au possible, étaient disposés en deux blocs de quatre qui se faisaient face, obligeant les passagers à être assis genoux contre genoux.

Tout au long des douze heures de voyage, Chan s'était efforcé de ne pas regarder le couple d'Américains débraillés installés juste en face de lui. Ils mangeaient salement, n'avaient pas hésité à enlever leurs chaussures malgré l'odeur, et à disperser des journaux et des paquets de chips à moitié vides dans le minuscule espace disponible à leurs pieds.

Il avait fait de son mieux pour éviter tout contact visuel, mais en vain. Le vol avait été un supplice. Heureusement, le calvaire touchait à sa fin.

Le pilote amorça sa descente et le voyant «Attachez vos ceintures» s'alluma. Les hôtesses avaient rangé leurs chariots et s'étaient assises.

Mais Michael Chan gardait les yeux rivés vers les toilettes, situées à quelques rangées, sur sa gauche. En se lavant les mains un peu plus tôt, il avait fait tomber son alliance dans l'évier. Il avait fini par la repêcher, mais un trou d'air avait fait tanguer l'avion. Obligé de se rattraper à deux mains pour ne pas tomber, Chan avait lâché l'anneau, qui était tombé dans un interstice rempli de germes, quelque part entre la cuvette et le meuble du lavabo. C'est à cet instant que le voyant invitant les passagers à regagner leurs sièges s'était allumé.

L'hôtesse était venue frapper à la porte, et après une brève et infructueuse recherche, Chan avait quitté les toilettes en se disant qu'il viendrait récupérer l'alliance après l'atterrissage. À présent que l'énorme avion entamait sa descente, il se rendait compte qu'il avait commis une erreur.

Chan se tourna vers l'homme assis à sa gauche, un autre voyageur courbaturé et perclus de fatigue, et lui expliqua qu'il devait se relever.

L'homme puait la sueur et semblait d'une humeur massacrante. Tout en marmonnant dans sa barbe, il tourna ses genoux vers l'allée. Chan le remercia et entreprit de passer par-dessus les jambes de son voisin, heurtant au passage les genoux d'une femme assise en face de lui.

Il n'était plus qu'à quelques pas des toilettes lorsque l'hôtesse, la rousse au rouge à lèvres rose vif, se leva pour lui bloquer le passage.

— Vous devez regagner votre place, monsieur Chan.

— Je n'en ai que pour une seconde.

Il songea à tous les passagers de première classe et à tous ceux qui se trouvaient derrière lui et qui encombreraient l'allée au moment de sortir. Il devrait attendre que l'avion soit entièrement vidé de ses quatre cents occupants, et donc passer la douane en dernier, un retard qui risquait d'irriter les personnes qui l'attendaient à l'arrivée. C'était tout bonnement impossible.

— Désolé, fit-il en poussant l'hôtesse pour passer.

Il avait la main sur la poignée lorsqu'une explosion se produisit juste sous l'aile droite de l'avion.

Chan vit un éclair passer devant ses yeux et ressentit une violente secousse. Il s'effondra à terre ; au même instant, un fragment métallique transperça le fuselage et lui déchira la cuisse gauche. Une question se forma dans son esprit, mais avant qu'il n'ait eu le temps de la traiter, son cerveau et son corps furent séparés par une inexplicable force destructrice.

Deux secondes s'écoulèrent entre l'explosion et la pluie de corps et d'objets qui s'abattit sur la ville.

Je m'apprêtais à le rejoindre avec les enregistrements sur lesquels apparaissait Joe, lorsque Brady franchit en trombe la porte de la grande salle.

— Écoutez-moi tous ! hurla-t-il.

Il s'empara de la télécommande posée sur le bureau de Brenda et alluma la télé qui trônait dans un coin, suspendue au plafond. Une journaliste fébrile annonçait que le vol 888 de la Worldwide Airlines, en provenance de Pékin, était sur le point de se poser à l'aéroport international lorsque le Boeing 777 s'était écrasé à proximité de l'autoroute 101.

Derrière elle, au loin, on distinguait l'autoroute en question, ainsi qu'un gigantesque écran de fumée et de flammes mêlées. Sa voix était presque couverte par les sirènes des véhicules de secours qui affluaient vers le lieu du crash.

Nous étions une dizaine, réunis dans la salle de la brigade, scotchés devant ces images hallucinantes.

Brady coupa le son.

— D'après mes informations, l'avion s'est écrasé il y a dix minutes et il n'y aurait aucun survivant. Le point d'impact se situe au niveau des terrains de sport de Millbrae Avenue, au lycée de Mills High. Heureusement, les jeunes étaient à l'intérieur, mais les bâtiments ont quand même été touchés par des débris. Il y a sûrement des blessés.

Tandis que nous regardions les images qui défilaient en silence sur l'écran, Brady poursuivit en expliquant que l'aéroport avait été fermé, qu'une zone d'exclusion aérienne avait été imposée et que le gouverneur avait déclaré l'état d'urgence. La NTSB était déjà sur place et la Garde nationale devait arriver dans peu de temps.

Brady s'arrêta pour reprendre son souffle et secoua la tête.

— On ne sait pas encore ce qui s'est passé, ajouta-t-il. On attend aussi la liste des passagers. Worldwide essaie juste de gagner du temps jusqu'à ce qu'ils puissent dire qu'ils n'y sont pour rien. A priori, il y avait plus de quatre cents personnes à bord.

» La NTSB est chargée de l'enquête, mais toutes les agences gouvernementales sont sur le coup. Tous les flics vont être mobilisés pour filer un coup de main.

» À compter de maintenant, et jusqu'à nouvel ordre, tout le monde ici va mettre la main à la pâte. Boxer, tu es en charge de la brigade jusqu'à ce que je puisse me rendre sur place.

Brady m'expliqua comment contacter le poste de commandement de la NTSB sur Millbrae Avenue, puis Conklin et moi prîmes la direction du parking. Une fois dans notre véhicule, je consultai les infos sur mon téléphone. Les images tournées par l'hélico du SFPD, voilées par la fumée, ne ressemblaient à rien de ce que j'avais pu voir au cours de ma vie.

La zone du crash couvrait presque un kilomètre d'autoroute, plusieurs bretelles d'accès à l'aéroport, le Burlingame Plaza Shopping Center, plusieurs bâtiments commerciaux et ateliers, ainsi que trois établissements scolaires.

Conklin avait branché la sirène, et tandis que nous filions à travers les embouteillages de Bryant Street, il me demanda de lui montrer mon téléphone.

— Regarde plutôt la route, Rich.

Tous mes réflexes de lutte ou de fuite étaient en état d'alerte maximale. Mon cœur cognait à tout rompre dans ma cage thoracique et une pellicule de sueur avait enveloppé mon corps tout entier. Mes pensées, elles, suivaient de multiples voies neuronales avant de se heurter à un bloc impénétrable : je n'avais jamais vécu aucune expérience susceptible de me préparer au spectacle apocalyptique qui m'attendait.

23

Un fourgon blanc, siglé *National Transportation Safety Board* en lettres bleues, était garé sur la voie de droite de Millbrae Avenue, juste après la sortie de l'autoroute 101. Une file de camions bloquait la route : ATF, FBI, Sécurité intérieure, Shérif. Seule une étroite voie de circulation permettait aux véhicules d'urgence d'accéder au lieu du crash.

Conklin se gara derrière le fourgon et nous quittâmes notre véhicule pour nous retrouver plongés dans un étrange silence.

Un homme portant un coupe-vent de la NTSB nous accueillit à la porte du fourgon. Âgé d'une quarantaine d'années, le capitaine Jan Vanderleest avait le visage marqué par de nombreuses rides. Sa poignée de mains était incroyablement ferme. Nous le suivîmes à l'intérieur de son centre de commandement, un espace exigu et bas de plafond où s'entassaient plusieurs techniciens penchés sur leurs ordinateurs.

Vanderleest nous offrit une visite virtuelle du lieu du crash et du champ de débris qui l'entourait. Il pointa son large index sur le point d'impact : le terrain de sport de Mills High, situé à seulement cent mètres des salles de classe.

Vanderleest indiqua le périmètre intérieur, une zone d'environ quatre cents mètres autour du point d'impact. Il délimita ensuite le périmètre externe, huit cents mètres de diamètre, dans lequel étaient incluses deux écoles primaires.

Je tremblai en pensant aux enfants. Avaient-ils vu les morceaux d'avion enflammés s'écraser sur le terrain de sport ? Avaient-ils vu les corps ?

— On ne peut laisser entrer personne dans les bâtiments scolaires, fit Vanderleest. Trop dangereux, entre les flammes, les fumées toxiques et les débris.

Il fit courir son doigt le long des rues alentour qui apparaissaient à l'image. Plusieurs carambolages s'étaient produits, sûrement provoqués par des parents fous d'inquiétude qui cherchaient à rejoindre leurs enfants.

— Ces rues ont été fermées, mais l'autoroute 101 est ouverte dans le sens nord-sud, ainsi que l'hôpital Mills-Peninsula, au sud de Trousdale Drive.

» La Highway Patrol se charge de convoyer les enfants là-bas. Vous allez pouvoir les assister dans cette mission.

— Quelqu'un sait ce qui a causé le crash ? demanda Conklin.

— Tout ce qu'on sait pour l'instant, c'est que l'avion est parti de Pékin et qu'aucun incident n'avait été signalé. Le vol était à l'heure. Le pilote était en liaison avec la tour de contrôle et l'appareil devait se poser sur la piste 28 L. Il était à neuf cents mètres d'altitude lorsqu'il s'est soudain transformé en une énorme boule de feu.

» Quant à l'explosion, j'ignore comment et pourquoi elle s'est produite, et je ne sais pas qui en est le responsable. Personne ne sait ce qu'il s'est passé.

Conklin démarra et nous prîmes la direction du Mills-Peninsula Medical Center, situé à seulement quelques centaines de mètres du point d'impact.

Sitôt après avoir franchi le barrage, nous nous engageâmes dans Millbrae Avenue et pûmes constater l'étendue de la catastrophe. Millbrae Avenue est une large artère à quatre voies que j'avais déjà empruntée des milliers de fois. J'y étais venue déjeuner, faire le plein d'essence, encaisser des chèques.

La zone était à présent méconnaissable.

Sur notre gauche, au niveau du terre-plein central de Rollins Road, l'herbe sèche brûlait encore. Devant nous, en direction des collines qui s'élevaient vers l'ouest, une large colonne de fumée tourbillonnante assombrissait le ciel.

Plus l'on se rapprochait du lieu du crash, plus la fumée nous faisait tousser. Bientôt, la visibilité se réduisit à quelques mètres à peine, mais le peu que nous voyions était horrible.

Bagages, vêtements et objets divers jonchaient la route. Je remarquai plusieurs livres, ainsi qu'une robe rose aussi propre que si elle venait d'être sortie d'une valise.

Conklin donna un coup de volant pour éviter un amas de chair carbonisée, un passager décapité dont les habits avaient été déchiquetés par l'explosion. J'enfouis ma tête entre mes genoux, mais ce geste ne me fut d'aucun réconfort.

— Tiens le coup, Linds. Ça va aller.

Il s'arrêta sur le côté, et je fis une chose que je n'avais encore jamais faite auparavant : vomir au beau milieu d'une scène de crime. Nous reprîmes notre route.

Droit devant nous, l'éclat de dizaines de gyrophares rouges perçait l'épaisse fumée. Plusieurs camions de pompiers s'alignaient le long des terrains de sport de Mills High School. J'avais l'impression d'être plongée dans un film où la science-fiction se mêlait à l'épouvante.

Au lieu d'enfants en train de courir, nous avions devant nous des rangées de sièges où des passagers morts étaient encore attachés pour l'atterrissage. Trois sections de carlingue déformées se dressaient au milieu du stade telles des sculptures grotesques. Des agents de la NTSB en combinaisons Hazmat prenaient des photos et plaçaient des repères à côté des cadavres et des morceaux de corps.

Une rafale de vent raviva soudain les flammes de plusieurs incendies secondaires. La fumée me brûlait les yeux. À côté de moi, Conklin se signa.

Une équipe de la police aéroportuaire s'approcha de notre voiture. Nous déclinâmes nos identités puis considérâmes le meilleur moyen de gagner l'hôpital :

tout droit, puis à gauche dans Camino Real avant de tourner à droite dans Trousdale Drive, trois blocs plus loin.

— Vous verrez, dit l'un des flics. C'est un grand bâtiment en verre.

— Oui, on connaît, répondit Conklin.

— Conduisez prudemment.

Je n'oublierai jamais l'horreur à laquelle j'ai assisté ce jour-là. Jamais.

25

Le parking du Mills-Peninsula Medical Center était saturé par des centaines de voitures de parents dont les enfants étaient scolarisés dans l'un des trois établissements touchés par le crash. Ils avaient abandonné leurs véhicules pour se regrouper en masse au niveau de la barricade installée par la police.

Le parking était vaste et nous étions encore à une centaine de mètres, mais j'entendais déjà leurs cris effrayés. Quoi de plus normal? Ils voulaient juste récupérer leurs enfants sains et saufs, mais se retrouvaient face à des barrages.

Tandis que Conklin et moi observions la scène, un bus scolaire entra dans le parking par l'arrière. Les parents se précipitèrent vers lui, mais là encore, plusieurs véhicules de police leur barrèrent le passage.

Pour la première fois depuis que Brady avait hurlé «Écoutez-moi tous!» dans la salle de la brigade, l'atrocité de cette catastrophe me rendit furieuse. Tant de vies gâchées… C'était un traumatisme dont la ville de San Francisco ne se remettrait jamais vraiment.

Des questions semblables à celles que je me posais chaque jour dans ce métier m'assaillirent alors.

Qu'était-il arrivé à cet avion? Le crash était-il dû à une erreur de pilotage ou à un problème technique? Une ou plusieurs personnes avaient-elles abattu l'appareil?

S'agissait-il d'un acte de guerre?

La voix du dispatcheur résonna soudain dans l'habitacle :

— Boxer, Conklin, restez où vous êtes. Le shérif du comté de San Mateo va vous escorter à l'intérieur du bâtiment.

— Bien reçu, répondis-je dans le micro.

Mon coéquipier pianota un numéro sur son téléphone.

— Cin'? Ouais, c'est moi. Je ne sais pas. C'est horrible, je n'ai jamais vu ça. Tout va bien pour toi?

Je continuai à observer la foule mouvante sur le parking et la cohorte de bus scolaires qui tentaient d'amener les enfants jusqu'à l'hôpital, tout en écoutant mon coéquipier et mon amie Cindy partager les informations dont chacun disposait, se réconforter l'un l'autre.

Je jetai un coup d'œil à mon téléphone pour voir si Joe m'avait appelée.

Rien. Aucun message.

26

Il bruinait lorsque le taxi s'arrêta devant le très romantique Hotel Andra, en plein cœur du quartier de Belltown, à Seattle.

Le portier s'approcha aussitôt avec un parapluie et ouvrit la portière à une élégante femme vêtue de noir, qui déploya ses longues jambes et posa sur le sol ses pieds chaussés de talons aiguilles. Elle sortit avec grâce du véhicule, passa la sangle de son sac à main sur son épaule et enfonça son bonnet en coton juste au-dessus de ses sourcils. Elle était au téléphone lorsqu'elle entra dans le hall décoré à la scandinave.

Elle rangea son portable en arrivant devant le bureau d'accueil, qui constituait à lui seul une véritable œuvre d'art. Réalisé en noyer et en érable, avec un comptoir en granit sous lequel courait une bande de verre rétroéclairée identique à celle sur laquelle la structure en bois était posée, il semblait flotter au-dessus du sol.

Elle adorait cet hôtel.

Après avoir échangé quelques phrases avec le concierge, elle lui présenta sa carte d'identité et l'homme lui remit une enveloppe blanche de format

A2. Elle le remercia, puis traversa les tapis colorés noués à la main, passa devant la cheminée aux bûches crépitantes encadrée par des bibliothèques, et s'arrêta devant l'ascenseur.

Lorsque la cabine arriva au rez-de-chaussée, un jeune couple en sortit. Ils semblaient habillés pour aller dîner, et le gars rigolait à sa propre blague.

— Ouais, Brad, lança la fille. J'avoue, elle est bonne.

La femme sourit devant cette scène romantique et entra seule dans l'ascenseur. Elle avait vingt minutes de retard, mais certaines choses valaient bien la peine d'attendre. Elle observa son reflet dans le miroir et ajusta son bonnet, replaçant quelques mèches de ses cheveux fraîchement teints en brun. Des lentilles de contact marron complétaient sa nouvelle apparence.

C'était plutôt réussi. Elle espérait qu'il serait du même avis.

Quelques étages plus haut, les portes s'ouvrirent sur un couloir à la moquette épaisse et à l'éclairage tamisé. Il n'y avait que douze chambres par étage ; elle se dirigea vers celle du fond.

Elle gratta à la porte avec ses ongles comme si elle s'était transformée en chat, puis décacheta l'enveloppe que lui avait remise le concierge et en sortit une carte magnétique dont elle se servit pour ouvrir.

Elle resta un moment sur le seuil, à l'observer au milieu de ce décor aux couleurs boisées, aux lignes architecturales harmonieuses. Elle referma la porte derrière elle.

Il savait qu'elle était là, mais il ne leva pas la tête. Assis sur un canapé face à la table basse, nu avec une serviette posée sur les genoux, il était occupé à nettoyer son arme.

Alison s'avança dans la pièce en déboutonnant son manteau en cuir, qu'elle jeta sur l'ottomane au pied du lit.

Lorsqu'elle eut tout retiré à l'exception de ses talons aiguilles, l'homme posa son pistolet et se leva pour venir l'enlacer.

Il l'embrassa dans le cou, puis l'agrippa par les épaules et se mit à la secouer.

— Pourquoi tu me fais attendre comme ça? C'est pour que je m'inquiète?

— Désolée, répondit-elle. Ça ne se reproduira pas.

II

27

Ce soir-là, après avoir garé la voiture de patrouille à côté de mon Explorer sur le parking de Harriet Street, juste sous le pont autoroutier, je pris la direction de l'institut médico-légal. Claire m'avait appelée et voulait me voir le plus vite possible. Je mourais de faim et j'étais au fond du trou, mais si Claire m'avait demandé de venir, je devais y aller.

Je n'eus pas le temps de faire dix mètres qu'une BMW noire surgit de nulle part et s'arrêta devant moi dans un crissement de pneus. J'avais vaguement remarqué sa présence dans mon sillage depuis que j'avais quitté le Mills-Peninsula Medical Center, mais sans en être certaine. Un homme descendit de la berline et marcha droit vers moi. C'était un Asiatique d'une trentaine d'années, visage large, le menton barré d'une fine cicatrice. Il portait une chemise noire et un jean de la même couleur.

— Vous êtes de la police, lança-t-il.

Ce n'était pas une question.

— Oui. Que puis-je faire pour vous?

— Mon fils est ici.

Les familles des passagers du vol 888 avaient appris que les corps de leurs proches seraient amenés à l'institut médico-légal, mais la place y étant limitée, certains avaient également été envoyés dans les morgues des différents hôpitaux que comptait la ville, ou stockés dans des camionnettes réfrigérées rassemblées dans un hangar de l'aéroport.

Il était impossible que l'homme qui se tenait devant moi, les poings serrés, puisse savoir où se trouvait le corps de son fils.

— Je suis navrée, monsieur, mais l'institut médico-légal est interdit d'accès. Appelez ce numéro, ajoutai-je en sortant de ma poche une carte que je lui tendis. Ils vous indiqueront où et quand récupérer le corps de votre fils.

— Vous mentez, répliqua l'homme. Je veux voir mon fils, et tout de suite.

J'apercevais au loin quatre policiers postés le long de la passerelle qui relie l'arrière du Palais de Justice à l'institut médico-légal. Me voyaient-ils ?

Je répétai que j'étais désolée et qu'il fallait appeler le numéro figurant sur la carte, mais l'homme, furibond, se mit à m'insulter dans sa langue. Je m'attendais à recevoir un coup de poing d'une seconde à l'autre.

Déjà prête à le neutraliser pour lui passer les menottes en cas d'agression physique, je vis arriver avec soulagement l'inspecteur Monty McAllister, un grand type baraqué.

— Besoin d'aide, sergent ?

— Merci, McAllister. Ça va aller.

— Pas de problème.

Trois autres hommes descendirent de la BMW et s'approchèrent de nous.

Je repris mon chemin vers l'institut médico-légal. Claire m'attendait au niveau de l'entrée réservée aux ambulances. En arrivant à sa hauteur, j'entendis McAllister et ses hommes menacer d'arrestation les quatre Asiatiques de la BMW.

Claire me prit dans ses bras et me conduisit à l'intérieur.

— Je n'avais jamais rien vu d'aussi horrible, fis-je. Et je ne veux plus jamais assister à un truc pareil. Plus jamais…

28

Il était presque 18 heures lorsque je suivis ma meilleure amie à l'intérieur de la morgue, où deux rangées de brancards recouverts de draps blancs s'alignaient dans la pièce aux murs recouverts d'inox.

— J'ai reçu seize victimes du crash, me dit Claire. Officiellement, il n'y a plus de place, mais j'en ai accepté six de plus, ajouta-t-elle avec un geste du menton en direction de la salle d'autopsie.

— Tu tiens le choc ?

— Ça va, surtout si on considère que c'est la journée la plus épuisante de toute ma vie. La plupart des victimes sont encore anonymes. J'ai notamment un enfant de trois ans que j'espère pouvoir identifier ce soir.

Le docteur Germaniuk, un légiste chevronné à qui nous faisions régulièrement appel en cas de surcroît d'activité, était en train de glisser un corps dans un tiroir pendant que trois techniciens en sueur préparaient un autre corps pour l'autopsie suivante.

— Docteur Germaniuk ? appela Claire. Je prends quinze minutes de pause, OK ?

— Prenez-en cinq de plus, répondit-il.

Je suivis Claire jusqu'à son bureau. Elle referma la porte derrière nous, s'installa sur son fauteuil et je me laissai tomber sur une chaise face à elle.

Claire s'était efforcée de rendre la pièce aussi accueillante que possible, mais le résultat s'avérait passable. Un gardénia flottait dans un vase posé sur un petit meuble. Quelques peintures au doigt étaient exposées sous la plaque de verre qui recouvrait son bureau, et plusieurs photos encadrées étaient accrochées au mur derrière elle : ses amies du Women's Murder Club et des portraits de son mari, Edmund, de ses deux grands fils et de Rosie, sa petite dernière.

— Raconte-moi, me dit-elle.

— Je suis allée sur place avec Richie, pour escorter les enfants à la descente des bus scolaires qui les amenaient à l'hôpital de Mills-Peninsula. Les parents devaient attendre derrière les barrages de police alors qu'ils étaient fous d'inquiétude, mais je t'assure qu'ils auraient pris les bus d'assaut si on les avait laissés faire.

» Quant aux gamins, ils étaient terrorisés. On les a accompagnés à l'intérieur pour vérifier qu'aucun n'avait besoin de soins en urgence. On a pris leurs noms. On leur a donné à boire. Après ça, on a essayé de voir si les noms coïncidaient avec ceux des parents qui attendaient à l'extérieur.

» Les gars de la Highway Patrol ont appelé les parents de chaque enfant avec un mégaphone et on les a réunis un par un. Tu aurais vu ça ! C'était le chaos, Claire. Le chaos…

» Chaque fois que des parents retrouvaient leur gamin couvert d'égratignures et les vêtements déchirés, que je voyais les petits courir vers eux, j'avais l'impression que mon cœur allait exploser dans ma poitrine.

Je dus m'interrompre, au bord des larmes. Claire se pencha vers moi pour me prendre la main.

— Je n'arrêtais pas de penser à Julie. Comment la protéger dans un monde aussi fou ?

Il y eut un long silence tandis que nous méditions cette question, puis Claire me demanda :

— Tu as des nouvelles de Joe ?

Je secouai la tête.

— Qu'est-ce qu'il fout, d'ailleurs ? Pourquoi il ne m'appelle pas ? Il me contacterait s'il pouvait le faire, tu ne crois pas ? Je me dis qu'il est peut-être blessé. Ou mort. Personne ne prendra la peine de le chercher avec ce qui vient de se passer.

— Je suis certaine qu'il va bien, fit Claire d'un ton rassurant. Il t'appellera bientôt, tu verras.

Je levai vers elle mes yeux embués de larmes.

— Il va bientôt falloir que je rentre, Claire. Tu ne m'as toujours pas dit pourquoi tu voulais me voir.

— Exact. (Elle ouvrit un tiroir dont elle sortit un dossier qu'elle déposa devant moi.) C'est le registre des passagers, m'expliqua-t-elle. En le consultant pour voir si je trouvais le nom du petit de trois ans dont je t'ai parlé, je suis tombé sur un certain Michael Chan. Mais bon, des Michael Chan, il doit y en avoir des tonnes.

Je dévisageai Claire un long moment sans comprendre ce qu'elle venait de me dire. Le corps de Michael Chan reposait à la morgue depuis maintenant trois jours. Il avait été assassiné au Four Seasons.

Mais d'après les informations de Claire, la réalité était tout à fait différente. Elle pointa du doigt un nom surligné en jaune dans la liste des passagers du vol 888.

— Tu vois? Chan. Michael. Domicilié à Professorville, Palo Alto. Ce sont bien le nom et l'adresse de la victime de l'hôtel, non? Logiquement, il n'a pas pu se retrouver à bord de cet avion. Il est ici, dans un tiroir réfrigéré, avec son nom et un numéro sur une étiquette accrochée à son orteil. J'ai vérifié plusieurs fois, Linds. C'est bien lui.

Je restai bouche bée, essayant en vain de dissiper le brouillard qui avait envahi mon esprit. Qui était ce Michael Chan dont Claire avait surligné le nom? La victime de l'hôtel avait été identifiée par son épouse en personne. Même avec deux balles dans la tête, il restait parfaitement reconnaissable.

La perplexité de Claire semblait aussi grande que la mienne.

— Où est-il, le Michael Chan de l'avion? demandai-je au bout d'un moment.

— À la morgue du Metropolitan Hospital.

29

18 h 30. Le parking du Metropolitan, un gigantesque centre hospitalier dont le laboratoire et la
morgue occupaient l'intégralité du sous-sol, était
presque saturé. Claire manœuvra sa voiture le long
des allées encombrées de véhicules garés à la hâte,
mais il ne restait pas le moindre emplacement disponible. Pendant ce temps, la responsable de la morgue
nous attendait à l'intérieur.

— Je vais appeler le docteur Marshall pour la prévenir, dit Claire.

Elle sortit son téléphone, et je profitai de ce
moment pour contacter Mme Rose. Malheureusement, ma batterie était vide, et je me rendis compte
que j'avais oublié mon chargeur dans la voiture de
patrouille.

— Très bien, fit Claire au téléphone. On va aller
se garer sur Valencia Street. Une Chevrolet Tahoe
bleue.

Nous quittâmes le parking de l'hôpital pour nous
garer dans Valencia, face à un atelier de réparation
automobile. Nous n'eûmes pas à attendre longtemps. Une femme incroyablement mince, aux longs

cheveux brillants, portant un manteau en cuir vert par-dessus sa combinaison bleue tachée de sang, vint toquer à la vitre.

Nous descendîmes de la voiture et Claire me présenta le docteur Pamela Marshall. Sans préambule, nous tînmes une réunion ad hoc, le capot de la voiture tenant lieu de bureau.

— Il va y avoir du boulot, cette nuit, soupira Marshall. Après la journée la plus infernale de toute ma carrière.

— Je ne vous le fais pas dire, répliqua Claire. Ce qu'on aimerait, en fait, c'est aller avec vous jeter un coup d'œil au corps de Michael Chan. Ça ne prendra qu'une minute.

— Le problème, docteur Washburn, c'est que j'ai déjà reçu une soixantaine de corps et que ce n'est sûrement pas terminé. Plusieurs dizaines n'ont toujours pas été identifiées. Vous avez de la chance que M. Chan ait pu l'être. Pour être honnête, si j'avais su, je vous aurais épargné le trajet. Même si vous m'offriez un million de dollars et une villa à Cannes, je ne pourrais pas vous le montrer pour autant.

— Si vous aviez su quoi? demanda Claire.

— Chan était sur le point d'être autopsié, mais quelqu'un a déplacé le brancard et le corps a été momentanément égaré.

— Comment ça? Vous avez perdu M. Chan?

— Pas perdu, égaré. On finira par le retrouver, ne vous inquiétez pas. Je vous préviendrai aussitôt. Bon, désolée, mais je dois y aller. Je vous rappelle sans faute. Bonne nuit, mesdames.

— Attendez, appelai-je comme elle s'éloignait. J'aimerais voir ses papiers d'identité.

Le docteur Marshall ne s'arrêta pas.

— Si elle n'a pas le corps, elle n'a pas ses papiers non plus, dit Claire. Tous ses effets personnels devaient être sur lui.

Je n'en revenais pas. Le corps de Chan et ses papiers d'identité avaient été «égarés»? C'était une blague, ou quoi?

— Tout ça ne me dit rien qui vaille.

— C'est une journée un peu spéciale et un peu confuse, Linds. Rentre chez toi. Marshall nous rappellera demain matin.

Et si elle ne le faisait pas?

Quartier de Professorville à Palo Alto; Alison Muller gara sa Lexus de location sur Waverley Street. Le jour se levait à peine et les lumières étaient allumées dans la maison dont la boîte aux lettres indiquait «Chan».

Elle ébouriffa sa frange, se remit un peu de rouge à lèvres et rangea sa trousse de maquillage. Avant de quitter sa voiture, elle prit un moment pour admirer la maison pimpante, le beagle qui farfouillait dans les plates-bandes, le tricycle oublié dans l'allée, les rideaux en dentelle qui ornaient les fenêtres. L'image même de la demeure idéale d'un quartier de la classe moyenne aisée.

L'image même de l'idéal américain.

Elle observa une dernière fois la maison et ses alentours, cette fois à la recherche de caméras de surveillance. Une fois certaine qu'il n'y avait ni caméras, ni piétons, ni circulation, elle sortit et verrouilla les portières de sa voiture.

Au lieu de se diriger vers la porte d'entrée, elle se rendit sur le côté de la maison et ouvrit le petit portail grillagé entre le mur et la haie qui délimitait la propriété. Une courte volée de marches menait à une porte, vitrée dans sa moitié supérieure.

Alison grimpa les marches et jeta un œil à travers les panneaux en verre dépoli. Shirley Chan était en train de vider le lave-vaisselle pendant que la petite dernière mangeait un bol de céréales.

Alison actionna la poignée, poussa doucement la porte et entra.

Shirley Chan leva les yeux vers elle, surprise.

Pourquoi cette femme débarquait-elle dans sa cuisine?

— Vous êtes journaliste? lança-t-elle. Vous ne manquez pas de culot. Sortez tout de suite ou j'appelle la police.

— Ne vous inquiétez pas, Shirley. Je vous jure que je ne suis pas journaliste.

— Vous voulez quoi, alors?

— Je vous en prie, calmez-vous. Je m'appelle Alison Muller. Je connaissais bien votre mari et je tiens à vous présenter mes sincères condoléances. Michael vous avait peut-être déjà parlé de moi; on travaillait ensemble sur un projet. Il m'avait demandé de vous remettre cette lettre si jamais quelque chose devait lui arriver.

Shirley Chan demanda à sa fille d'aller s'habiller.

— Mais le chien est encore dehors, se plaignit la fillette.

— Je vais le rentrer dans deux minutes, fit Shirley. Allez, file. (Elle se tourna vers la femme élégante qui avait fait irruption dans sa cuisine.) Faisons vite, je n'ai pas beaucoup de temps à vous consacrer. Un café?

— Avec plaisir, répondit Alison.

Elle posa son sac et se pencha pour l'ouvrir pendant que Shirley se dirigeait vers la cafetière.

— Lait, sucre? demanda Shirley.

— Un nuage de lait, merci.

Shirley versa du café dans deux grandes tasses en faïence et remplit le pot à crème avec du lait.

— La police m'a dit que vous étiez la dernière personne à avoir vu mon mari vivant. C'est vrai?

Elle se retourna pour faire face à Muller, qui avait pris place à table.

Alison tenait son pistolet à la main. Elle visa et pressa la détente. Les détonations furent assourdies par le silencieux – *pffft-pffft* – et les deux balles perforèrent le front de Shirley Chan.

La veuve de Michael Chan s'effondra sur le carrelage.

31

Le *Late Late Show* venait de commencer lorsque je franchis le seuil de mon appartement. Martha se rua sur moi ; Mme Rose se redressa et ôta ses pieds du canapé.

— Julie va bien, fit-elle tout en cherchant ses chaussures et en défroissant ses vêtements. Et Joe est passé tout à l'heure.

— Joe est passé ? Quand ça, exactement ?

— Il est reparti il y a environ une heure. Il m'a expliqué qu'il bossait à plein temps sur le crash et qu'il ne savait pas quand il pourrait rentrer. Il m'a aussi demandé de vous dire qu'il était désolé de ne pas vous avoir téléphoné.

— Il allait bien ?

— Oui, mais il avait l'air fatigué. Je lui ai servi une bière et il a pris Julie sur ses genoux pendant un petit quart d'heure. Après ça, il s'est changé et il est reparti. Il était très pressé.

— Est-ce qu'il vous a dit s'il allait m'appeler plus tard ?

— Oh, je suis certaine qu'il vous donnera des nouvelles.

J'étais encore dans un état de stupeur avancé lorsque Mme Rose me souhaita bonne nuit et rentra chez elle.

Je dormis à peine.

Mon cerveau était saturé d'images hyperréalistes des victimes du crash, auxquelles venaient se mêler de trop nombreuses interrogations, d'ordre aussi bien personnel que professionnel.

À 8 heures, j'étais installée à mon bureau dans la salle de la brigade, prête à fondre sur Brady sitôt qu'il franchirait la porte, ce qu'il fit sur les coups de 9 heures. Je le suivis dans son bureau, où il m'apprit la bonne nouvelle : les fédéraux reprenaient l'enquête sur le crash et nous allions pouvoir nous concentrer à nouveau sur nos homicides.

Et notamment les meurtres du Four Seasons.

— Hier matin, tu es venue me parler de Joe. Tu l'as revu depuis ? me demanda-t-il ensuite.

— Oui. Enfin, non, pas vraiment. C'est notre baby-sitter qui l'a vu. Il est repassé à la maison pendant que je travaillais, et il m'a laissé un message sur mon répondeur pour me dire qu'il bossait sur l'enquête du crash. Apparemment, il a du boulot par-dessus la tête.

Brady me jeta un regard sceptique.

— Il est consultant pour les services de sécurité aéroportuaire, ajoutai-je avec empressement. Et avant ça, il travaillait pour la Sécurité intérieure.

— Je sais, oui.

— Écoute, Brady, Joe n'est pas un fugitif. Il me rappellera dès que ce sera possible. Et en attendant, on a un nouvel angle à exploiter dans l'enquête sur le meurtre de Michael Chan.

Brady m'observa d'un air interrogateur.

— Figure-toi que la pathologiste en chef du Metropolitan a égaré le corps du nouveau Michael Chan. Elle le retrouvera peut-être dans la journée, peut-être la semaine prochaine. Elle est censée nous appeler quand il réapparaîtra. J'ai donc essayé de contacter Shirley Chan tout à l'heure, mais aucune réponse – ni chez elle, ni à son bureau. Je réessayerai un peu plus tard. J'aimerais beaucoup la réinterroger, histoire d'en découvrir un peu plus sur son couple, leur situation financière, des détails éventuellement étranges concernant le comportement de son mari. Elle n'était pas en état de répondre quand…

— Vas-y maintenant, m'interrompit Brady.

Cinquante kilomètres et quarante minutes plus tard, Conklin et moi nous garions devant la maison verte de Waverley Street. Tout semblait en ordre, à l'exception d'un tricycle qui traînait dans l'allée et d'un beagle croisé teckel, allongé devant la porte d'entrée. Il se leva dès qu'il nous vit sortir de la voiture et se mit à aboyer.

— Les chiens m'adorent, dis-je à mon coéquipier. Regarde.

Je m'approchai de lui, la main à plat tendue devant moi. Le chien remua la queue et recula en levant la tête vers la poignée de la porte.

Conklin nous rejoignit et pressa le bouton de la sonnette. Pas de réponse. Je toquai.

— Shirley ? Il y a quelqu'un ?

Nous nous apprêtions à repartir lorsque j'entendis le verrou s'actionner. La poignée s'abaissa et un petit garçon en pyjama apparut devant nous. Je me rappelais son prénom.

— Brett? Bonjour, je suis le sergent Boxer. On s'est vus il y a quelques jours. Tu te souviens de moi?

Il leva son regard vers moi et fondit en larmes.

J'ouvris la porte en grand. Le pyjama du petit était mouillé et je vis ses empreintes de pas sur le parquet. Des empreintes rouges qui venaient de la cuisine.

Ses mains, ses pieds, sa poitrine et les deux côtés de son visage étaient maculés de sang.

32

— Donne-moi la main, fis-je au petit garçon.

Je me rappelais avoir entendu Shirley Chan dire que Brett avait sept ans. Il était petit pour son âge. Les cheveux bruns, les lunettes de travers, les joues ruisselantes de larmes.

Il me tendit sa main couverte de sang séché.

J'agrippai son poignet pour le conduire hors de la maison, refermai la porte et m'accroupis auprès de lui.

— Tu as mal quelque part ? lui demandai-je.

Il continuait à pleurer, mais je ne voyais aucune blessure. Le sang dont il était couvert n'était pas le sien.

— Dis-moi, Brett. Il y a qui dans ta maison ?

— Ma maman. Et aussi Haley.

— Personne d'autre ? Ta maman et ta sœur, elles sont blessées ?

Le ou les agresseurs avaient-ils déjà pris la fuite ? Ou bien Shirley Chan avait-elle pété les plombs et tué sa fille avant de mettre fin à ses jours ? Brett avait-il été envoyé pour ouvrir la porte avec la menace d'être tué s'il parlait ?

— Brett? intervint Conklin. Tu veux bien venir avec moi dans notre voiture de police? Je vais appeler du renfort, et j'ai besoin de toi sur le siège avant pour écouter les messages radio. OK?

Le petit hocha la tête.

Conklin l'accompagna jusqu'à notre véhicule, garé quelques mètres plus loin. Je le vis parler dans le micro, puis il verrouilla les portières, prit deux gilets pare-balles dans le coffre et revint à ma hauteur, près des marches menant à la porte d'entrée.

— La police locale est en route, dit-il. Viens, on ne peut pas attendre.

Brett Chan était couvert de sang. Il était peut-être le seul rescapé de sa famille, à moins que nous ne trouvions un blessé en situation d'urgence absolue à l'intérieur. Personne ne nous reprocherait d'avoir attendu les renforts pour pénétrer dans la maison, mais ni mon coéquipier ni moi ne voulions prendre le risque de laisser mourir quelqu'un.

Nous enfilâmes les gilets, dégainâmes nos armes et criâmes :

— Police! Nous allons entrer!

Je fis signe à Conklin, qui ouvrit la porte d'un coup de pied.

Le parquet dans le hall d'entrée et le salon était couvert d'empreintes de pas ensanglantées. Conklin se dirigea à droite, vers les chambres; je suivis les traces de l'autre côté.

Comme j'approchais de la cuisine, je sentis les poils se dresser dans mon cou, comme au contact d'une main invisible et glacée. Qu'allais-je découvrir?

Allais-je tomber nez à nez avec un tueur braquant sur moi le canon de son arme ?

Plaquée contre le montant de la porte, mon pistolet à la main, j'avançai prudemment mon visage pour jeter un coup d'œil dans la cuisine.

Shirley Chan gisait sur le dos, entre le comptoir et le réfrigérateur. Un halo de sang s'était formé autour de sa tête. Je m'agenouillai à côté d'elle et pris son pouls, même si je savais déjà qu'elle était morte. Sa peau était encore tiède et une odeur de poudre flottait dans l'air.

Je promenai mon regard autour de la pièce. Aucune douille, pas de trace d'effraction au niveau de la porte donnant sur le côté de la maison. Un bol contenant des Cheerios était posé sur la table. À mes pieds, une tasse brisée et une flaque de café ; sur le comptoir, près de la cafetière, une tasse identique.

Shirley Chan avait vraisemblablement préparé du café pour une autre personne. Elle s'était peut-être ensuite retournée pour s'adresser à son hôte, et c'est à cet instant qu'elle avait reçu deux balles dans le front. Il ne s'agissait ni d'un suicide, ni d'un accident, ni d'un cambriolage qui avait mal tourné. Les tirs étaient nets et précis. Mme Chan avait été exécutée par un professionnel.

— Tout va bien, maintenant, Haley, entendis-je prononcer Conklin. On va aller dehors retrouver ton frère, d'accord ?

Je quittai la pièce et secouai la tête pour signifier à mon coéquipier qu'il ne devait surtout pas emmener la petite dans la cuisine.

120

— Tu t'étais cachée dans le placard, c'est bien ça ? demanda Conklin à Haley.

— Je suis une policière, Haley, fis-je en prenant le relais tandis que Rich allait inspecter la scène de crime. Est-ce que tu as vu quelqu'un chez toi ce matin ? Une personne que tu ne connaissais pas ?

Je sortis mon téléphone et lui montrai la photo d'Alison Muller.

— Tu as déjà vu cette dame, Haley ? Tu l'as vue aujourd'hui ?

La fillette se serra contre moi et se mit à pleurer. Pauvre gamine.

À quoi allait ressembler sa vie à présent ?

33

Quinze minutes après notre arrivée au domicile des Chan, notre voiture était cernée par des policiers, des techniciens de scène de crime, une ambulance et la camionnette du légiste.

Six techniciens passaient la maison au peigne fin pendant que Conklin et moi nous entretenions avec le lieutenant Todd Traina, du Palo Alto Police Department.

Bien évidemment, nous aurions souhaité être investis de ce dossier. Non seulement nous étions arrivés les premiers sur les lieux du crime, mais nous avions également été en relation avec Shirley – sans compter l'enquête que nous menions concernant l'assassinat de son mari, ainsi que le mystérieux Michael Chan bis qui comptait parmi les victimes du vol WW 888.

Nous étions à la fois parfaitement informés et extrêmement motivés.

Mais ce crime odieux avait eu lieu à Palo Alto et non sur notre secteur. Tout au plus pouvions-nous espérer être tenus au courant de l'avancée de l'investigation.

Conklin, le lieutenant Traina et moi-même étions rassemblés sous un arbre, à côté de la bande d'herbe desséchée qui courait entre la chaussée et le trottoir.

— On voulait interroger à nouveau Mme Chan, expliquai-je au jeune lieutenant. On espérait qu'elle se souviendrait d'un élément qui nous aurait permis de progresser dans l'enquête sur l'assassinat de son mari. Quand on a frappé à la porte, c'est Brett qui est venu nous ouvrir.

Après avoir décrit l'état dans lequel nous avions découvert l'enfant, je livrai au lieutenant Traina mon point de vue sur l'affaire :

— Selon moi, Mme Chan connaissait le tueur. Il n'y a aucune trace d'effraction, et elle venait de préparer deux tasses de café lorsqu'elle a reçu deux balles en plein front, tirées à bout portant. Je n'ai rien remarqué qui pourrait laisser penser à un cambriolage. C'est un travail de professionnel.

— Très bien, dit Traina tout en prenant des notes. Continuez.

— La petite Haley a cinq ans, embraya Conklin. Elle prenait son petit déjeuner lorsqu'une femme avec les cheveux bruns est entrée dans la cuisine par la porte de derrière. D'après elle, sa mère lui a alors demandé d'aller s'habiller pour partir à l'école. Quand elle est revenue vers la cuisine, elle a entendu des bruits bizarres et elle est retournée en courant se cacher dans sa chambre.

— Une femme brune ? observa Traina. Connaissait-elle cette femme ?

— Elle ne l'avait jamais vue, fit Conklin.

— Et le petit Brett ?

— Il prenait sa douche au moment des faits, répondis-je.

Nous nous séparâmes en nous promettant d'échanger nos informations.

Les services de protection de l'enfance arrivèrent à cet instant.

Pourquoi Michael et Shirley Chan, deux enseignants apparemment sans histoires, avaient-ils été la cible de tueurs professionnels? Et en quoi ces assassinats pouvaient-ils nous renseigner sur la victime du vol WW 888 en provenance de Pékin, dont l'identité et l'adresse correspondaient à celles de Michael Chan?

Quel était le lien entre tous ces événements?

Quelqu'un connaissait forcément la réponse à cette question.

34

On accède au gigantesque et splendide campus de l'université de Stanford par de larges avenues bordées de palmiers et environnées d'une multitude d'arbres. Les bâtiments, à l'architecture d'inspiration principalement méditerranéenne et espagnole, sont coiffés de toits à tuiles rouges du plus bel effet.

Nous avions rendez-vous avec Eugene Levy, le directeur du département d'histoire. Petit, barbu, Levy portait des lunettes à verres épais. Il se leva pour venir nous serrer la main, puis nous invita à prendre place avant d'aller refermer la porte de son bureau.

— Quelle tragédie, soupira Levy en s'asseyant. Je ne connaissais Michael que sur le plan professionnel, mais cela faisait plus de huit ans qu'il enseignait ici. Je l'appréciais beaucoup. C'était un homme fiable, consciencieux, qui connaissait son domaine à fond. Cela dit, à la lumière de la façon dont il est mort, je me dis que je ne le connaissais peut-être pas si bien que ça.

Levy avait préparé une liste des collègues et étudiants de Chan, classée par ordre alphabétique et comportant les numéros de téléphone. Il avait surligné les noms de plusieurs personnes qui, selon lui, entretenaient avec Chan des relations personnelles.

— Cette histoire me rend malade. Tout le campus a été ébranlé par ce drame. Surtout, n'hésitez pas à me contacter si vous pensez que je peux vous être utile.

Conklin et moi passâmes le reste de la journée à interroger une vingtaine de personnes au total.

Le questionnaire standard : *Étiez-vous proche de Michael Chan? S'était-il récemment comporté de façon étrange? Lui connaissiez-vous des ennemis? Avez-vous la moindre idée de ce qui aurait pu pousser quelqu'un à l'assassiner dans un hôtel de luxe à San Francisco?*

Nous n'étions pas plus avancés lorsque nous repartîmes, aux alentours de 17 heures. La mort de Michael Chan demeurait pour nous un mystère.

Nous nous dirigions vers notre voiture lorsqu'une voix essoufflée nous appela.

Un jeune homme d'une vingtaine d'années au physique athlétique, en short et tee-shirt, s'approcha de nous en trottinant.

— Stiles Paul Titherington, se présenta-t-il. Je suis l'entraîneur assistant du club de football.

D'après la liste que nous avait remise M. Levy, Titherington était un ami de Michael Chan.

— Je viens d'avoir votre message, poursuivit-il. Michael et moi étions très proches. J'ignore qui l'a assassiné, mais il y a une chose que je peux vous dire : Michael avait une liaison. Le genre de relation comme on n'en voit que dans les films hollywoodiens.

Ce n'était pas un gars très sentimental, mais quand il a rencontré cette femme, du jour au lendemain, elle est devenue sa raison de vivre.

Titherington ajouta que Michael n'avait pas prévu de quitter Shirley, qu'Alison était apparemment mariée et qu'elle avait des enfants.

Le prénom me fit sursauter.

— Je sais qu'il avait prévu de la voir il y a de ça quelques jours. Il devait me dire comment ça s'était passé, mais je n'ai plus jamais eu de ses nouvelles...

— Vous avait-il dit son nom de famille ? demandai-je.

— Non. Il me l'avait simplement décrite : belle, drôle et intelligente. La totale, quoi.

Après avoir quitté Titherington, nous reprîmes le chemin de San Francisco en essayant d'échafauder une théorie. Alison Muller s'était rendue dans la chambre de Michael Chan, au Four Seasons. Il était fou amoureux d'elle. Les deux amants étaient mariés ; il s'agissait donc d'un rendez-vous clandestin.

De nombreuses questions demeuraient en suspens. Pourquoi Muller n'avait-elle pas appelé la police lorsque son amant avait été abattu ? Avait-elle été kidnappée ? Était-elle morte ? Ou bien était-ce elle qui avait assassiné Michael Chan ?

J'étais sur le point de contacter Brady pour lui faire part de notre journée à Stanford lorsque le téléphone de Conklin se mit à sonner.

— OK, Cin'. On se retrouve là-bas.

— Qu'est-ce qui se passe ? demandai-je lorsqu'il eut raccroché. Où est-ce qu'on va ?

Le Grand Pacific Hotel était situé le long du Old Bayshore Highway, à proximité de l'aéroport. Les portes pliantes qui séparaient les trois salles de conférences contiguës avaient été ouvertes afin de créer un espace suffisant pour accueillir la foule venue assister à la conférence de presse de la NTSB, qui devait s'exprimer sur l'enquête liée au crash du vol WW 888.

Toutes les chaises avaient été prises d'assaut et il ne restait que quelques places debout. Je me glissai dans un coin sur la droite, près de la sortie, au côté de Conklin et de Cindy.

À 18 heures précises, une blonde en costume gris anthracite arborant un badge de la NTSB sur la poche de poitrine de sa veste s'avança d'un pas élégant sur l'estrade installée à la hâte. Elle prit place derrière le pupitre, tapota le micro pour s'assurer qu'il fonctionnait et, sans attendre le silence, commença à parler :

— Je me présente : Angela Susan Anton, présidente de la National Transportation Safety Board. Je sais que vous attendiez avec impatience nos premières conclusions; nous avons travaillé d'arrache-pied pour rassembler un maximum d'informations permettant d'éclairer la destruction presque totale de l'appareil à bord duquel a péri l'ensemble des passagers et des membres d'équipage.

Des pleurs se firent entendre dans la salle. C'était désormais officiel : familles et amis ne reverraient jamais leurs chers disparus.

Anton reprit la parole :

— J'ai travaillé en étroite collaboration avec M. Jan Vanderleest, qui dirige notre équipe composée de vingt-cinq enquêteurs. Nous avons interrogé les proches des quatre pilotes et copilotes. '

Elle poursuivit en décrivant les soixante-douze heures des pilotes avant le vol. Tous étaient reposés et en parfaite condition physique et mentale, ce que confirmait le bon déroulement du vol depuis le décollage à Pékin jusqu'au moment de l'accident.

La présidente de la NTSB ignora les questions que la salle lui hurlait et ajouta que les contrôleurs aériens présents au moment du drame avaient expliqué dans leur rapport que le pilote devait atterrir sur la piste 28 à 8 h 56. Cette autorisation d'atterrissage avait été délivrée à environ deux kilomètres et demi du seuil de piste.

— Voici à quoi ressemblait le trafic aérien juste avant le crash, fit-elle en affichant un document PowerPoint sur un écran large installé à sa droite.

On y voyait une simulation de l'approche du vol WW 888 en direction de la piste d'atterrissage, puis l'explosion, ainsi qu'une représentation graphique de la dislocation de l'appareil.

— Plusieurs personnes ont rapporté avoir vu une lueur dans le ciel quelques secondes avant la chute de l'appareil. La trajectoire de l'avion et son altitude ne permettaient pas de visualiser correctement l'aile droite, qui s'avère être le point d'impact. Et lorsque le carburant contenu dans l'aile a explosé, celle-ci a été projetée vers le haut, ce qui, vu du sol, pouvait ressembler à la trace laissée par un missile.

» Ceci étant, la possibilité d'un tir de missile reste envisageable…

Anton fut interrompue par un tsunami de questions et de cris, auquel s'ajouta une bousculade provoquée par les photographes cherchant à capturer les visuels projetés sur l'écran.

— Je laisse maintenant la parole à M. Vanderleest, lança Anton dans son micro.

Elle avait à peine quitté l'estrade que Vanderleest prenait place derrière le pupitre, où il se figea comme un bloc de marbre en attendant que le silence revienne.

— Comme vient de le dire Mme Anton, il est en effet possible que le vol WW 888 ait été abattu par un missile, mais tant que la boîte noire n'aura pas été retrouvée et que les débris du 777 n'auront pas été analysés, la cause du crash restera indéterminée. La liste des victimes identifiées est consultable sur notre site Internet ainsi qu'auprès de Worldwide Airlines, qui fera le point sur la situation toutes les vingt-quatre heures.

» Je vous remercie de votre attention.

Conklin nous appela Cindy et moi par-dessus le vacarme de la foule :

— On reste groupés.

Nous étions dans le hall lorsqu'un homme me percuta violemment, un Asiatique en jean et veste noire. Je titubai et dus faire quelques pas en arrière pour ne pas tomber à la renverse. Je regardai de tous les côtés pour tenter de voir celui qui m'avait agressée, et l'espace d'une fraction de seconde, je vis nettement son visage : front large, fine cicatrice blanche au niveau du menton.

Au même instant, les portes s'ouvrirent au fond de la salle et nous fûmes emportés par un flot de plusieurs centaines de personnes qui se ruaient vers la sortie.

36

J'étais rincée lorsque j'arrivai chez moi ce soir-là. Martha me sauta dessus dès que je franchis le seuil de la porte, et je la repoussai en appelant Joe, oubliant que je ne l'avais pas vu depuis plusieurs jours – ou espérant peut-être qu'il allait me répondre.

Mme Rose apparut dans le hall et me salua d'une voix chantante tout en s'essuyant les mains sur un torchon.

— Joe n'est pas là, mais Julie va bien, me dit-elle. Et vous, comment s'est passée la journée?

Je hochai la tête et tentai d'occulter les images du cadavre de Shirley Chan et de ses enfants dont la vie était désormais dévastée.

Où était Joe?

Je voulais voir mon mari. Je voulais être sûre qu'il allait bien. Qu'il ne m'avait pas trahie comme tout semblait l'indiquer. Passer la nuit dans ses bras, lui parler, faire l'amour.

— Je ne savais pas quand vous alliez rentrer, Lindsay.

— Désolée. Tout s'est enchaîné et je n'ai pas vu le temps passer.

— Ça ne fait rien. J'ai préparé un rôti…

— Je vous aime… beaucoup, balbutiai-je.

— Moi aussi, je vous aime beaucoup, fit Mme Rose en ouvrant ses bras.

Elle m'étreignit affectueusement.

— Allez embrasser votre petite fille, me dit-elle ensuite. Vous allez voir, elle n'arrête pas de jacasser aujourd'hui.

Elle m'apporta un verre de vin dans la chambre de Julie. Je berçai longuement ma fille, les yeux rivés à la fenêtre, en me répétant que tout allait bien, que j'avais simplement besoin d'une bonne nuit de sommeil.

Sur le coup de 21 heures, Mme Rose rentra chez elle, et Julie et moi nous retrouvâmes seules.

— Histoire! s'écria-t-elle soudain sur un ton qui ne souffrait pas de réplique.

C'était Joe qui lui avait appris ce mot. J'allai donc m'installer dans mon lit avec Julie et Martha, et racontai à ma fille comment j'avais récupéré Martha dans un refuge pour chiens.

— Ça a tout de suite été le coup de foudre entre nous, pas vrai Martha?

Martha poussa un aboiement et Julie partit d'un grand éclat de rire, si communicatif que je ne pus m'empêcher de rire moi aussi – la première fois depuis plusieurs jours.

Je comptais ramener Julie dans son lit, mais je m'endormis sans m'en rendre compte et elle me réveilla aux alentours de 3 heures du matin en pleurant.

— Je suis là, ma puce. Je suis là.

Joe, en revanche, n'était toujours pas rentré.

37

Ce samedi matin, en quittant le Metropolitan Hospital, Claire était furieuse.

C'était à présent certain, le docteur Marshall avait perdu le corps de Michael Chan. Son «je vous rappelle» s'était transformé en «allez savoir où il a bien pu disparaître», pour finir en «je finis par me demander si son corps a vraiment été amené ici, ou si c'était juste un sac en plastique avec son portefeuille à l'intérieur».

— Où est son portefeuille, dans ce cas? lui avait demandé Claire.

— Je n'en ai pas la moindre idée. Pour tout vous dire, je n'ai pas dormi depuis trois jours.

Lindsay ne répondait pas au téléphone et Claire ne voulait pas la réveiller en sonnant chez elle.

Pourtant…

Elle grimpa dans sa voiture et appela pour la énième fois. Cette fois, Lindsay décrocha.

— Quelle heure est-il? demanda-t-elle d'une voix rauque.

— Onze heures moins le quart. Bon, vu que tu dors encore, j'irai droit au but. Le corps de Michael

Chan n'a toujours pas été retrouvé et le Metropolitan a officiellement arrêté de le chercher. Mais je ne compte pas abandonner la partie.

— Laisse tomber. Ils ont au moins le mérite d'avoir essayé.

— Tu plaisantes ? Tu es sûre que ça va, Linds ?

— Oui, tout va bien.

— Joe est rentré ?

— Non, mais il finira bien par revenir.

— OK.

Claire raccrocha et mit le moteur en marche. Il était grand temps de remédier à tout cela. Elle appela Yuki et Cindy, et le temps qu'elle arrive en bas de l'immeuble de Lindsay, au croisement de Lake Street et de la 12e, ses deux amies l'attendaient dans la voiture de Cindy.

Claire vint toquer à la vitre.

— Prêtes ?

— Plus que prêtes, répondit Cindy.

Les trois s'engouffrèrent dans le hall de l'immeuble. Claire pressa le bouton de l'interphone.

— Il n'y a personne, lui répondit la voix de Lindsay.

— C'est moi, feignasse. Ouvre !

La porte se déverrouilla en grésillant ; Claire, Cindy et Yuki entrèrent dans le vieil immeuble et montèrent l'escalier jusqu'au troisième étage. Claire sonna à la porte.

Une série d'aboiements précédèrent le cliquetis du verrou.

— Qu'est-ce qui se passe, Claire ? demanda Lindsay en entrouvrant la porte. Il n'y a pas moyen de dormir tranquillement ?

Lindsay aperçut alors le reste de la bande et ouvrit en grand. Claire lui jeta un regard interrogateur en voyant qu'elle portait son pyjama de grossesse.

— Non, je ne suis pas enceinte, répondit Lindsay. C'est juste que je n'avais plus rien de propre.

Martha frétillait derrière elle et Julie pleurait quelque part à l'intérieur.

— Juste pour info, je ne compte pas quitter mon appart avant lundi. Et même lundi, je ne suis pas sûre de sortir.

— OK, fit Claire. C'est justement pour ça qu'on vient te rendre une petite visite.

— On a apporté des sandwichs et des cookies, embraya Yuki. Et aussi des cafés.

— Et juste pour info, lança Cindy, tout ce qui se dira ici restera *off*. Même si tu connais le nom de celui qui a vraiment abattu Kennedy. Même si tu nous révèles l'emplacement du Saint Graal.

Lindsay éclata de rire, et Yuki alla chercher Julie pour la mettre dans les bras de sa maman.

— Maintenant, tu vas t'asseoir bien sagement, et que la fête commence ! s'écria Claire.

Lorsque les quatre amies furent rassemblées autour de la table basse chargée de victuailles, Claire prit la parole :

— Bien, maintenant que tout le monde est là, dis-nous tout, Lindsay. Quand as-tu vu Joe pour la dernière fois ?

38

Si Claire m'avait appelée avant de débarquer chez moi avec Cindy et Yuki, je lui aurais dit que c'était hors de question et que je comptais passer la journée à roupiller.

Mais elle ne m'avait pas demandé mon avis, et le rire contagieux de Yuki, le chouchoutage professionnel de Claire et la joie de vivre de Cindy m'extirpèrent peu à peu du profond marasme où je m'étais enlisée.

Sans compter que la nourriture était délicieuse.

Julie était ravie de voir du monde. Je l'avais installée dans sa chaise haute tout près de nous, et Martha s'était lovée à mes pieds. C'était bon de se retrouver ainsi entre filles. Rectification, c'était le paradis.

— Alors ? insista Claire. C'était quand, la dernière fois que tu as eu des nouvelles de Joe ?

— Et d'après toi, qu'est-ce qu'il peut bien se passer au juste ? ajouta Cindy. Tu peux tout nous dire, tu sais qu'on n'est pas là pour juger.

— On veut simplement percer le mystère, embraya Yuki.

Toujours très factuelle, elle demanda un récapitulatif précis et daté des derniers jours.

J'exposai les faits dans l'ordre chronologique, en commençant par la journée du lundi. Joe n'était pas rentré le soir, mais je l'avais retrouvé ronflant à mes côtés le lendemain matin. Il m'avait semblé tout à fait normal – et même d'humeur romantique. Il avait préparé le petit déjeuner et je l'avais laissé avec Julie quand j'étais partie travailler.

— C'est lundi qu'ont eu lieu les meurtres au Four Seasons. Rich et moi avons passé la journée à bosser sur cette enquête. Michael Chan a été identifié le lendemain et on est allés voir sa veuve.

Mes amies m'écoutaient en hochant la tête, comme pour m'encourager à continuer.

— J'ai parlé avec Joe ce jour-là, pendant qu'on ramenait Shirley Chan au Palais, poursuivis-je. En fin de journée, j'ai visionné les enregistrements de la camionnette de surveillance qu'on avait placée devant chez les Chan, et c'est là que je l'ai vu passer devant leur maison au volant de sa Mercedes.

» Attendez, je vais vous montrer les images.

J'allumai mon ordinateur portable et lançai la vidéo où l'on voyait Joe s'arrêter devant chez les Chan et se tourner face à la caméra de notre véhicule garé le long du trottoir opposé. Je leur parlai également de l'homme que Richie avait repéré sur les images enregistrées par les caméras du Four Seasons, qui ressemblait étrangement à Joe.

— C'est sur cette vidéo que je l'ai vu pour la dernière fois.

Mes amies me posèrent une foule de questions tout à fait pertinentes, auxquelles je n'avais, hélas, pas le moindre début de réponse.

— D'après moi, fit Cindy, il est impliqué dans cette histoire. Pas forcément en mal, mais son passage à Palo Alto ne peut pas être une coïncidence.

— C'est vrai, mais on n'est peut-être pas au courant de tout. Joe est consultant. Il en connaît un rayon sur les problèmes de sécurité liés aux transports. Il a très bien pu être engagé pour une mission confidentielle, avec interdiction d'entrer en contact avec moi.

— Tu as appelé les gens pour qui il bosse ?

— Je l'aurais fait si je savais de qui il s'agit.

— OK, OK, fit Cindy sans se démonter. Dis-nous ce qui s'est passé après.

Je leur parlai de la mystérieuse femme blonde qui avait été vue entrant dans la chambre de Michael Chan.

— Celle dont j'ai mis la photo sur notre site ! s'écria Cindy.

— Le lendemain, ajoutai-je, avant qu'on ait eu le temps de poursuivre les investigations…

Claire termina ma phrase :

— Le vol WW 888 s'est écrasé sur l'autoroute.

— Quand je suis rentré chez moi ce soir-là, Mme Rose m'a dit que je venais juste de rater Joe. Il était passé changer de vêtements et il m'avait laissé un message où il m'expliquait qu'il avait été mis sur l'enquête du crash et qu'il ne savait pas trop quand il rentrerait.

— Il est donc en vie, intervint Yuki. Il n'est pas blessé. Il travaille, tout simplement.

— C'est ce qu'il prétend, oui.

J'avais beau m'efforcer de croire à ce que je disais, je trouvais étrange que Joe reste injoignable. C'était même incompréhensible. Après le départ de mes amies, je baignai Julie, lui donnai une compote et téléphonai à Joe.

Une voix m'informa que sa boîte vocale était pleine.

Honnêtement? J'étais au supplice.

39

Je passai le reste de la journée à faire des lessives, et une fois l'heure du dîner arrivée, je me sentis à la fois affamée et lassée. J'emmenai Julie chez Mme Rose, de l'autre côté du couloir, et lui demandai de me la garder le temps de faire un saut à l'épicerie asiatique.

Dehors, il faisait déjà nuit. J'étais en train de choisir les légumes avec lesquels je comptais accommoder le rôti de la veille lorsque je ressentis quelque chose d'étrange – un choc, comme un coup.

La seconde d'après, ma tête heurta le trottoir, si vite que je n'eus pas le temps de tendre les mains pour amortir ma chute. Avais-je trébuché ? Venais-je de faire un AVC ?

Des pulsations cognaient dans mon crâne et ma vision s'était déformée, mais j'y voyais assez net pour me rendre compte que j'étais entourée de chaussures, de lumières clignotantes et de phares qui défilaient dans l'obscurité. Plus rien n'avait de sens. J'avais envie de vomir. Après avoir lutté pour parvenir à me mettre à quatre pattes, je reçus un coup sur le côté qui m'envoya de nouveau au sol. Je me roulai en boule, les mains sur la tête, et entendis deux voix, peut-être plus, s'adresser à moi dans un anglais teinté d'un fort accent.

Je relevai lentement la tête et vis alors quatre Asiatiques aux contours flous penchés vers moi. Je crus reconnaître l'homme au large visage qui m'avait interpellée devant l'institut médico-légal. Ce même homme qui m'avait violemment percutée à la fin de la conférence de presse de la NTSB.

Il était entièrement vêtu de noir.

— Vous connaissez Chan ? hurla-t-il au-dessus de moi.

Étais-je en train de rêver ?

— Reculez, lançai-je. Je suis flic.

Je tâtai ma hanche à la recherche de mon arme, mais elle n'était pas là.

— Vous travaillez pour qui ? beugla l'homme en noir.

— Quoi ? Dégagez. Laissez-moi tranquille.

Je reçus un nouveau coup, cette fois à l'arrière du crâne, et lorsque je repris connaissance, je me trouvais à l'arrière d'une ambulance lancée à pleine vitesse.

— Heureux de vous voir de retour parmi nous, fit le secouriste qui se tenait à côté de moi. Comment vous appelez-vous ?

Je téléphonai à Conklin depuis l'ambulance. Hurlant douloureusement pour me faire entendre par-dessus le cri des sirènes, je lui demandai de prévenir ma voisine, Mme Rose.

En arrivant à l'hôpital, je fus aussitôt conduite au service des urgences. On m'ôta mes vêtements, qu'on me remit enveloppés dans un sachet en plastique, puis une infirmière vint prendre ma tension et

142

ma température, et un certain docteur Di Donato se présenta pour m'ausculter.

— Sur une échelle de un à dix, dix étant le maximum, comment décririez-vous votre douleur? me demanda-t-il.

— Comme celle qu'on ressent quand on vient de se faire tabasser.

— Vous souvenez-vous de ce qui s'est passé?

— Je m'en souviens parfaitement.

— Avez-vous déjà passé un scanner?

— Jamais.

— Dans ce cas, préparez-vous à vivre une nouvelle expérience. À l'issue de cet examen, je vous dirai dans quel état se trouve votre cerveau, puis nous vous garderons cette nuit en observation.

— J'ai laissé ma fille d'un an chez ma voisine.

— Je suis de garde jusqu'à 23 heures. Le docteur Santos viendra prendre la relève. Il vous laissera peut-être repartir dans la matinée.

Conklin arriva pendant que j'attendais de passer mon scanner. Il semblait à la fois inquiet et furieux.

— Qu'est-ce qui s'est passé? Tu t'es fait agresser? Toi?

— Je me suis fait tabasser par quatre Asiatiques, mais ça va, je suis vivante. Ils ne m'ont rien volé, ajoutai-je en levant ma main gauche, où je portais mon alliance en diamants.

— Tabasser? Qu'est-ce qu'ils voulaient, au juste?

— Un truc en rapport avec Chan, apparemment. Je ne peux rien te dire de précis, Rich. Ça s'est passé trop vite. Je ne sais pas pourquoi ils s'en sont pris à moi en particulier.

Aux alentours de 8 heures le lendemain matin, Rich me poussa sur un fauteuil roulant jusqu'à la sortie de l'hôpital, m'aida à grimper sur le siège passager à l'avant de son Bronco et à attacher ma ceinture.

En chemin, j'eus droit à un petit sermon.

— Écoute, Linds. Tu es crevée. Tu as failli mourir, hier soir. Tu n'as aucun indice sur les gars qui t'ont fait ça. Tu ne connais pas leurs noms et tu n'as même pas une vague description qui pourrait te permettre de les identifier. Tu sais ce que ça m'inspire, tout ça ? Je pense que tu as besoin de te reposer. Ça tombe bien, on est dimanche. Rentre chez toi, mets-toi au lit et dors. Je me débrouillerai sans toi.

— Qu'est-ce que je vais faire toute la journée dans mon appart ? Rester devant ma télé à regarder tourner en boucle les images du crash à la télé ?

— Et dormir.

— Je reconnais que j'ai été stupide, Rich. C'est vrai, je n'aurais pas dû sortir sans mon arme. J'aurais dû faire plus attention. Mais comme je te l'ai dit, j'étais juste descendue acheter un truc à l'épicerie. Et soit dit en passant, je suis ta supérieure hiérarchique. Tu n'as pas le droit de m'obliger à quoi que ce soit.

— Tu préfères que Brady te fasse arrêter pour raisons médicales ? J'ai son numéro en mémoire, si tu veux, rétorqua mon coéquipier, mon frère, mon soutien, mon camarade et ami.

Face à mon mutisme, il insista :

— Allez, Linds. Rentre chez toi et profite un peu de ta journée.

— Hors de question.

Je me cramponnai à son bras et il m'aida à rejoindre l'ascenseur grinçant de mon vieil immeuble. Mme Rose nous ouvrit la porte et nous intima aussitôt le silence.

— Julie vient de s'endormir, fit-elle.

— Vous pouvez rester ? lui demandai-je. J'ai du travail aujourd'hui.

Rich me décocha un regard sévère, mais Mme Rose ne le remarqua pas.

— Bien sûr, Lindsay, répondit-elle. À ce rythme-là, je vais bientôt pouvoir prendre ma retraite dans le sud de la France.

— Avant ça, il faudra que je vous nomme capitaine de la brigade d'urgence des nounous.

— Ce serait super. J'ai toujours rêvé qu'on se mette au garde-à-vous devant moi !

Je saluai à la manière d'un soldat et elle partit d'un grand éclat de rire. J'éclatai de rire moi aussi, ce qui me provoqua une vive douleur.

Pendant qu'elle préparait du café, je pris une rapide douche et examinai mes blessures. Un énorme hématome partait de mon aisselle et descendait jusqu'au genou, depuis le ventre jusqu'au milieu du dos. Heureusement, aucun organe n'était touché et le scanner avait révélé que mon cerveau était intact. J'en concluais que les quatre Asiatiques n'avaient pas cherché à me tuer. S'il s'agissait d'un simple avertissement, je risquais d'avoir droit à un autre passage à tabac.

Je m'habillai, dissimulai avec un peu de maquillage l'éraflure qui courait le long de ma mâchoire, puis enfilai mon holster. Fin prête, je retournai au salon. Julie s'était réveillée. Mignonne à croquer avec sa petite grenouillère jaune, elle gigotait, assise dans son transat.

J'eus l'impression qu'elle avait grandi de plusieurs centimètres depuis la veille. Ma petite fille. Elle tendit ses bras vers moi en pleurant et mon cœur se serra douloureusement.

Que serait-elle devenue si j'avais été tuée ?

Je la pris contre moi et l'étreignis avec tendresse en roucoulant, avant de la remettre dans son transat et de passer le relais à Mme Rose.

J'avais du pain sur la planche, et je n'avais d'autre choix que de laisser ma petite princesse adorée avec notre charmante voisine.

— On y va ? lança Rich, qui m'attendait sur le pas de la porte.

41

Mon coéquipier ouvrit la portière côté passager et m'aida à monter avec la délicatesse dont il aurait fait preuve envers un poussin à peine sorti de l'œuf.

J'attachai ma ceinture, branchai le chargeur de mon téléphone et avalai deux Advil, l'esprit déjà accaparé par Alison Muller.

Nous avions plusieurs jours de retard dans la traque de notre unique suspecte pour les meurtres du Four Seasons, le crash du vol WW 888 ayant relégué toutes les autres affaires au second plan, même ce quadruple homicide.

À cause de cette catastrophe aérienne qui avait pétrifié tout un secteur de la ville et mobilisé presque tous les membres des forces de l'ordre, de nombreux criminels, du simple voleur à l'étalage jusqu'au plus redoutable tueur en série, s'étaient vus offrir des vacances à l'abri des regards de la police. Et Alison Muller – où qu'elle se trouvât – pouvait bien faire partie de la clique.

Tandis que nous roulions, Conklin m'expliqua qu'il avait passé la soirée à consulter les réseaux sociaux et les sites Internet des entreprises pour lesquelles Muller avait travaillé au cours de sa carrière. Il avait téléchargé plusieurs photos sur son téléphone, ce qui me permit de visualiser plusieurs versions de Muller – diverses coupes de cheveux, avec des longueurs et des teintes différentes. Même la dernière en date, celle décrite par la petite Haley, figurait dans la série.

— Tu sais que tu es unique en ton genre, Rich ?

— Alors on est deux, répondit mon coéquipier en rigolant. Je ne suis pas certain que ce soit une bonne chose.

Nous empruntâmes l'autoroute 101 en direction du sud, et traversâmes la portion bordée sur la droite par une bande d'herbe desséchée jonchée des débris provenant de l'avion qui s'était écrasé, et sur la gauche par la baie de San Francisco.

Nous éteignîmes la radio et profitâmes du trajet pour faire le point sur l'enquête. Au point de départ, il y avait l'assassinat de Michael Chan et des trois autres victimes du Four Seasons. Le crash du vol WW 888 et la disparition du corps du second Michael Chan étaient-ils liés à la mort du premier Michael Chan ? Que signifiaient la présence de Joe à l'hôtel et devant la maison des Chan, sa mystérieuse absence depuis plusieurs jours, l'agression dont j'avais été victime à l'épicerie ? Comment ces éléments pouvaient-ils s'imbriquer dans cet étrange puzzle ?

Seule certitude : Alison Muller constituait le personnage central. Et sans elle, nous n'avions aucune chance de parvenir à démêler cette intrigue.

Nous étions encore à une centaine de kilomètres de Monterey, juste à la sortie de San Jose, lorsque je décidai de piquer un somme. Je me confectionnai un oreiller à l'aide de ma veste calée contre la vitre. Je dormis une heure et fus tirée de mon sommeil par le mouvement irrégulier de notre voiture, prise dans un embouteillage en accordéon. Les à-coups me rendaient vaguement nauséeuse.

— Tu comptes faire un rapport pour ton agression ? me demanda Conklin.

— Je ne sais pas encore.

La voiture s'arrêta. Nous nous trouvions dans une rue bordée de belles maisons et illuminée par un soleil éclatant.

— Mais plus j'y pense, plus je me dis que ce serait une mauvaise idée. Et toi ?

Conklin haussa les épaules.

— Il y a du pour et du contre. S'il apprend ce qui s'est passé, Brady risque de te mettre sur la touche.

— Je t'assure que ça va, Rich.

Il se tourna vers moi et me dévisagea avec une bienveillance mâtinée d'inquiétude.

— N'hésite pas à me le dire, si ça ne va pas, Lindsay. Je tiens à toi, tu sais. Je n'ai pas envie qu'il t'arrive des bricoles.

— Je sais.

Mon coéquipier éteignit le moteur.

— On y est.

42

Alison Muller habitait une splendide maison sur Ocean View Boulevard. Construite dans le style méditerranéen des années 1920, la demeure aux murs de stuc blanc percés de multiples fenêtres était coiffée de tuiles rouges en terre cuite. Une tourelle hexagonale venait ponctuer la jonction à angle droit entre les deux ailes principales.

Je levai les yeux à travers la vitre de notre voiture et contemplai les plantes indigènes du jardin qui s'élevait en pente douce vers la porte d'entrée en chêne sculpté. Un frisson me parcourut. La bâtisse était aussi belle que peu accueillante.

— Ça va, Linds?

— Oui, pourquoi?

— Pour rien. Allons-y.

Un bel homme d'une quarantaine d'années nous ouvrit la porte. Il mesurait environ un mètre quatre-vingt-cinq, portait un pull en cachemire et un pantalon noir. Je remarquai l'alliance en or à sa main gauche. Il ne semblait pas ravi de nous voir.

— Oui? Que puis-je faire pour vous?

Conklin nous présenta puis lui montra son insigne.

— Nous recherchons Alison Muller, expliqua-t-il. Elle a peut-être été témoin d'un meurtre.

— Khalid Khan, se présenta l'homme à son tour. Je suis le mari d'Alison. Entrez.

Nous passâmes devant un large escalier en spirale et le suivîmes jusqu'à une vaste pièce très haute de plafond qui aurait pu faire la couverture d'un numéro de *California Living*. Les immenses fenêtres que j'avais admirées depuis la voiture offraient une vue magnifique sur la baie.

Khan nous invita à nous asseoir sur les canapés en cuir blanc et s'installa face à nous sur un fauteuil assorti. Une musique douce nous enveloppait, une composition pour orchestre à cordes que je n'avais jamais entendue. La pièce ne comportait aucun tableau, aucune photo ou objet personnel, et je ressentis de nouveau l'atmosphère glaçante qui émanait de cette maison.

— Nous enquêtons sur un quadruple homicide qui a eu lieu cette semaine au Four Seasons, à San Francisco, expliquai-je à Khan.

Je sortis mon téléphone pour lui montrer la capture d'écran d'Alison Muller, tirée des images de l'une des caméras de surveillance de l'hôtel. Khan observa attentivement la photo.

— Oui, dit-il au bout d'un moment. Je vois pourquoi on pourrait penser qu'il s'agit d'Alison, mais les cheveux de cette femme lui dissimulent en partie le visage et, honnêtement, je ne crois pas que ce soit elle.

— Reconnaissez-vous le manteau, monsieur Khan ? Est-ce bien celui de votre épouse ?

Khan haussa les épaules, juste au moment où deux filles entraient dans la pièce, l'une âgée d'une douzaine d'années, l'autre d'environ cinq ans, toutes les deux très belles, avec de longs cheveux épais et soyeux.

— Caroline, Mitzi, ces deux personnes sont des policiers de San Francisco. Ils sont à la recherche de maman.

Mitzi, la plus petite, lança d'une voix sévère :

— J'espère que vous cherchez bien.

Je lui répondis que nous faisions tout notre possible, puis lorsqu'elles se furent éloignées en direction de la cuisine, Conklin poursuivit l'interrogatoire :

— Quand avez-vous parlé à votre femme pour la dernière fois ? demanda-t-il.

— Elle m'a téléphoné lundi pour me dire qu'elle rentrerait dans la soirée. Elle n'est pas rentrée, mais avec elle, ça n'a rien d'inhabituel. Elle a une vie très remplie.

— Vous ne craignez pas qu'il lui soit arrivé quelque chose ?

Khan répondit à toutes les questions de Conklin par la négative, sans jamais afficher la moindre émotion ni paraître curieux. Il n'avait pas reçu de demande de rançon. Il n'avait rien remarqué d'étrange dans son comportement, n'avait vu aucune personne suspecte rôder autour de chez lui. Pas de coup de fil bizarre. Le nom de Michael Chan ne lui disait rien.

Pourquoi Khan semblait-il si peu soucieux de n'avoir pas eu de nouvelles de sa femme depuis maintenant presque une semaine ?

Je lui posai la question.

— Ce n'est pas la première fois qu'Alison disparaît plusieurs jours sans prévenir. Elle aime se retirer de temps à autre pour faire le point, prendre un peu de recul.

Vraiment? Sans dire un mot?

— J'ai confiance en ma femme, ajouta Khan.

Je lui demandai si quelqu'un aurait pu lui vouloir du mal : un collègue, un concurrent, un ami jaloux ou une personne qui l'aurait harcelée.

— Alison mène une carrière brillante, c'est vrai. Et des jaloux, il y en a toujours. Mais c'est une femme extraordinaire. Elle reviendra quand elle se sentira prête à le faire. Je lui demanderai de vous appeler dès qu'elle aura franchi le pas de la porte, promis.

Il n'y avait pas une once de sincérité dans sa voix.

Soit Khan savait que sa femme était vivante, soit il se souciait d'elle comme d'une guigne.

— Nous avons une vidéo de la femme que nous pensons être votre épouse. Si vous pouviez l'identifier, ça nous permettrait au moins d'établir une partie de son emploi du temps pour lundi après-midi.

— Bien entendu.

Je lui demandai ensuite s'il m'autorisait à utiliser ses toilettes.

— Dites plutôt que vous aimeriez aller fouiner dans la maison. Je vous en prie, faites.

J'y comptais bien.

43

Avec la permission de Khan, je me rendis à l'étage pour une inspection visuelle approfondie, en m'attardant sur la chambre conjugale. À l'instar de la pièce principale, elle n'aurait pas dépareillé dans un magazine de déco : mobilier hors de prix, propreté immaculée et vue imprenable sur la baie.

Le lit était fait avec une précision chirurgicale. Aucun vêtement ne traînait par terre ; aucun objet ne venait encombrer la surface des commodes ; aucune trace de poils ne révélait la présence d'animaux de compagnie. Bien sûr, pas le moindre grain de poussière. Je ne repérai ni menottes, ni traces de sang.

Alison Muller était la seule personne susceptible d'avoir assisté au massacre du Four Seasons. Elle était notre unique témoin, en même temps que notre unique suspecte. Puisque nous ne parvenions pas à mettre la main sur elle, et vu que je ne disposais pas d'un mandat de perquisition, je décidai de saisir ma chance et de fouiller dans ses vêtements.

Je me dirigeai vers le mur du fond et fis coulisser les portes du dressing. Je pressai l'interrupteur de la lumière.

Le «placard» d'Alison ressemblait au showroom d'un grand couturier : huit mètres de long sur trois mètres de large, avec des tiroirs intégrés, des chaussures soigneusement alignées et munies d'embauchoirs, et, dans la partie supérieure, une multitude de vêtements suspendus à des cintres.

Une partie était consacrée aux tenues professionnelles, avec des chemisiers blancs et des tailleurs costumes, des bottines italiennes et des talons hauts à semelles rouges à six cents dollars la paire. Une autre section accueillait les tenues de soirée : des robes éblouissantes, de la plus simple à la plus glamour, toutes signées par des couturiers européens. Il y avait également des foulards, des sacs et de nombreuses boîtes contenant des paires d'escarpins.

Mais pas de manteau en cuir noir de coupe évasée.

Si la présence de ce manteau avait permis de déterminer que la femme blonde filmée au Four Seasons était bien Alison Muller, son absence, en revanche, ne prouvait rien. Elle le portait peut-être encore. Ou elle avait pu être enterrée avec.

Comme je terminais l'inspection du dressing, je remarquai quelque chose de bizarre : une jointure entre deux sections de tiroirs.

Je pressai l'un des bords : une porte s'ouvrit, dévoilant un portant rempli d'ensembles de lingerie en dentelle extrêmement sophistiqués.

J'étais en train d'examiner un bustier à armature lorsque Khan entra dans le dressing.

— Vous avez trouvé quelque chose, sergent ? L'arme du crime, peut-être ? Une pile de vêtements ensanglantés ?

Il se figea sur place en découvrant l'étalage de dessous sexy.

— Qu'est-ce que…, bafouilla-t-il.

— Vous n'aviez jamais vu ces sous-vêtements ?

— Ce n'est pas du tout le style d'Alison.

— Et pourtant ils sont bien là, cachés dans un placard secret. Ça vous inspire quoi, monsieur Khan ?

Il observa la lingerie avec des yeux écarquillés, puis retourna dans la chambre et attendit que je sorte à mon tour.

Sur le pas de la porte, je remerciai M. Khan de nous avoir accordé un peu de son temps et lui remis ma carte en lui demandant de me contacter dès qu'il aurait des nouvelles de sa femme.

— Comptez sur moi, répondit-il.

44

Même des hommes qui avaient assassiné leur femme m'avaient semblé davantage préoccupés par leur épouse que Khalid Khan, l'homme de la forteresse avec vue sur la baie.

— Un type très chaleureux, dis-je à mon coéquipier lorsque nous eûmes réintégré l'habitacle de notre voiture. Ton point de vue ?

— Toi d'abord.

— OK. Je continue à me demander si Alison Muller est l'auteur du quadruple homicide ou si son corps n'est pas en train de pourrir quelque part dans une décharge. Dans un cas comme dans l'autre, j'ai l'impression que son mari s'en contrefout.

— C'est peut-être culturel. Tu l'as trouvé comment ?

— Arrogant, je dirais… Il me vient une idée, Rich : mettons que Khan ait découvert qu'Alison avait une liaison avec Michael Chan et qu'il ait engagé un professionnel pour les faire disparaître tous les deux ? A priori, il a les moyens de faire appel aux meilleurs. Les deux détectives et la femme de chambre ne seraient alors que des victimes collatérales.

— Brady a appelé, fit Conklin, qui avait sorti son portable pour consulter ses messages.

— Attends, laisse-moi juste deux secondes pour finir mon raisonnement.

J'étais en train de décrire à Conklin la réaction de Khan devant la collection de lingerie de sa femme lorsque des coups frappés contre la vitre me firent sursauter.

C'était Caroline, la fille aînée des Khan.

Conklin pressa le bouton de commande de la vitre.

— Vite! lança l'adolescente. Je n'ai pas envie qu'il me voie.

Conklin déverrouilla la portière arrière et Caroline grimpa sur la banquette. Aussitôt, elle se baissa et demanda à Conklin de démarrer. Nous longeâmes Ocean View Boulevard, tournâmes au croisement suivant et nous garâmes le long du trottoir.

— Écoutez, mon père est un imbécile. Je lui ai dit, mais dès qu'il s'agit de ma mère, c'est comme s'il n'avait plus de cerveau. Ma mère est une folle. Elle n'a aucun sentiment et elle passe son temps à mentir.

— Ça ne doit pas être facile à vivre, Caroline, répondit Conklin. Elle te ment, à toi?

— Tout le temps.

— Tu pourrais me donner un exemple?

— J'en ai des millions.

— Choisis-en un, fit Conklin en souriant.

Le visage pressé contre la grille qui séparait l'habitacle, la fillette semblait pressée de parler et de rentrer chez elle.

— Des fois, par exemple, elle dit qu'elle rentrera tard parce qu'elle doit travailler, et quand je l'appelle, elle ne répond pas. Et puis elle rentre juste avant qu'on se lève pour l'école, et elle enfile une robe de chambre pour faire croire qu'elle a passé la nuit à la maison. Et quand je vérifie son compteur, je me rends compte qu'elle a fait huit cents kilomètres.

» C'est pour ça que je pense qu'elle a un amant. Plusieurs fois je l'ai entendue flirter au téléphone. Quand j'appuie sur la touche bis du téléphone, je vois que c'est un numéro à l'étranger. Pourtant, c'est ici qu'elle travaille. Je ne vois pas qui elle pourrait connaître à Berlin !

— Est-ce que ta maman a téléphoné ou envoyé un texto récemment ? demandai-je.

L'adolescente secoua vigoureusement la tête, ses longs cheveux lui giflant le visage. Deux grosses larmes roulèrent sur ses joues. Elle les essuya d'un geste vif.

— Ne me demandez pas si j'aime ma mère, lâcha-t-elle.

Je n'avais pas à lui poser la question. De toute évidence, elle l'aimait beaucoup.

— Montre-lui l'image, Rich.

Il sortit son téléphone et afficha la photo de la femme blonde filmée par les caméras de surveillance dans le hall d'entrée du Four Seasons.

— Il s'agit bien de ta maman ?

— Oui. Je reconnais ses lunettes Gucci et son manteau Zak Posen. Et regardez sa main, celle qui tient le téléphone. Qu'est-ce que je vous ai dit ? Elle ne porte pas son alliance.

Conklin lui montra ensuite la photo de Michael Chan.

— As-tu déjà vu cet homme ? lui demanda-t-il.

— Oui.

— Où ça ?

— Bah, sa photo est partout sur Internet. Pourquoi ? Vous pensez que ma mère le connaît ?

— On pose cette question à tout le monde, répondit Conklin.

Il remercia la jeune fille et lui remit sa carte en lui disant qu'elle pouvait le contacter à n'importe quelle heure. Caroline quitta la voiture. Je descendis moi aussi et la regardai s'éloigner les yeux baissés vers le trottoir. J'attendis qu'elle remonte l'allée de sa maison pour retourner m'asseoir sur le siège passager.

— Pour moi, Alison Muller est une narcissique et je suis certain qu'elle trompe son mari en plus de délaisser ses enfants, fit Conklin. J'irais même jusqu'à dire que c'est une menteuse pathologique. Tout ça pour dire qu'on n'est pas tellement plus avancés.

— Tu l'as dit.

Je contactai Brady pour faire le point sur la situation.

— La police de Monterey m'a transmis le dossier Muller il y a tout juste une heure, m'apprit-il. Ils la considèrent comme une personne disparue. Des inspecteurs sont allés interroger ses voisins, ses amis et ses associés, mais sans résultat.

Autrement dit, personne ne savait rien.

J'avais dit à Conklin que tout allait bien après mon agression de la veille, que l'hôpital m'avait laissée repartir et que j'étais prête à reprendre le travail. Mais le simple fait de boucler ma ceinture de sécurité me provoquait des douleurs dans les côtes, le dos et jusqu'au sommet du crâne.

Je fis de mon mieux pour ne pas grimacer. Ou carrément pousser des hurlements de douleur.

Nous remontâmes Ocean View Boulevard en direction du nord.

— Et si on s'arrêtait pour acheter un truc à manger? proposa Conklin.

— Si tu veux.

Quelque chose me préoccupait.

En jetant un coup d'œil dans le rétroviseur, je venais de voir une BMW noire, type *crossover*, qui nous suivait à quelques voitures de distance. Il m'avait semblé l'avoir également aperçue à travers les rideaux de la chambre du couple Muller-Khan, garée le long du trottoir de l'autre côté de la rue. Et maintenant que je me faisais la réflexion, il me semblait également l'avoir aperçue dans mon champ de vision périphérique au moment où nous discutions dans la voiture avec Caroline Khan.

— Rich ? La BM noire, derrière nous. Les Asiatiques qui m'ont alpaguée devant le bureau de Claire l'autre soir conduisaient la même voiture.

Conklin dirigea son regard vers le rétroviseur.

— OK. Je la garde à l'œil. Mais tu sais, des BM comme ça, il y en a des milliers à San Francisco.

Je tentai de me détendre un peu.

La baie de Monterey se déployait sur notre gauche tandis que, sur notre droite, se succédaient des maisons toutes plus somptueuses les unes que les autres. Le paysage représentait une agréable toile de fond pour mon esprit en ébullition. Je songeai à Alison Muller, me demandant où avait pu disparaître mon mari et ce qui pouvait bien différencier le comportement de Joe de celui de Muller. Je secouai la tête pour chasser ces pensées et contrôlai de nouveau le rétroviseur.

La BMW se trouvait à présent derrière une camionnette. Elle continua à nous suivre lorsque nous tournâmes à droite après avoir longé Lovers Point Park.

— Elle est toujours là, fis-je à mon coéquipier, qui venait de s'arrêter à un feu rouge dans le centre de Pacific Grove.

Il prit à droite dans une rue bordée de commerces et de restaurants, la plupart fermés en ce dimanche. La BM noire resta dans notre sillage, deux voitures derrière la nôtre.

Le bureau de poste de Pacific Grove se dressa bientôt devant nous, sur notre droite.

— Arrête-toi là, Rich.

Conklin s'arrêta le long du trottoir, et alors que le SUV avait le temps et la distance suffisante pour ralentir et passer, le conducteur se mit à paniquer. Il donna un brusque coup de volant et accéléra pour griller le stop au niveau du croisement.

— *Go!* m'écriai-je.

Conklin démarra pied au plancher, et je contactai aussitôt le standard pour signifier à la police de Monterey que nous venions de prendre en chasse un véhicule suspect. J'indiquai la marque, le modèle et les deux chiffres que j'étais parvenue à relever sur la plaque d'immatriculation.

Conklin brancha la sirène et alluma les gyrophares; j'agrippai fermement l'accoudoir. Nous remontâmes Lighthouse Avenue à toute blinde, suivant la BM qui s'engouffra bientôt dans Ridge Road, un quartier résidentiel. Rich prit un virage sur deux roues et je priai pour que ni chien, ni voiture, ni enfant ne surgisse d'un seul coup devant nous.

Je branchai le micro en mode mégaphone, me penchai par la vitre ouverte et hurlai :

— Police! Arrêtez-vous immédiatement!

La BM poursuivit sa course folle.

Le conducteur de la BMW roulait à toute allure et avait une solide avance sur nous. Il nous promena à travers une série de petites rues sinueuses jusqu'à la 17 Mile Drive, une petite route pittoresque qui longe une partie de la péninsule en direction de Carmel.

Brinquebalée de droite à gauche, j'avais l'impression d'être enfermée dans le tambour d'un sèche-linge géant.

Mais dès que nous atteignîmes la portion à deux voies séparées, notre vitesse se retrouva réduite de moitié. Une circulation dense s'étirait entre le terre-plein planté d'arbres sur notre gauche, et les clôtures des jardins sur notre droite.

Les gyrophares toujours allumés, la sirène hurlante, nous progressâmes entre les véhicules qui s'écartaient pour nous laisser passer, et longeâmes le parc Rip Van Winkle Open Space sans jamais pouvoir dépasser les soixante kilomètres-heure. Conklin pilotait du mieux possible, zigzaguant entre les voitures qui tardaient à démarrer et celles qui se serraient contre la haie longeant le golf sur la droite.

Clairement, le type que nous poursuivions connaissait le coin comme sa poche. Il vira brusquement sur la droite pour couper à travers une zone de végétation rase, heurta l'arrière d'un pick-up qui s'était arrêté à un stop, puis tourna à gauche dans Ocean Road, un virage particulièrement osé et dangereux.

Les coups de klaxon fusèrent de toutes parts. Il y eut des grincements de freins et de la tôle froissée. Je rappelai le standard pour les informer que nous étions toujours à la poursuite du véhicule suspect et que nous avions besoin de renforts. Sur-le-champ.

Le conducteur de la BM noire s'engagea dans Bird Rock Road, une route étroite et sinueuse qui traversait une zone boisée et un autre golf. Il filait à un bon cent dix kilomètres-heure. Soudain, il quitta la route et fonça à travers le parcours.

Nous le suivîmes dans le chaos et la panique qui s'étaient emparés du green : voiturettes renversées, golfeurs courant en tous sens, drapeaux écrasés. La BM reprit Bird Rock Road, une large boucle pour retourner sur la 17 Mile Drive.

Nous perdions progressivement du terrain.

Notre Ford était une voiture confisquée à un trafiquant de drogue et recyclée en voiture de patrouille. Le compteur affichait presque cinq cent mille kilomètres et notre moteur ne pouvait pas rivaliser avec celui d'un crossover à quatre roues motrices flambant neuf. Le temps d'atteindre la route, une dizaine de voitures s'étaient mises entre nous et la BM.

Mon coéquipier se concentra sur la route, et la BM se fondit dans la circulation une cinquantaine de mètres devant nous. Nous traversâmes Pebble Beach au ralenti, puis rejoignîmes l'autoroute en direction du nord.

Le trafic était à présent si dense que même la sirène nous était devenue inutile.

Où étaient les renforts que nous avions demandés?

Le barrage routier? Les hélicos?

Le conducteur de la BMW était-il un père de famille dégénéré? Un dealer? Ou bien l'un des hommes qui m'avaient agressée?

Mon instinct me soufflait qu'il s'agissait de l'un de mes agresseurs, et qu'il valait mieux ne pas le laisser s'échapper.

Je comptai trois SUV noirs au loin susceptibles de correspondre à notre proie, mais la distance m'empêchait de distinguer les immatriculations.

Au moment où nous dépassions la sortie pour l'autoroute 68, je reconnus la longue éraflure sur la portière côté passager d'un crossover BMW qui roulait à vive allure sur la bretelle d'accès.

— On l'a perdu, Rich.

— Putain! Désolé, Linds.

Juste à cet instant, deux véhicules de la Highway Patrol arrivèrent derrière nous. Mais ils n'étaient pas là pour la BM. C'était à nous qu'ils faisaient signe de se ranger sur la bande d'arrêt d'urgence.

— C'est quoi, ce bordel? lâcha Conklin en s'exécutant.

Nous baissâmes nos vitres et plaçâmes nos mains en évidence en attendant l'arrivée des policiers. Le gravier crissa sous les semelles de leurs bottes. Deux officiers du Sheriff's Department s'approchèrent de nous.

— On est de la maison, fis-je à celui qui venait d'apparaître de mon côté. Je vais ouvrir ma veste pour vous montrer mon insigne.

III

47

Le lundi matin, j'ouvris les yeux aux alentours de 3 heures.

Le lit du côté de Joe était froid et j'entendais Julie pleurer dans sa chambre. Je m'extirpai de mes draps avec précaution en essayant de ne pas exercer de pression sur mes hématomes, et trois minutes plus tard, j'étais installée avec Julie dans notre rocking-chair préféré. Je lui chantai l'une des berceuses irlandaises de ma mère pour la rendormir.

Une fois la mission accomplie, je retournai grappiller quelques heures de sommeil au côté de Martha, jusqu'au coup de sonnette de Mme Rose.

Je laissai mon bébé et mon border collie à ma providentielle voisine et, à 8 heures, je prenais le petit déjeuner avec Conklin.

C'est le lundi matin que notre salle de pause miteuse apparaît sous son meilleur jour. Elle n'était peut-être pas aussi impeccable que l'intérieur des Muller-Khan, mais au moins, on n'avait pas l'impression qu'une bande de porcs bedonnants y avait fait la fête toute la nuit.

J'avais fait couler une cafetière de French Vanilla pour accompagner le sachet de churros que mon coéquipier avait apporté, et nous savourions le calme relatif en attendant que Brady ait terminé sa réunion avec la hiérarchie et les responsables de la NTSB.

Conklin avait acheté le journal du matin ; il l'ouvrit à la page de la colonne de Cindy, qui avait de nouveau publié les portraits des deux jeunes détectives de la chambre 1418 en demandant à tous ceux qui les reconnaîtraient de bien vouloir se manifester.

— À mon avis, ce ne sont pas des Californiens, observai-je. Ils ne sont peut-être même pas américains. Des touristes, peut-être ? En temps normal, on aurait déjà une identification, mais là…

Je jugeai inutile de terminer ma phrase. Toute l'attention était concentrée sur le crash du vol WW 888, une enquête où les réponses tardaient à venir.

Richie referma le journal.

— Je voulais te dire un truc, Linds. Mais c'est juste une idée comme ça. Pas la peine de me sauter à la gorge.

— Je t'écoute.

— C'est à propos de Joe.

— OK.

— Il bosse comme consultant dans le domaine de la sécurité aéroportuaire, on est bien d'accord ? Et en ce moment, d'après le message qu'il t'a laissé l'autre jour, il serait accaparé par un dossier lié au crash.

— Exact.

— Pourquoi a-t-il été filmé dans le hall du Four Seasons et devant chez les Chan ? Peut-être parce qu'il avait eu vent qu'un certain Michael Chan était

172

impliqué dans un projet d'attentat? Il a découvert l'existence d'un Michael Chan qui vivait à Palo Alto, il s'est mis à le surveiller, et un jour, il l'a suivi depuis son domicile jusqu'à l'hôtel. Ça se tient jusque-là?

— Ça se tient.

— Ce jour-là, pendant qu'il attend dans le hall que Chan ressorte de l'immeuble, il nous voit débarquer avec Claire et les gars de la scientifique. Il ne veut pas se retrouver au milieu de tout ça, mais le lendemain, il retourne dans le quartier de Chan…

— Pour quoi faire? l'interrompis-je.

— Parce qu'il ne sait pas que Chan est mort. Il veut guetter son retour.

— Admettons.

— Et en arrivant sur place, il aperçoit notre voiture garée devant la maison et décide de repartir illico. Peut-être qu'il sait très bien à quoi il a affaire au moment où il regarde droit dans l'objectif de la caméra de surveillance de notre camionnette.

— Tu penses que Joe avait pour mission de filer Michael Chan?

— Oui. Et deux jours plus tard, le crash. Joe récupère le registre des passagers et il se rend compte que Michael Chan était à bord de l'avion. Il ne peut pas entrer en contact avec toi à cause du protocole imposé par sa hiérarchie, quelle qu'elle soit, ils ne tiennent pas à se retrouver hackés par des terroristes.

— Pas mal, Rich. Ça me plaît bien.

J'étais sincère. C'était la première explication plausible qui permettait d'innocenter Joe et de comprendre sa disparition.

Et pourtant, quelque chose en moi résistait.

Pourquoi?

Brady apparut à cet instant sur le pas de la porte.

— On a retrouvé la voiture de location d'Alison Muller. Une Lexus marron, garée sur un parking du Seattle-Tacoma International. Elle est nickel : pas la moindre empreinte, pas le moindre détritus et pas le moindre cadavre dans le coffre. Rien. Et le nom de Muller ne figure sur aucune liste de passagers.

» Voilà, c'était juste pour vous tenir au courant.

48

Je rappelai Brady avant qu'il ne s'éloigne :

— J'aimerais te parler une minute.

— Pas une de plus, Boxer. Ils m'attendent là-haut.

Il referma la porte et nous rejoignit à la table, écartant le sachet de churros et la cafetière pour poser ses bras incroyablement musclés.

— Je t'écoute ?

Je songeai à ce que Conklin m'avait dit – si je parlais de mon agression à Brady, il risquait de me mettre sur la touche *illico presto*. Mais je n'avais plus le choix. Je pris une profonde inspiration et me lançai :

— Je suis poursuivie par une bande d'Asiatiques. Quatre types, mais je n'ai jamais pu voir parfaitement leurs visages. Avant-hier soir, je me suis fait tabasser en pleine rue…

Brady se leva et rouvrit la porte.

— Préviens Jacobi que j'arriverai en retard ! hurla-t-il à l'attention de Brenda, notre impassible et vaillante assistante.

Il referma la porte et revint s'asseoir face à moi. Il me dévisagea un instant, l'air à la fois inquiet et furieux. Il examina mes coquards et l'éraflure au niveau de ma mâchoire, que j'avais tenté de camoufler avec du maquillage.

— C'est grave?

— Non. Je suis allée aux urgences, et je n'ai que des hématomes. Pas de fractures, pas de lésions internes, pas de commotion cérébrale. Ils m'ont gardée en observation pour la nuit et ils m'ont laissée sortir le lendemain matin.

Cette fois, Brady ne m'épargna pas.

— Tu t'es fait tabasser par quatre types et tu n'as pas jugé utile de m'en parler? aboya-t-il. C'est quoi le problème avec toi, Boxer? Tu ne t'es pas dit que cette histoire pouvait avoir un impact sur les décisions que j'ai à prendre? J'ose espérer que c'est la dernière fois que tu me dissimules ce genre d'infos. La dernière, pigé? Et maintenant, fais un peu gaffe. Ne travaille plus jamais seule, c'est bien compris?

— C'est bien compris. Désolée, Brady. Vraiment.

— Ils voulaient quoi, ces types?

— Je n'en ai pas la moindre idée. L'un des quatre m'a demandé si je connaissais Chan. Et aussi pour qui je travaillais, ou un truc dans le genre. Je ne m'en souviens pas précisément, et puis il parlait avec un fort accent. Mais ce qui est certain, c'est qu'ils auraient pu me tuer et qu'ils ne l'ont pas fait.

Conklin m'écoutait en croisant et en décroisant les jambes. Son langage corporel et ses nombreux soupirs traduisaient sa frustration, et peut-être aussi sa compassion envers moi.

— Raconte-moi tout depuis le début, fit Brady.

N'ayant plus le choix, je lui relatai les quatre incidents en date : l'altercation devant l'institut médico-légal, le type qui m'avait percutée à la sortie de la conférence de presse de la NTSB, le passage à tabac en bas de chez moi et enfin la course-poursuite le long de la côte – qui n'avait d'ailleurs peut-être aucun lien avec les trois autres événements.

— On n'a jamais pu distinguer nettement le conducteur, ajouta Conklin. Mais ce qui est certain, Lindsay, c'est que tu as été harcelée et agressée.

— Tu pourrais identifier ces hommes ? me demanda Brady.

— Peut-être celui qui m'a abordée devant le bureau de Claire, mais pour le reste, c'est un peu le brouillard.

— Explique-moi comment ça s'est passé ce jour-là.

— Le type qui est venu me parler voulait voir son fils. J'en ai déduit qu'il faisait partie des victimes du crash. Mais il n'avait aucun moyen de savoir si son corps se trouvait à l'institut médico-légal, au Metropolitan Hospital ou ailleurs.

» Je lui ai donné un numéro de téléphone où il pouvait se renseigner, mais ça ne lui a pas plu du tout. Peut-être que tout ce qui m'est arrivé par la suite constituait une forme de revanche. Je ne sais pas… Tu en penses quoi ?

— Je veux que tu rentres chez toi et sans discuter. Garde ton arme sur toi. Tu veux aller parler de tout ça à un psy ?

Je secouai la tête, ce qui me donna l'impression d'avoir des billes à l'intérieur du cerveau.

— Préviens-moi si tu revois ces types. Même si tu *crois* seulement les voir.

— OK.

Brady se leva et quitta la pièce.

Je pris ma veste accrochée au portemanteau ; Conklin m'accompagna jusqu'à ma voiture.

— Je t'en supplie, Linds, reste chez toi, ferme la porte à clé et essaie de te reposer un peu.

J'étais touchée de voir à quel point mon ami et coéquipier se faisait du souci pour moi.

Nous échangeâmes une accolade, puis je m'installai au volant et démarrai le moteur sans lui avoir rien promis.

49

Je me garai au croisement de la 11ᵉ et de Lake Street, à un pâté de maisons de mon immeuble.

Je vivais comme une humiliation le fait d'avoir été lâchement agressée par des sales types qui avaient réussi à prendre la fuite et que j'étais incapable d'identifier.

D'un autre côté, j'étais contente que Brady m'ait renvoyée chez moi.

Derrière mon humeur massacrante, j'avais la sensation de passer à côté de quelque chose de plus important. Comme si j'étais en train de *perdre* quelque chose. Et je devais comprendre de quoi il s'agissait.

Je verrouillai les portières de mon Explorer, glissai mes mains dans mes poches et rentrai chez moi en boitant à cause de la douleur qui irradiait dans mon corps tout entier à chacun de mes mouvements. Parvenue en bas de mon immeuble, je levai les yeux et vis Mme Rose à la porte, avec Julie et Martha. Elle avait sûrement dû aller se promener au parc.

Elle était très mignonne, avec son manteau couleur pastèque et son chapeau cloche brodé de fleurs.

Dans sa poussette, ma petite fille agita ses bras et ses jambes en criant dès qu'elle m'aperçut. Et Martha poussa une série d'aboiements assez mélodieux qui me firent sourire.

Je récupérai ma chienne et ma fille, puis échangeai une accolade avec Mme Rose. Je lui expliquai que j'étais en arrêt maladie pour la journée et que je la rappellerais plus tard.

De retour chez moi, je préparai un smoothie à la banane que nous dégustâmes devant la télé, Julie et moi, et je me lançai dans un récit inventé, une histoire de banane qui rêvait de se transformer en smoothie. Julie parut apprécier mes talents de conteuse. Elle s'endormit sur mes genoux et j'allai l'allonger dans son parc avec son doudou singe.

Je me branchai ensuite sur une chaîne d'infos et suivis les dernières nouvelles concernant le crash du vol WW 888. Worldwide Airlines donnait une conférence de presse à laquelle tous les médias étaient venus assister.

Sur l'estrade, devant un grand rideau sombre, se tenait un homme aux cheveux roux. Le colonel Jeff Bernard, un ancien de l'armée de l'air, travaillait comme expert en sécurité aérienne au sein de la NTSB.

Je montai un peu le volume, juste à temps pour l'entendre expliquer que les boîtes noires avaient été retrouvées et analysées. D'après les enregistrements, l'approche s'était effectuée normalement : les pilotes maîtrisaient parfaitement l'appareil et aucune procédure d'atterrissage d'urgence n'avait été évoquée.

Le colonel Bernard consulta brièvement ses notes avant de poursuivre :

— Nous estimons probable qu'un missile sol-air à guidage infrarouge ait été tiré dans un rayon de cinq kilomètres autour de l'appareil, vraisemblablement depuis le Junipero Serra Country Park. Une fois lancé, le missile a suivi la traînée de chaleur du moteur sur le côté droit de l'avion, et lorsqu'il a explosé, le carburant contenu dans l'aile s'est enflammé. Selon moi, les passagers n'ont pas eu le temps de comprendre ce qui se passait. Dieu merci, tout ceci s'est déroulé dans un laps de temps d'environ deux secondes.

Il y eut des cris suivis d'une bousculade et la caméra fut renversée. Le cœur battant à tout rompre, je changeai de chaîne et tombai sur un journaliste filmé devant l'immeuble de Worldwide Airlines. Il commença à résumer les informations récentes, à savoir que le crash du vol WW 888 était un acte de terrorisme – plusieurs groupes l'avaient revendiqué, mais aucune de ces revendications n'avait encore été authentifiée.

Je zappai d'une chaîne à l'autre, et au bout d'un moment, le sommeil finit par me gagner. À mon réveil, une heure plus tard, une idée avait germé dans mon esprit – une idée que j'aurais sûrement eue plus tôt si je n'avais été dans une forme de déni. Rétrospectivement, la rencontre avec le mari d'Alison Muller m'avait ouvert les yeux.

Khalid Khan disait avoir en sa femme une confiance totale. Elle pouvait disparaître sans donner de nouvelles pendant plusieurs jours sans qu'il y voie le moindre problème.

Pour autant, le dressing de son épouse renfermait un compartiment secret dont le contenu aurait dû l'intriguer et éveiller ses soupçons.

À mon sens, Alison Muller ne pouvait être qu'une tueuse ou une victime ciblée, certainement pas un simple témoin qui aurait eu la malchance de se trouver au mauvais endroit au mauvais moment.

Quelle était donc la différence entre Khalid Khan et moi? Nous avions tous les deux confiance en nos conjoints respectifs, et nous avions peut-être tous les deux délibérément fermé les yeux sur la double vie qu'ils menaient.

Je ne croyais plus en la confiance aveugle.

Et je comptais bien retrouver Joe, à n'importe quel prix.

50

— Julie, Julie, Juliiiiie, chantonnai-je.

Je la pris dans mes bras, déposai un baiser sonore sur son ventre et l'amenai avec moi dans la chambre, où je la posai sur la couette que j'avais étalée sur la moquette, en compagnie de son doudou et de son chien préféré.

Martha est la nourrice idéale, et les deux se lancèrent dans une conversation en apparence tout à fait sensée tandis que j'entreprenais de fouiller le placard de Joe.

Sa garde-robe n'était pas aussi bien organisée que celle d'Alison Muller. Elle était également beaucoup moins fournie : quelques vestes suspendues à des cintres ; des pantalons et des chemises dans le compartiment inférieur.

Je vidai intégralement l'armoire et déposai les vêtements sur le lit. J'ouvris toutes les boîtes de chaussures ainsi que le coffre-fort où il rangeait son arme. Ce dernier était vide.

Je soulevai ensuite le couvercle du panier de linge sale pour voir quels vêtements il y avait jetés lorsqu'il était rentré se changer l'autre jour. J'y trouvai un caleçon, une chemise, un jean et une paire de chaussettes. À l'œil nu, je ne distinguai aucune trace de peinture, de poudre ou de rouge à lèvres. Je reniflai le linge. Il portait l'odeur de Joe.

Je retournai ensuite face au placard et fis courir mes mains le long des parois à la recherche d'une trappe ou d'un compartiment secret. Rien. J'allai jusqu'à soulever le tapis, mais ne découvris que des poils de chien.

L'étape suivante consista à fouiller toutes les poches de Joe et à inspecter les doublures. Je retournai et secouai ses bottes et plongeai la main tout au fond de ses chaussures. Nada.

De rage, je jetai les vêtements dans le placard, refermai la porte et me dirigeai vers sa commode. Je fouillai dans ses sous-vêtements, vidai les tiroirs, examinai le fond et le dessous de chacun d'entre eux.

Après avoir soulevé le matelas et jeté un coup d'œil sous les tables de nuit, je me fis la réflexion que Joe était un ancien du FBI, et que s'il tenait à ce que personne ne découvre quelque chose, il avait dû faire en sorte qu'en effet, personne ne puisse le découvrir.

Mais je ne me laissai pas décourager.

Je pris Julie et son doudou et, suivie de Martha, me rendis dans la chambre d'amis. Joe en avait fait son bureau. C'était une petite pièce de trois mètres sur quatre. Il y avait installé un bureau sous l'unique fenêtre, qui donnait sur la 12e Avenue. Un fauteuil pivotant et une bibliothèque complétaient l'ameublement.

Le tiroir du bureau étant verrouillé, j'allai chercher la clé où il l'avait planquée, sous l'évier de la salle de bains. Aucun mérite de ma part – Joe m'avait montré la cachette.

De retour dans la chambre d'amis, j'ouvris le tiroir et me rendis tout de suite compte que son ordinateur portable n'y était pas. Évidemment. Il avait également emporté son iPad et sa sacoche d'ordinateur, et vu que plus personne n'utilise d'agenda, je ne découvris rien d'intéressant.

Pas de notes mystérieuses ou de numéros griffonnés sur un calepin à côté du téléphone.

En revanche, je me souvenais de certains noms liés à son activité professionnelle.

Je contactai Brooks Findlay, son ancien employeur, un sale type qui avait engagé Joe pour plancher sur les procédures de sécurité du port de Los Angeles et qui, du jour au lendemain, l'avait licencié sans raison – une décision sûrement motivée par le fait qu'en produisant un excellent travail, Joe avait fini par lui faire de l'ombre.

Joe l'avait élégamment envoyé se faire f... la dernière fois qu'il l'avait eu au téléphone, et Findlay n'avait aucune raison de vouloir m'aider – mais c'était déjà mieux que de ne rien tenter.

Findlay ne répondit pas en personne, mais la femme qui prit mon message m'informa qu'il serait de retour à son bureau après le déjeuner. Je mis ce temps à profit pour feuilleter chaque livre et inspecter la bibliothèque jusque dans ses moindres recoins.

Je passai également d'autres coups de fil. Je contactai trois agents fédéraux avec lesquels j'avais bossé lors d'enquêtes où le SFPD avait été amené à croiser la route du FBI. Je ne m'attendais pas à grand-chose, et n'obtins rien de plus. Aucun n'avait eu de nouvelles de Joe, aucun ne savait sur quoi il travaillait ni où il se trouvait.

Le nom de Findlay finit par s'afficher sur l'écran de mon téléphone.

Je lui expliquai que je n'avais plus de nouvelles de Joe depuis plusieurs jours, et qu'il travaillait apparemment en free-lance pour le San Francisco International Airport, une mission liée au crash du vol WW 888. Findlay avait-il des informations à me communiquer?

— Il y a bien longtemps que je n'ai plus aucun contact avec Joe, me répondit-il. Je crois que vous ne savez pas à quel homme vous êtes mariée, Lindsay.

Je compris soudain l'expression «sentir son sang se glacer dans ses veines».

Je raccrochai après avoir – ou pas, je ne sais plus – remercié Findlay de m'avoir rappelée.

Abasourdie, j'allai me passer un peu d'eau sur le visage et prendre un Advil. Je me mis à réfléchir. Il me restait une personne à contacter, mais je n'avais aucune envie de lui parler. Le moment était pourtant venu.

Son numéro était en mémoire dans mon téléphone depuis plusieurs mois, neuf précisément, quand elle était venue à San Francisco pour offrir un cadeau de naissance à Julie. June Freundorfer travaillait à Washington DC pour le compte du FBI et n'était autre que l'ex de Joe.

Je pressai la touche d'appel.

Elle répondit à la première sonnerie.

51

J'étais déjà habillée et caféinée lorsque Catherine, ma sœur, arriva de Half Moon Bay avec ses deux filles et un matelas gonflable. J'étais ravie de revoir la tante de Julie et ses cousines, et de les accueillir chez moi.

Je m'étais arrangée avec Brady pour prendre deux jours de congé, et mon taxi m'attendait en bas de l'immeuble. Après avoir remis les clés à ma sœur, j'embrassai tout le monde, agrippai mon sac et dévalai l'escalier quatre à quatre.

Le chauffeur laissa sa radio allumée tout le temps du trajet jusqu'à l'aéroport. J'avais beau connaître les derniers développements, je n'en écoutai pas moins attentivement les journalistes décrire la panique qui s'était emparée des habitants de San Francisco. Le crash en lui-même constituait déjà un traumatisme, avec son cortège de cadavres et d'histoires tragiques. Il était à présent question de la plus importante attaque terroriste commise sur le sol américain depuis le 11 Septembre. Et pour le moment, les auteurs de cette attaque restaient aussi inconnus que leurs motivations.

J'embarquai à bord du vol Virgin America à destination de Dulles International, l'aéroport de Washington. Je partais du principe que les terroristes n'allaient pas s'en prendre à deux avions différents dans la même semaine, une théorie qui tenait plus de l'auto-persuasion qu'autre chose. Tous les passagers tentaient de faire bonne figure, et lorsque l'un d'eux, à côté de moi, me proposa un «aide-sommeil», j'acceptai volontiers.

Sept heures après avoir quitté San Francisco, je pénétrai dans le hall aux lumières tamisées de l'Hotel George, où j'avais rendez-vous avec June Freundorfer. Installée à une petite table avec un bol de cacahuètes et un verre de spritzer, je trépignais d'impatience en attendant son arrivée.

Je me remémorai ce jour pas si lointain où j'étais tombée sur une photo de June en robe de soirée, accompagnée de Joe, superbe dans son smoking. Tous deux apparaissaient dans la rubrique Style du *Washington Post*. Joe se rendait souvent à Washington pour le travail à l'époque, et lorsque je lui avais montré la photo, il m'avait juré que June et lui étaient de simples amis et qu'il n'avait fait que l'accompagner à une soirée caritative.

Je l'avais très mal pris.

June était une femme splendide, et elle avait travaillé en binôme avec Joe par le passé, à l'époque où il faisait encore partie du FBI. Elle avait été nommée à Washington presque au même moment où Joe avait été engagé comme sous-directeur du département de la Sécurité intérieure, également à DC.

Célibataires tous les deux, ils s'étaient fréquentés à une période, mais je n'avais jamais demandé à Joe aucun détail sur leur relation. Peu de temps après la naissance de Julie, June était venue nous rendre visite à l'improviste et m'avait remis un cadeau pour ma fille, une belle boîte bleue fermée par un ruban blanc.

Je l'avais remerciée, mais dès qu'elle s'était retrouvée hors de ma vue, j'avais jeté le paquet dans une poubelle sans même le déballer. Je n'avais pas la moindre envie de connaître et de fréquenter cette femme, et encore moins d'offrir à Julie son hochet Tiffany ou quoi que ce fût d'autre.

J'allais pourtant être contrainte de la revoir. Et cette fois, j'avais même hâte. Elle avait des informations à me communiquer, mais elle avait refusé de m'en dire davantage par téléphone – voilà pourquoi je me retrouvais à l'attendre au bar d'un hôtel, à presque cinq mille kilomètres de chez moi.

J'étais sur le point de commander un autre verre lorsque je la vis arriver à l'autre bout de la salle. Costume gris au tissu chatoyant, pendentif en diamants et coiffure impeccablement ondulée – le genre de look que j'admirais mais dont j'aurais été incapable.

Mon côté flic de rue était trop présent.

L'ancienne coéquipière et ex-petite amie de Joe, qui gravitait à présent dans les hautes sphères du FBI et peut-être aussi de nouveau dans l'intimité de mon mari, s'approcha de moi en souriant.

— Lindsay, ça fait plaisir de vous revoir.

Je me levai pour lui faire la bise. Elle exhalait un parfum délicat.

— Vous aviez l'air inquiète au téléphone. À votre place, je le serais aussi.

Pourquoi cette entrée en matière ? Que voulait-elle dire, au juste ?

Le serveur lui avança une chaise, et June commanda une limonade et un Jack Daniel's *on the rocks* – la boisson préférée de Joe.

— Je n'ai que des bribes d'informations à vous donner, me dit-elle ensuite, mais ça peut quand même vous intéresser.

Le serveur revint déposer les verres sur la table et June fit glisser le whisky vers moi.

— Tenez, c'est pour vous que je l'ai commandé.

52

Je sirotai quelques gorgées par politesse, mais je tenais à garder l'esprit clair pour entendre ce qu'elle avait à m'annoncer, histoire d'être capable de déterminer si elle était sincère ou si elle cherchait à me balader.

— J'attends un appel, m'expliqua-t-elle. (Elle se pencha vers moi.) Joe était impliqué dans une grosse affaire, Lindsay.

Était?

— Il travaillait à la Sécurité intérieure à l'époque où vous l'avez rencontré, n'est-ce pas?

Je hochai la tête. Un groupe de six personnes entra dans le bar à cet instant; le chef de salle les conduisit à une table toute proche de la nôtre. Les chaises raclèrent le sol et ils s'installèrent en riant et en discutant bruyamment.

— Il venait d'être nommé sous-directeur, répondis-je.

— Comme vous le savez, avant ça, Joe faisait partie du FBI – au bureau de Washington. Mais vous ignorez sûrement que juste après ses études, et pendant une dizaine d'années, Joe a travaillé pour la CIA.

— Quoi? En effet, je… Il ne m'en a jamais parlé. Était-ce vrai?

— À moi non plus. Je ne l'ai appris que récemment. Le nom d'Alison Muller vous dit-il quelque chose? Elle se fait parfois appeler Alison Khan, ou Sonja Dietrich.

La fameuse Alison Muller! Je me la représentai avec ses lunettes de soleil Gucci et ses cheveux blonds permanentés comme à la télé. À cette image succéda celle de Joe.

— Alison Muller apparaît sur les images de vidéo-surveillance de l'hôtel où un quadruple homicide a été commis la semaine dernière.

— C'est ce que je pensais. Elle a été vue par des gens de chez nous, mais sans qu'ils puissent l'identifier formellement. Ce que je vais vous dire doit absolument rester entre nous, Lindsay. Je pourrais avoir de sérieux ennuis, mais Joe a disparu et je sais que vous devez être morte d'inquiétude.

Je hochai la tête en silence.

— Joe et Alison Muller ont travaillé ensemble pour la CIA.

— Comment ça, ils ont travaillé ensemble?

— Ce que je sais, répondit June Freundorfer en posant la main sur son pendentif, c'est que Muller a pour mission «d'attirer les mouches», comme on dit dans le jargon. Autrement dit, elle se sert de son *sex-appeal* pour séduire ses proies et se rapprocher d'elles, et dès qu'elle leur a soutiré les informations dont elle a besoin, elle disparaît dans la nature.

» Je crois que Joe était son supérieur. Tous les deux formaient une équipe redoutable d'efficacité. Muller avait de nombreux contacts auprès de ministres, de chefs militaires et d'agents de renseignements étrangers – des noms auxquels vous auriez même du mal à croire. Non seulement elle est capable de rapporter des informations capitales, mais elle a également souvent réussi à faire de certains ennemis des transfuges. C'est une légende au sein de la CIA.

Je devais avoir l'air d'une chauve-souris en plein soleil à force de cligner des yeux d'un air ahuri. Ce que je venais d'apprendre me paraissait invraisemblable. Une Mata Hari sous les ordres de Joe pour le compte de la CIA ? Non. June me baratinait, ce n'était pas possible autrement. Mais dans quel but ? En même temps, je la voyais sincère. Et elle pouvait peut-être me venir en aide. Je devais lui poser la question.

— June, est-ce que Joe et Alison Muller travaillent encore ensemble ?

— Je n'en sais rien. Mais ce ne serait pas impossible. Ils étaient très proches, tous les deux.

Très proches… Ces mots résonnèrent longuement dans mon crâne. Qu'entendait-elle par «très proches» ? Sur un plan intime ? Sexuel ? Joe et cette blonde qui attirait les hommes comme le miel attire les mouches ?

— Ce n'est qu'une hypothèse, ajouta June, mais si Joe a quitté la CIA pour le FBI, c'est peut-être parce que leur relation était devenue trop compliquée à gérer. Je ne fais que m'appuyer sur des rumeurs – cela dit, c'est ma spécialité.

Je bus une gorgée de whisky et en recrachai une partie en toussant. June me tendit une serviette en papier.

— Je peux me permettre de vous poser deux ou trois questions ? me demanda-t-elle tandis que j'essuyais la table.

— Allez-y. Mais je ne suis pas sûre de pouvoir vous répondre.

J'étais dans le noir le plus complet. Des ténèbres qui me donnaient le vertige. L'horrible phrase de Brooks Findlay me revint en mémoire : « Je crois que vous ne savez pas à quel homme vous êtes mariée, Lindsay. »

— Depuis quand Alison Muller a-t-elle disparu ? me demanda June.

— Les images où elle apparaît datent de lundi, la semaine dernière.

— Et quand avez-vous vu Joe pour la dernière fois ?

— Sur l'enregistrement d'une caméra de surveillance qui date du lendemain.

June laissa échapper un soupir et se renversa contre le dossier de sa chaise.

— Joe est encore vivant ? m'entendis-je prononcer faiblement.

— Je ne sais pas. Il n'a répondu à aucun de mes appels… Écoutez, je connais quelqu'un qui pourrait vous aider. John Carroll. On l'appelait Numéro Six, parce que c'était son numéro de raccourci sur notre ligne interne. (June partit d'un éclat de rire, puis ajouta :) Un type très marrant. C'était mon mentor à l'époque, et il a bien connu Joe et Alison avant de prendre sa retraite. Il est peut-être encore en contact avec elle, ou alors il connaît quelqu'un qui l'est. En tout cas, c'est un homme de confiance.

194

Elle inscrivit son nom et son numéro sur une serviette en papier, puis son portable se mit à sonner et elle prit l'appel.

— Je dois y aller, me dit-elle après avoir échangé quelques phrases avec son interlocuteur. Bonne chance, Lindsay. Appelez-moi si vous avez besoin de parler.

53

Cette nuit-là, ce ne furent pas les pleurs de Julie qui me réveillèrent en sursaut à 3 heures du matin. Il régnait un profond silence dans ma grande chambre d'hôtel, mais mon esprit était en état de surchauffe avancée.

Je me repassai en accéléré les souvenirs que j'avais de Joe, me remémorant son image le jour de notre rencontre. Son allure. L'admiration que j'avais éprouvée à le voir travailler. Son intelligence, son humour, sa force. Je m'efforçai de zapper la première fois où nous avions fait l'amour, mais les images envahirent mon cerveau.

Mon appartement. Notre deuxième rendez-vous. Même maintenant, malgré ma peur et ma colère, je sentais mes hormones se réveiller.

Par la suite, Joe avait commencé à faire des allers-retours en avion pour venir me voir. Il avait fini par quitter Washington pour s'installer à San Francisco, mettant un terme à cette chaotique relation longue distance. Une décision importante. Dans le combat qui m'opposait à son travail, il m'avait désignée vainqueur. J'étais folle amoureuse de lui.

Après l'incendie qui avait entièrement détruit mon appartement de Potrero Hill, Joe m'avait proposé d'emménager avec lui et j'avais accepté.

Je songeai à nos disputes et à la manière dont il savait apaiser les choses. J'aimais le fait qu'il soit plus âgé que moi, et je voyais en lui un bon mari et un bon père – dans ses valeurs, sa façon d'être et ses actes.

Lorsqu'il m'avait demandée en mariage, j'avais dit oui sans hésiter, et je n'avais encore jamais eu de regrets.

Jusqu'à maintenant.

J'avais le sentiment qu'il m'avait menti. Pas un mensonge du genre «mais non, tu n'es pas grosse». Non, un mensonge par omission d'une taille colossale. Il ne s'était pas contenté de dissimuler un large pan de son existence, il avait aussi passé sous silence sa relation avec une femme qui avait occupé une place importante auprès de lui – une femme qui était peut-être aussi une tueuse.

Je ne pouvais plus continuer à me voiler la face.

La disparition de Joe représentait à elle seule une trahison. Et s'il avait déjà été «impliqué» par le passé avec Alison Muller, il pouvait très bien l'être encore. Ils avaient été filmés au même endroit et avaient disparu tous les deux au même moment. Il ne pouvait pas s'agir d'une coïncidence.

La vision du placard rempli de lingerie fine s'imposa à mon esprit.

Mes pensées devenaient insoutenables.

Rester seule dans cet hôtel me rendait dingue. Il était trop tard pour appeler Claire ou ma sœur, et je ne pouvais pas appeler June.

Je repensai à la dernière fois où nous avions fait l'amour, Joe et moi. C'était un matin. Une étreinte à la fois torride, tendre et réconfortante. Plus tard, nous avions pris le petit déjeuner avec Julie, dans la cuisine baignée de soleil.

Et maintenant?

Était-il au lit avec une autre femme?

Ou bien gisait-il quelque part, une balle dans la nuque?

Cette salope d'Alison Muller avait-elle buté mon mari?

54

Je m'habillai pour mon rendez-vous avec John Carroll, prévu à 7 h 30. Je remis mon pantalon de la veille, enfilai un chemisier propre et ma plus belle veste.

Le National Mall, un parc tout en longueur aux allées bordées d'arbres, avec ses vues emblématiques sur le Lincoln Memorial et le Capitole, n'était situé qu'à quelques rues de mon hôtel. Je traversai Constitution Avenue puis remontai l'allée centrale, mais j'avoue que la splendeur des lieux m'était complètement indifférente.

Tout ce que je voulais, c'était rencontrer John Carroll et l'entendre me dire que mes craintes étaient infondées. Qu'il savait de source sûre que Joe travaillait actuellement sur une affaire capitale pour la sécurité du pays. Qu'il était en sécurité et n'avait rien à voir avec Alison Muller.

J'aperçus un homme assis seul sur un banc, les yeux rivés sur une vaste pelouse qui s'étendait vers le Reflecting Pool. C'était un Blanc, âgé d'une cinquantaine d'années, à la silhouette longiligne et aux cheveux châtains clairsemés. Il portait un pantalon bleu, un coupe-vent noir et des chaussures de sport. En me rapprochant, je vis qu'il tenait à la main une canne en aluminium.

— Monsieur Carroll?

Il leva les yeux vers moi et hocha la tête.

— Je suis Lindsay Boxer.

Il me fit signe de m'asseoir; je m'installai à côté de lui.

— June m'a dit que vous vouliez des renseignements concernant Alison Muller, mais elle ne m'a pas expliqué pourquoi.

— Je travaille à la brigade criminelle du San Francisco Police Department. Nous pensons qu'Alison Muller a pu être témoin d'un homicide.

— Oh, je suis persuadé que ce ne serait pas la première fois. Elle serait donc un témoin capital dans votre enquête?

— Exactement. Vous pensez pouvoir m'aider?

— Pour la faire courte : non. Dieu merci, je n'ai pas revu Alison depuis des années.

Il enroula ses doigts autour de la poignée de sa canne et commença à se lever.

— Attendez, monsieur Carroll. J'essaie également de retrouver mon mari, Joe Molinari. June pense qu'ils travaillent peut-être ensemble. Auriez-vous le moindre renseignement qui me permettrait de les localiser…

— Joe Molinari? m'interrompit-il. Je n'avais plus entendu ce nom depuis des années. (Il se rassit; un sourire illuminait son visage.) Je ne doute pas que Muller sache où se trouve Molinari. Vraiment, vous ne savez pas dans quoi vous mettez les pieds.

— Je crois que si, rétorquai-je sèchement.

— J'ai travaillé avec Joe au début des années 1990, poursuivit Carroll. Un type d'une grande intelligence. Promis à un bel avenir. J'ai été surpris qu'il quitte la CIA pour le FBI. Mais allez connaître les motivations des gens…

» Elle aussi, c'était une sacrée personnalité. Sonja Dietrich. Alison Muller. Tous les hommes tombaient fous amoureux d'elle, pour leur plus grand malheur. Ils étaient prêts à tout pour elle. Ils lui confiaient tout ce qu'elle voulait savoir. Moi aussi, j'en suis tombé amoureux…

Je n'osais ni parler, ni même m'éclaircir la gorge. Je voulais entendre ce récit, et Numéro Six semblait disposé à me le livrer.

— Quand j'ai rencontré Alison, j'étais marié à une femme merveilleuse, Sadie, avec qui j'ai eu deux beaux enfants. J'ai tout abandonné pour elle. Je suis devenu accro, pire qu'un héroïnomane, et c'est à ce moment-là qu'elle a été nommée au commandement central. Elle a déclaré que je n'étais pas une personne de confiance.

» En un sens, elle avait raison. Je lui avais confié pas mal de choses, et elle avait enregistré plusieurs de nos conversations. Je n'en revenais pas qu'elle ait pu me faire ça. À moi.

Son regard se posa sur les reflets du miroir d'eau. Il semblait perdu dans ses souvenirs. Je tentai une dernière fois d'obtenir des informations.

— Si vous étiez à ma place, monsieur Carroll, où chercheriez-vous Alison ? Vos renseignements pourraient vraiment m'être d'une aide précieuse, à moi ainsi qu'au SFPD.

— La dernière fois que j'ai entendu parler d'elle, c'était la veille du jour où elle a brisé ma carrière, mon mariage et ma confiance en moi. Tout ce que je peux vous apporter, c'est le fruit de mon expérience.

» Je pense qu'elle était amoureuse de Joe à l'époque où je les ai connus. Pour moi, c'était l'homme le plus chanceux de toute la galaxie. Une chose est sûre, si elle lui a remis le grappin dessus, je vous conseille d'appeler votre avocat et de vous préparer au divorce… Mais bon, vous pouvez toujours vous armer d'espoir et attendre de voir ce que ça donnera.

— Merci de m'avoir consacré un peu de temps, monsieur Carroll.

Si j'avais eu mon arme sur moi, je lui aurais volontiers tiré une balle en plein cœur.

Histoire de lui rendre la pareille.

55

Mon sac de voyage sur l'épaule, j'attendais la navette pour l'aéroport avec un groupe de voyageurs.

J'étais à l'agonie. Ce coin de trottoir me donnait l'impression d'être en enfer et je brûlais d'impatience de rentrer chez moi.

Une limousine s'arrêta soudain au bord de la chaussée et la vitre arrière s'abaissa. Une voix appela mon prénom et une main parfaitement manucurée m'adressa un petit geste.

— June?

Je m'approchai de la limousine.

— Bonjour, Lindsay. J'ai appelé la réception et ils m'ont dit que vous veniez juste de partir. Il était moins une. (Elle ouvrit la portière.) Montez, dit-elle en se glissant le long de la banquette pour me faire une place.

— Je dois prendre le bus, June. Mon avion décolle dans…

— On va vous déposer. Vous voyagez avec Virgin America?

— Oui.

Comment le savait-elle?

Je m'installai à côté d'elle et refermai la lourde portière. June pressa le bouton de l'interphone pour donner ses instructions au chauffeur.

— Que se passe-t-il ? lui demandai-je ensuite.

— Tout cela doit rester officieux, mais je pense que nous pouvons nous aider l'une l'autre. J'ai pris la liberté d'effectuer quelques recherches sur cette affaire de quadruple homicide au Four Seasons.

— Ah oui ? Pourquoi ça ?

— Nous étions sur la piste de Michael Chan.

Je sentis mon pouls se mettre à cogner contre mes tympans. J'étais à peine remise du choc de ma rencontre avec cet enfoiré de John Carroll, une heure plus tôt, et j'aurais tout donné pour pouvoir remonter le temps et revenir... quand, d'ailleurs ? Une semaine en arrière, lorsque je déjeunais avec mes amies et que la vie me semblait merveilleuse. Je me trouvais à présent à l'arrière d'une limousine noire en compagnie de June Freundorfer, qui s'était mis en tête de devenir mon amie. Le pire, c'est que je commençais à l'apprécier.

— En fait, ce n'était pas tellement lui qui nous intéressait, mais sa femme, ajouta June.

Elle avait attisé ma curiosité.

— Shirley Chan était sur la liste de surveillance de la CIA depuis plusieurs années. Sur la nôtre aussi, d'ailleurs. Elle travaillait pour le MSS, les services secrets chinois. Le MSS recrute souvent ses agents parmi le corps enseignant du secteur universitaire, pour des missions d'espionnage industriel et militaire. Ça leur permet de se tenir informés au plus près des tendances et de nos avancées les plus récentes.

Je me remémorai Shirley Chan à l'arrière de notre voiture de patrouille, dévastée après avoir appris la mort de son mari. Elle aurait donc été une espionne chinoise ? Une espionne abattue de trois balles par la femme brune, au beau milieu de sa cuisine ?

— On soupçonnait Michael Chan d'être lui aussi un espion pour le compte du MSS. Ça pourrait expliquer pourquoi Muller s'intéressait à lui. Ou bien peut-être qu'il représentait simplement un moyen d'obtenir des informations sur son épouse. Vous l'avez rencontrée, non ?

Je tâchai de rassembler mes esprits éparpillés aux quatre vents. Je ne disposais pas d'informations particulières concernant Shirley Chan. L'enquête sur son meurtre était menée par la police de Palo Alto.

— Mon coéquipier et moi-même l'avons interrogée juste après la mort de son mari. On est retournés chez elle trois jours plus tard.

J'expliquai à June que nous avions alors découvert le corps sans vie de Shirley Chan, et que sa fille nous avait fourni une description assez vague de la femme qui était venue leur rendre visite ce matin-là. Une description susceptible malgré tout de correspondre à Alison Muller.

— Shirley a été abattue de trois balles tirées à bout portant, ajoutai-je. Le tueur n'a laissé aucune trace de son passage. Rien, pas la moindre empreinte.

— En effet, il pourrait très bien s'agir d'Alison.

Lorsque la limousine s'arrêta devant le comptoir d'enregistrement de Virgin America, June se pencha vers moi et nous échangeâmes une accolade. Tout naturellement. Je quittai la voiture et entrai dans l'aéroport tel un zombie sous Xanax.

Une fois installée dans l'avion, j'attachai ma ceinture et me renversai contre le dossier de mon siège. Cette fois, le voyage ne m'effrayait pas le moins du monde.

C'était le moyen le plus rapide de rentrer chez moi.

56

Je me mis à courir sitôt après avoir débarqué et arrivai chez moi en une heure, montre en main. J'étais en train de câliner ma fille tout en papotant avec ma sœur et mes deux nièces adorées, Brigid et Meredith, lorsque je reçus un appel de Cindy.

— On s'est donné rendez-vous au club dans trente minutes, m'annonça-t-elle. Bien entendu, tout le monde espère que tu seras là.

J'en parlai à Cat après avoir raccroché.

— Vas-y, Linds, pas de problème. Ne t'en fais pas pour nous.

Vingt minutes plus tard, l'estomac criant famine et le corps toujours perclus de douleur à cause de mes hématomes, je franchis la porte du Susie's Café, un bar de Jackson Street que nous considérions comme notre fief.

Une fois par semaine, nous aimions nous retrouver entre ces murs aux couleurs ocre, bercées par les percussions du groupe et enivrées par les effluves des plats caribéens qui se concoctaient en cuisine. Que de fous rires nous avions partagés à notre table fétiche, dans la salle du fond ! Nous y avions également résolu bon nombre d'affaires épineuses.

Je poussai un soupir de bonheur et saluai de la tête quelques vieilles connaissances accoudées le long du comptoir en bambou, ainsi que Susie, la patronne des lieux, occupée à inscrire la liste des plats sur le tableau blanc. Je m'engageai dans l'étroit passage menant à la petite salle du fond.

Comme à leur habitude, Claire et Yuki étaient arrivées les premières et s'étaient installées côte à côte sur l'une des banquettes. Et comme d'habitude, Yuki avait commandé une margarita. Elle n'avait toujours pas compris qu'elle ne supportait pas la tequila et qu'un seul verre suffisait à la faire rouler sous la table. Mais rien ne vaut une conversation avec Yuki lorsqu'elle est pompette. Son rire sonore est tout simplement un régal pour les oreilles !

Claire se leva lorsqu'elle me vit arriver et m'étreignit chaleureusement.

— Ça va, ma belle ?

— Super, répondis-je.

— Tant mieux, fit Claire, d'une voix dont l'inflexion prouvait qu'elle n'était pas dupe.

Je pris place face à mes amies et commandai une bière. Cindy arriva sur ces entrefaites, suivie de près par Richie.

Il ne fait pas partie du club, mais nous l'aimons toutes beaucoup, et parfois, un apport de testostérone nous amène à envisager les choses sous un angle différent.

Cindy s'assit à côté de moi et Richie s'installa sur une chaise en bout de table. Lorraine prit nos commandes – cinq plats du jour et deux pichets de bière. Puis tous les regards se tournèrent vers moi.

Le volume sonore était si élevé que, sauf à imaginer qu'un micro avait été dissimulé dans le porc braisé, l'endroit se prêtait parfaitement à une conversation discrète autour de thèmes aussi sensibles que les espions chinois, Joe Molinari et une séductrice blonde à la solde du gouvernement américain.

Mon auditoire était tout ouïe.

— Je tiens de source sûre qu'Alison Muller – l'une de ses identités – est une espionne pour le compte de la CIA.

Je laissai passer la vague de «Quoi?», «Qui t'a dit ça?», «Quand?», et poursuivis :

— D'après cette même source, Shirley Chan était une espionne à la solde de l'État chinois.

Les yeux s'écarquillèrent autour de moi.

— Et Michael Chan? lança Richie. Lui aussi c'était un espion?

Je haussai les épaules.

— Peut-être, oui. Ou alors il s'est retrouvé pris entre deux feux. Troisième information révélée par cette source – et qui m'a été confirmée par une autre personne : Joe a travaillé pour la CIA au début de sa carrière, longtemps avant notre rencontre. Ce qui m'amène à me demander s'il ne travaille pas encore pour eux.

— Ça expliquerait sa récente disparition, intervint Richie.

Nous évoquâmes un instant cette question avant de nous intéresser de nouveau à Alison Muller.

Cindy était curieuse de savoir quel genre de femme couchait avec des hommes dans le but de les trahir.

— Du sexe contre des secrets, dit Claire. Et elle a déjà tué, apparemment?

— C'est une psychopathe, avança Yuki. Ou une patriote. Ou alors les deux à la fois.

Je tâchai de me concentrer sur la conversation, de m'imprégner de l'amour et du sentiment de sécurité que j'éprouvais dans cet endroit que je considérais comme un cocon, mais mon esprit ne cessait de dériver vers ce que j'avais omis de révéler à mes meilleurs amis.

Alison Muller avait travaillé sous les ordres de Joe, et ils avaient été très «proches» l'un de l'autre. J'avais également passé sous silence ma plus grande crainte : qu'ils se soient remis ensemble.

La musique redoubla d'intensité dans la salle principale, et les clients se mirent à taper des mains en chantant, «Lim-bo. Lim-bo». Je vidai mon verre de bière. Les questions étaient devenues inutiles. Je me languissais de mon mari disparu.

57

Cat et moi eûmes une longue discussion ce soir-là, et nous finîmes par nous endormir côte à côte dans mon grand lit. Tôt le lendemain matin, j'accompagnai ma sœur et mes nièces en bas de l'immeuble et, après avoir échangé avec elles la promesse de nous voir plus souvent, je les embrassai et leur souhaitai bon voyage.

J'enchaînai avec un bon footing dans le parc en compagnie de Martha. Haletantes, nous regagnâmes mon appartement, où je pris une douche rapide pendant que Mme Rose préparait du gruau et faisait couler le café. Prendre le petit déjeuner avec Julie, Martha et Gloria Rose était presque devenu une routine. La chaise où Joe, une semaine auparavant, était encore assis à manger des pancakes, restait désespérément vide.

J'allai ensuite m'installer au volant de ma voiture pour affronter les embouteillages matinaux, direction l'aéroport. Cette fois, j'avais rendez-vous avec Conklin pour un point presse sur la pire tragédie qu'avait connue la ville depuis le tremblement de terre de 1906. Nous prîmes place à bord d'un petit bus rouge rempli de flics et de journalistes, et après avoir traversé le tarmac, nous descendîmes au niveau du SuperBay, un gigantesque hangar de maintenance situé au nord-est de l'aéroport et dont l'entrée, monumentale, me fit penser à une gueule béante.

Le bâtiment était suffisamment spacieux pour accueillir jusqu'à quatre gros-porteurs. Mais ce jour-là, sous les lumières, c'étaient les pièces d'un puzzle géant qui s'étalaient sur le sol en béton. Celles de l'épave du Boeing 777 qui s'était disloqué en plein vol.

Le visage de Vanderleest ne laissait transparaître aucune émotion, mais il se montra extrêmement précis et complet dans sa présentation des différents éléments de la carcasse, indiquant l'endroit où la queue de l'appareil s'était arrachée du fuselage, ainsi que la zone où l'incendie s'était déclaré. Il désigna les différents fragments de l'aile, le nez de l'avion avec le cockpit resté intact – l'une des rares parties qui avaient conservé leur forme d'origine.

Vanderleest conclut son exposé en ces termes :

— Tout ce qui nécessitait d'être analysé a été envoyé à notre laboratoire de Washington. Des enquêtes comme celle-ci durent généralement un an, parfois un an et demi. Je reste bien sûr disponible pour vous apporter des compléments d'information en cas de besoin.

Je lui demandai s'il disposait de nouveaux éléments concernant les auteurs du tir de missile.

— Nous n'avons pas encore reçu de revendication crédible, répondit-il.

C'était une expérience dévastatrice que de constater la destruction totale de l'avion à bord duquel tant de passagers, sur le point d'atterrir et de retrouver leurs amis, leurs familles, avaient connu une fin tragique. L'explosion avait tué des centaines de personnes et nul n'était encore en mesure d'expliquer la raison de cette horreur.

Conklin et moi reprîmes le bus pour revenir au parking où nous avions laissé nos voitures. Pendant le trajet, mon coéquipier m'apprit qu'il était allé à l'enterrement des Chan pendant que j'étais en congé.

— À Palo Alto? demandai-je.

— Oui. L'église était petite mais pleine à craquer. Les gens étaient très émus. J'ai revu certaines personnes qu'on avait interrogées à Stanford. Le jogger, notamment. Et aussi Levy, le directeur du département d'histoire. Il a prononcé l'un des éloges funèbres. Beaucoup de gens ne parlaient que le chinois.

— Tu n'aurais pas croisé Alison Muller, par hasard?

— Hélas… Par contre, je crois avoir vu le type qui t'est rentré dedans à la conférence de presse de la NTSB.

— Tu *crois* l'avoir vu?

— Son visage avait une forme un peu triangulaire. Le front large, des yeux très espacés et une petite cicatrice blanche au niveau du menton.

— Oui, c'est bien lui.

— Il s'est rendu compte que je l'observais et il a disparu dans la foule. Quel peut bien être le rapport entre Chan et cet homme?

— Il voulait peut-être s'assurer que Chan était bien mort. Peut-être qu'il ne sait pas lequel des deux

213

Chan est le vrai Chan. Je te parie cinquante dollars qu'il fait partie des services secrets chinois.

— Tu sais ce que je crois ? fit Conklin. Le vol WW 888 venait de Pékin. Le couple Chan et les Chinois qui te traquent depuis plusieurs jours font tous partie du même cercle.

— Sûrement, Richie. Reste à savoir quel est ce cercle.

58

Sitôt arrivée à mon bureau ce jour-là, j'appelai Claire pour lui demander si elle avait des nouvelles du docteur Marshall et du corps de Michael Chan bis mystérieusement disparu.

— Je la cite texto, Linds : «Je suis encore en train de trier des morceaux de corps. Je vous appellerai si je le retrouve, en entier ou pas. D'autres questions?» Voilà, je crois qu'elle a été suffisamment claire. Il n'en reste pas moins qu'elle est responsable de cette disparition, quoi qu'elle en dise.

Je venais de raccrocher lorsque Brenda me bipa. Je répondis sur la ligne deux et me tournai vers elle en même temps.

Devant son bureau se tenait un homme de grande taille, impeccablement habillé de noir.

— Un certain monsieur Khan souhaiterait te parler.

— OK.

Khalid Khan traversa la grande salle grise et déprimante pour venir s'asseoir sur une chaise face à moi. Il se moucha dans un kleenex et, à ses yeux rougis, je devinai qu'il venait de pleurer.

— C'est dur à admettre, me dit-il sans préambule, mais lorsque vous êtes partis de chez moi l'autre jour, je savais que je m'étais comporté comme un connard. Je m'excuse pour la façon dont je vous ai parlé. Non, ne dites rien... Je vous remercie également de ce que vous avez fait pour moi. Cela faisait des années que je me berçais d'illusions, et maintenant que j'accepte de voir la réalité en face, j'avoue ne pas trop savoir où la trouver.

— Commencez déjà par me dire tout ce que vous savez.

Khan m'expliqua que sa fille était certaine que la femme qui apparaissait sur les enregistrements des caméras de surveillance du Four Seasons était bien sa mère. Caroline lui avait parlé des mensonges d'Alison et Khan en avait été ébranlé. Il évoqua ensuite toutes ces fois où Alison disparaissait pendant une semaine et qu'elle revenait sans jamais lui dire où elle était allée, ni ce qu'elle avait fait.

— On s'était toujours dit que c'était bon pour notre couple, que ça nous permettait de prendre du recul l'un et l'autre. Alison est une femme très indépendante et c'est ce qui m'a séduit chez elle. Mais je paie à présent le prix de ma crédulité. Que puis-je faire pour vous aider, sergent Boxer ?

Je lui expliquai que nous recherchions sa femme à San Francisco, que la police de Monterey s'intéressait également à elle, et que le FBI était impliqué dans l'enquête sur le quadruple homicide commis à l'hôtel.

— Le crash a mobilisé beaucoup de temps et de nombreux effectifs, monsieur Khan. Mais personne

216

n'a oublié qu'Alison avait disparu. Elle ne vous a toujours pas contactés, vous ou vos filles ?

— Non.

— Aviez-vous déjà entendu parler de Michael Chan avant la tuerie du Four Seasons ?

— Jamais.

— Le nom de Joe Molinari vous dit-il quelque chose ?

— Je ne crois pas. Qui est-ce ?

— Une personne potentiellement concernée par cette affaire.

J'étais presque sûre d'avoir rougi, mais Khan ne remarqua rien.

— Je ne suis pas certain de vouloir qu'elle revienne, lâcha-t-il d'une voix cassée. Mais je dois absolument lui parler. Ça ne peut pas se terminer comme ça. Je dois la voir.

— Nous aussi, nous aimerions lui parler, monsieur Khan, répondis-je tout en songeant que si j'étais vraiment douée pour retrouver les conjoints disparus, j'aurais déjà réussi à retrouver mon mari.

Et pourquoi pas faire d'une pierre deux coups, à vrai dire ? Retrouver l'un et l'autre.

59

Je donnais le bain à Julie lorsque mon portable se mit à sonner.

— Boxer, grognai-je après avoir pressé la touche verte.

Je devais me concentrer pour garder le téléphone coincé sous mon menton tout en maintenant ma fille pour l'empêcher de glisser dans la baignoire.

— Madame Molinari? Agent Michael Dixon, CIA.

— Je vous écoute.

Mes pensées s'avéraient aussi glissantes que ma fille. La CIA? Pourquoi eux? Bonnes ou mauvaises nouvelles? Avaient-ils retrouvé Joe?

— Nous aimerions nous entretenir un moment avec vous.

— D'accord. Quand?

— Nous sommes en bas de votre immeuble.

— Vous êtes… Là, maintenant?

— Tout à fait.

— OK. Sonnez à mon interphone dans cinq minutes et je vous ouvre.

Je rinçai Julie, l'enveloppai dans une serviette et allai lui mettre son pyjama. Elle n'était pas fatiguée et je décidai de l'installer dans son parc. Je n'attachai pas Martha et, par précaution, je glissai mon arme de service derrière ma ceinture.

Lorsque l'interphone sonna, je demandai à Dixon et à son coéquipier de montrer leurs insignes à la caméra. Ils s'exécutèrent, mais je pris quand même la précaution de jeter un coup d'œil par le judas avant d'ouvrir la porte aux deux hommes.

Ils se présentèrent : agents Michael Dixon et Chris Knightly, de Langley. Âgés tous deux d'une trentaine d'années ; costards, cravates et chaussures impeccablement cirées. Les ressemblances s'arrêtaient là. De taille moyenne, Dixon avait les cheveux bruns et un nez retroussé, tandis que Knightly était grand, blond, et arborait un pin's représentant le drapeau américain.

Je les invitai à s'asseoir sur le grand canapé en cuir et Dixon prit la parole :

— D'après John Carroll, vous êtes à la recherche d'Alison Muller.

— Elle est un témoin potentiel. C'est peut-être la dernière personne à avoir vu vivante la victime d'un homicide commis récemment.

— En effet, il est probable qu'elle ait été en compagnie de Michael Chan le jour où celui-ci a été assassiné. Nous voulons jouer franc-jeu avec vous, madame Molinari. Appelons ça de la coopération. Mais en échange, je vous demande de renoncer à vos investigations concernant Alison Muller.

Vraiment ? Ils n'avaient pas le pouvoir de me retirer mon enquête. Et si c'était ce qu'ils voulaient, ils n'auraient pas dû venir me trouver chez moi. Que se tramait-il au juste ?

— Ce n'est pas à moi d'en décider, répondis-je. Ni à vous, d'ailleurs. Muller nous intéresse dans le cadre de ce quadruple homicide et l'enquête est menée par le SFPD, que ça vous plaise ou non.

— Je tiens à vous assurer que Muller n'a pas assassiné Michael Chan, fit Dixon. Elle le voulait vivant. Comme nous tous.

— Alors que s'est-il passé ? demandai-je sans rien promettre.

Knightly promena son regard autour de la pièce puis se leva pour s'approcher de la fenêtre qui donnait sur Lake Street, comme s'il voulait surveiller quelque chose.

— Nous avons été en contact avec Muller, répondit Dixon. Elle travaillait sur Chan pour tenter de savoir s'il faisait partie des services secrets chinois comme sa femme.

— Et alors ?

— Elle n'a pas réussi à le savoir. Et au moment où Chan a été tué, elle avait déjà quitté le Four Seasons et se trouvait sur Market Street, à pied. Tout ceci est avéré et documenté. Elle ignore tout des autres victimes.

— J'aimerais l'interroger, moi aussi. De manière officielle. Dès que je l'aurai écartée de la liste des suspects, je serai ravie de passer à autre chose.

Julie se mit à pleurnicher à cet instant. Je devinai instantanément qu'il fallait lui changer sa couche et que le plus tôt serait le mieux, sous peine de l'entendre exprimer sa colère avec une intensité sonore qui irait crescendo.

— C'est impossible, répondit Dixon. Elle est actuellement en mission sur une affaire, mais on vous mettra en relation avec elle dès qu'elle sera disponible.

Cela revenait un peu à ce que m'avait dit Khalid Khan quelques jours plus tôt.

— Qu'avez-vous à m'apprendre concernant le passager qui voyageait sous le nom de Michael Chan à bord du vol WW 888 ? demandai-je ensuite.

— Rien, pourquoi ?

Il mentait, mais je songeai qu'il me dirait peut-être la vérité si je lui posais la question qui m'importait le plus.

— Joe Molinari, lançai-je. Vous savez où je peux le trouver ?

Knightly retourna s'asseoir sur le canapé.

— J'ai déjà entendu parler de lui, me dit-il. Mais pour nous, c'est de l'histoire ancienne. J'ai bien peur d'être incapable de vous renseigner.

— Je veux juste savoir s'il est vivant.

— Croyez-moi, je vous le dirais si je le savais. Il ne fait pas partie de nos services.

Julie laissa échapper un gémissement. Les deux hommes déposèrent leurs cartes sur le comptoir de la cuisine et quittèrent l'appartement.

Je restai un instant à méditer.

Les collègues de Muller m'avaient affirmé qu'elle était vivante.

Mais Joe Molinari, mon mari, le père de ma petite fille qui pleurait à chaudes larmes – pour moi, cet homme-là était mort.

60

Dès que Julie se fut endormie, je me fis couler un bain moussant avec de l'eau aussi chaude que ce que mon corps était capable de supporter. Mais même les bulles parfumées à la lavande ne parvinrent pas à me réconforter.

Ces deux types de la CIA m'avaient menti. Peut-être avaient-ils vraiment été en contact avec Alison Muller, mais comment pouvais-je en être certaine ? Mon instinct me soufflait qu'ils voulaient simplement que j'arrête de la chercher, de m'intéresser à elle et de mettre le FBI sur sa piste. Quant à ce qu'ils m'avaient dit concernant Joe, j'étais incapable de déterminer s'ils s'étaient montrés sincères.

J'imaginai mon mari, installé à son bureau dans la chambre d'amis, cette petite pièce où il avait passé tant de temps qu'elle semblait moulée pour lui. Plusieurs mois durant, il était resté chez nous pour pouvoir s'occuper de Julie – travaillait-il alors en parallèle pour la CIA ? Travaillait-il avec *elle* ?

Le jour du quadruple homicide au Four Seasons, Joe se trouvait-il là-bas justement parce qu'il faisait équipe avec elle? Peut-être attendait-il de l'exfiltrer de l'hôtel une fois sa mission accomplie?

Improbable? Peut-être. Mais ce n'était tout de même pas le fruit du hasard s'ils avaient disparu tous les deux presque au même moment!

J'allai me mettre au lit, mais sans parvenir à trouver le sommeil. À la lueur du lampadaire qui éclairait une partie de la fenêtre, je m'absorbai dans la contemplation du plafond en me demandant si Joe était seul lorsqu'il était passé en voiture devant la maison des Chan.

Muller était-elle assise sur le siège passager? Tous les deux étaient-ils venus non pour surveiller la maison mais pour liquider Shirley Chan? La présence de notre camionnette avait-elle retardé son assassinat?

Je ne saurais dire comment l'idée s'imposa subitement à mon esprit, mais c'est en tout cas ce qu'il se produisit. Je me redressai d'un seul coup dans mon lit.

Joe avait emporté tous ses appareils électroniques avant sa disparition; j'avais fouillé son bureau et notre chambre, mais pas celle de Julie.

Je me levai et me dirigeai vers la chambre, talonnée par Martha.

— Assise, Martha, chuchotai-je.

Je me tournai vers la commode blanche pour allumer la petite lampe *Le Monde de Nemo*. L'ampoule ne produisait qu'une faible lueur jaune, mais suffisait à éclairer la totalité de la pièce. Julie dormait paisiblement, et j'entrepris de fouiller ses tiroirs.

Le premier contenait des grenouillères, le deuxième des couvertures. Les autres se révélèrent également sans intérêt.

Je me tournai vers le placard, ouvris les portes et réfléchis un instant. Julie possédait peu de vêtements sur cintres, mais Joe et moi stockions là les affaires un peu encombrantes – comme des combinaisons de ski, ou des gros manteaux que nous ne mettions presque jamais. Je les décrochai pour les déposer sur le sol, puis sortis toutes les boîtes à chaussures, que j'étalai également par terre avant d'en ôter les couvercles un à un. Mon cœur cessa soudain de battre. Posée par-dessus la paire que Joe portait lors de notre mariage, je découvris une tablette que je n'avais jamais vue auparavant. La boîte contenait aussi un chargeur.

61

Martha me lécha le visage tandis que je branchais le chargeur et allumais la tablette. Je la repoussai d'un revers de la main et fixai la fenêtre qui s'était affichée sur l'écran pour demander un mot de passe.

Je n'avais aucune idée du mot de passe que Joe avait choisi. Et puis soudain, je visualisai mentalement un chiffre. Un souvenir pour le moins flou, car je n'y avais pas vraiment prêté attention en le voyant. Je n'étais d'ailleurs même plus certaine de l'avoir vu. Je me précipitai vers la chambre d'amis et ouvris le tiroir central du bureau de Joe. J'y avais remis tout son contenu après avoir fouillé sans découvrir le moindre élément qui m'aurait éclairée sur le récent emploi du temps de mon mari.

Je le vidai à nouveau puis l'approchai de la lampe pour éclairer le fond.

Une inscription au crayon de papier apparaissait sur l'une des parois, une longue série de chiffres et de lettres qui ne semblait correspondre à rien.

Le mot de passe idéal, en somme.

Je pris le tiroir vidé de son contenu et retournai dans la chambre de Julie pour rentrer le code dans la tablette. L'accès me fut refusé à deux reprises. La série comportait dix-huit caractères et j'avais dû en oublier un à chaque fois.

À la troisième tentative, je me concentrai pour être certaine de n'oublier aucun chiffre, aucune lettre.

Et pourtant, le mot de passe fut à nouveau rejeté.

Je tapai alors une suite de combinaisons évidentes : dates d'anniversaire, noms – sans succès. *Joe était un espion*. Triple menace : CIA, FBI, Sécurité intérieure. Il n'aurait jamais utilisé un mot de passe inscrit dans son tiroir à papeterie pour protéger ses secrets ! Encore moins un truc bateau, genre *motdepasse1234*. Et sûrement pas le nom de sa fille.

Juste pour rire, je tapai *JulieAnne* – et bingo ! Je n'en revenais pas : une foule d'icônes s'afficha sur le bureau.

Je vis tout de suite qu'il s'agissait de dossiers personnels. Le nom de Brooks Findlay n'apparaissait nulle part, ni celui d'aucun autre client lié à l'activité en free-lance de Joe. L'un des dossiers contenait des résultats sportifs, un autre des vidéos extraites de blogs auxquels il était abonné, mais aucun n'était intitulé *top secret*. Sa liste de contacts ne comportait aucune « Alison Muller ».

Avant d'éteindre, je cliquai sur le calendrier pour consulter les entrées correspondant aux nombreux jours et mois durant lesquels Joe avait travaillé à la maison.

Les notes étaient succinctes et précises, mais à la fin du mois de mars, plusieurs entrées se révélaient assez cryptiques. Joe était allé rendre visite à sa mère dans l'Est – elle venait de subir une opération pour se faire poser un pacemaker. Plusieurs notes correspondaient à des informations liées à ses réservations de vols.

Mais d'après ce que je lisais, Joe n'avait pas simplement fait l'aller-retour entre l'aéroport SFP de San Francisco et l'aéroport JFK à New York. Il avait aussi réservé un billet pour Brandenburg, un aéroport à Berlin, un vol aller-retour depuis New York. Et les numéros de confirmation indiquaient qu'il avait voyagé avec une autre personne.

Le premier siège était au nom de J. A. Molinari ; le second au nom de Sonja Dietrich.

Joe s'était donc rendu à Berlin avec Alison Muller.

Qui était-il ? Mon mari était devenu pour moi un inconnu.

Joan Ronan MacLean, une séduisante jeune serveuse de vingt-cinq ans, était venue de Palo Alto à ses propres frais pour nous rencontrer, Conklin et moi. Elle s'installa sur le fauteuil face à nos bureaux, écarta d'un geste de la main les longues mèches de cheveux blonds qui lui tombaient devant les yeux, et nous apprit que Michael Chan fréquentait régulièrement un bar appelé le Howling Wolf – elle l'y avait vu au comptoir quelques jours avant sa mort.

D'après la jeune femme, il était seul ce soir-là, et il avait bu plus que ses deux bières habituelles.

— Comment était-il? demanda Conklin.

— Il avait l'air perturbé par quelque chose. Le bar était presque vide et j'ai senti qu'il avait envie de parler. Je connais deux ou trois mots de chinois parce que ma nounou était chinoise, et du coup on avait sympathisé, lui et moi. Mais je ne m'attendais pas du tout à ce qu'il allait me dire.

— On vous écoute, dit Conklin.

— Eh bien, il m'a expliqué qu'il était follement amoureux de sa maîtresse et qu'ils allaient s'enfuir ensemble au Canada.

— A-t-il mentionné le nom de cette femme ?

— Il l'a appelée Renata à un moment. Je lui ai demandé s'il comptait sérieusement s'enfuir, parce qu'il laissait quand même une famille derrière lui, et il m'a répondu qu'elle aussi était mariée. Il m'a aussi dit qu'elle portait une arme, alors je lui ai demandé si elle était flic.

» Là, il a eu l'air un peu pensif et il m'a répondu qu'il ne savait pas trop.

— D'après vous, cette liaison pourrait-elle avoir un lien avec sa mort ? intervins-je.

— Bah… Je me suis demandé si ce n'était pas sa femme qui l'avait tué, par jalousie. Ou alors sa maîtresse…

De nouvelles questions qui venaient se rajouter à une affaire qui en contenait déjà tant.

Je remerciai la jeune femme d'être venue nous parler et la raccompagnai à la porte. En regagnant mon bureau, je vis Conklin raccrocher le combiné de son téléphone.

— Chi tient une piste sur les Chinois qui te traquent.

Le sergent Paul Chi fait partie de notre brigade. Il est né aux États-Unis, mais il parle assez bien le chinois et a su se tisser, avec le temps, tout un réseau d'informateurs dans le quartier de Chinatown et ses environs.

— Et ça donne quoi ?

— Regarde, fit Conklin en pianotant sur le clavier de son ordinateur.

Une photo de qualité moyenne s'afficha sur son écran : un Chinois, large d'épaules, âgé d'une vingtaine d'années, en jean, tee-shirt noir et veste de sport, sortant d'un véhicule en partie dissimulé par d'autres voitures mais qui ressemblait fortement à un SUV BMW.

— Quand a-t-elle été prise ? demandai-je.

— Hier à midi et demi, tout près d'un *noodle shop* de Chinatown.

— Quel *noodle shop* ? Où exactement ?

— Tu m'as pris pour Google Maps ? fit Conklin en levant les yeux vers moi.

J'éclatai de rire et contournai mon bureau pour aller m'installer devant mon ordinateur.

— Tu peux au moins me dire comment ça s'appelle, ou c'est trop te demander ?

— Mei Ling Happy Noodles.

Je rentrai le nom dans la barre de recherche et, quelques clics plus tard, me retrouvai devant la photo d'un *noodle shop* de Stockton Street, l'une des principales artères qui traversent le quartier de Chinatown. Je tournai l'écran pour montrer la photo à Conklin. À l'heure du déjeuner, les boutiques et les marchés de Stockton et de Jackson Street débordaient littéralement de clients, et les trottoirs grouillaient d'une multitude de piétons.

— Le gars s'était peut-être arrêté là pour acheter à manger, dit Conklin. D'ailleurs, que dirais-tu d'un petit *yat gaw mein* ?

À vrai dire, j'avais plutôt pour projet de rentrer chez moi, histoire de retrouver ma fille avant la tombée de la nuit, pour changer.

— Euh… maintenant ? Ça ne peut pas attendre demain matin ?

— OK. Demain, première heure.

J'arrive, ma petite Julie, songeai-je en enfilant ma veste.

63

Juste avant 18 heures, alors que je me dirigeais vers le parking de Harriet Street, la pluie qui avait menacé de tomber depuis le début de la journée se déversa soudain à torrents. Je me mis à courir, tête baissée, mes clés de voiture à la main, et après avoir désactivé l'alarme de mon Explorer, je me hissai sur le siège conducteur qui, après dix ans d'utilisation quotidienne, me seyait aussi bien que mon jean préféré.

J'allumai les phares et enclenchai les essuie-glaces, puis m'élançai le long de l'étroite rue à une voie, bordée de part et d'autre par des parkings grillagés. J'étais déjà en vue du croisement avec Harrison Street lorsqu'une voiture apparut subitement devant moi et me fonça droit dessus, pleins phares allumés.

Je n'avais pas le temps de réfléchir.

Je donnai un brusque coup de volant sur la droite et enfonçai ma pédale de freins. L'autre voiture s'immobilisa dans un crissement de pneus, pulvérisant la partie gauche de mon pare-chocs ; mon phare vola en éclats.

Putain, c'était qui, ce malade ?

La main sur la poignée de ma portière, j'étais sur le point d'aller m'expliquer avec le conducteur lorsqu'une autre voiture s'immobilisa sur ma gauche, presque collée à moi. Une clôture grillagée m'empêchait d'ouvrir ma portière côté passager et, dans mon rétroviseur, des pleins phares illuminèrent soudain la scène d'une lumière crue.

J'étais coincée. Prise au piège comme un rat.

Pivotant la tête pour faire face au conducteur qui venait de me serrer sur la gauche, je ne fus pas surprise de découvrir l'Asiatique à la cicatrice, celui qui m'avait bousculée juste après la conférence de presse de la NTSB.

— Vous vous croyez où ? hurlai-je à travers la vitre.

L'homme me répondit par un sourire et leva son bras pour pointer sur moi le canon de son pistolet.

Je me baissai une fraction de seconde avant qu'une série de balles ne fassent exploser la vitre de ma portière. La tête à hauteur du tableau de bord, je sortis mon arme de son étui et ripostai en tirant deux coups de feu. Je vis le type à la cicatrice plonger, mais je n'attendis pas de voir si je l'avais touché ou pas.

Je passai la marche arrière et enfonçai d'un coup l'accélérateur, percutant violemment la voiture qui me serrait par-derrière. Mon pare-chocs s'enfonça dans le sien avec un froissement métallique.

Au même instant, venues de la voiture de derrière et de celle de gauche, plusieurs rafales transpercèrent mon pare-brise.

Penchée sur le volant, j'enclenchai le mode Drive et accélérai brusquement ; mon Explorer fit un bond en avant. Je devais éviter la voiture qui avait pulvérisé mon phare gauche et qui me bloquait encore partiellement le passage. Virant sur la droite, je frottai le grillage sur une vingtaine de mètres avant d'appuyer à fond sur la pédale d'accélérateur.

Une vive lueur m'éblouit.

Jetant un bref coup d'œil par-dessus le volant, je vis que le tireur, face à moi, avait ouvert sa portière et s'en servait comme d'un bouclier. Sa tête était éclairée par le halo que projetait le lampadaire et je vis parfaitement qu'il avait placé le canon de son arme sur le montant de la portière pour viser.

Je restai penchée sur mon volant, pied au plancher. Il y eut un énorme bruit de craquement suivi d'un hurlement comme je percutais la portière derrière laquelle l'homme s'était planqué.

Je traçai à toute berzingue en direction de Harrison Street, le visage fouetté par la pluie qui pénétrait par mes vitres et mon pare-brise explosés. Plusieurs balles se logèrent dans mon châssis et pulvérisèrent ma vitre arrière. L'un après l'autre, mes pneus arrière éclatèrent, et je savais que mon réservoir serait la prochaine cible.

Ma voiture partit en aquaplaning au moment où j'atteignais le bout de Harriet Street. Je donnai un coup de volant sur la gauche pour m'engager dans Harrison et faillis perdre complètement le contrôle.

Un déluge de klaxons accueillit mon arrivée fracassante, et plusieurs conducteurs, paniqués, changèrent de voie pour m'éviter. Je ne distinguais pas grand-chose à travers le voile pluvieux qui s'abattait devant mes yeux, mais je reconnus tout de même la silhouette du Palais de Justice sur ma gauche. Je fonçai vers la 8e, puis jusqu'au croisement avec Bryant Street, où je m'engouffrai avant de m'arrêter, dans un ultime grincement, à côté de deux voitures de patrouille garées côte à côte en face du Palais.

Deux flics en uniforme se tenaient sur le trottoir, éberlués par le foutoir que je venais de provoquer dans la circulation.

— J'ai besoin d'aide ! hurlai-je.

Mon insigne pendait, accroché à une chaîne autour de mon cou. Je le brandis devant eux.

Les deux s'approchèrent et m'observèrent.

— Mon Dieu, mon Dieu, marmonna l'un.

L'autre se pencha vers moi.

— Vous êtes blessée ? demanda-t-il.

Mon visage me brûlait comme si j'avais été piquée par une centaine d'abeilles et je sentais le col de ma veste imbibé de sang. J'étais trempée et gelée, mais Dieu merci, saine et sauve.

— Ça va, répondis-je. Il y a eu une fusillade au coin de Harriet Street, tout près d'ici. Plusieurs suspects armés sont encore sur place. Appelez toutes les patrouilles en renfort et faites très attention. Appelez aussi une ambulance. Il y a un blessé.

64

Je contactai Conklin depuis mon téléphone portable, et mon récit l'effraya suffisamment pour qu'il débarque devant moi avec Brady avant même que j'aie eu le temps d'atteindre les marches menant à l'entrée principale du Palais.

— Je t'emmène à l'hôpital! s'écria Conklin.

— Merci, mais non merci. Je n'ai pas été touchée.

Il insista.

— Laisse tomber, Rich. Je suis trempée, j'ai froid, mais je n'ai pas été touchée, OK?

Nous nous rendîmes sans attendre au bureau de Brady. Je lui remis mon arme de service et il demanda à l'armurier de m'en apporter une nouvelle. Puis il prévint Jacobi.

Conklin alla me chercher une couverture en salle de pause et m'en couvrit les épaules. Il était en train de retirer les éclats de verre sur mes joues et dans mes cheveux lorsque Claire toqua contre la vitre. Qui l'avait appelée? Brady?

— Mon Dieu, Lindsay! s'exclama-t-elle en m'observant de la tête aux pieds. Je viens d'apprendre ce qui s'est passé. Suis-moi.

— Pour quoi faire? Je vais bien.

— Suis-moi, Linds. Et pas d'histoires.

Je m'exécutai en râlant et lui emboîtai le pas, direction les toilettes pour femmes.

— Je vais t'examiner, me dit-elle, et si j'estime que tu dois aller à l'hôpital, tu y vas, c'est clair?

J'acquiesçai d'un hochement de tête et me déshabillai.

Claire m'inspecta sous toutes les coutures, poussant des «oh, mon Dieu!» chaque fois qu'elle découvrait un nouvel hématome. Pour finir, elle palpa doucement mon cuir chevelu.

— Bon, fit-elle ensuite. Si tu te sens assez bien pour rentrer chez toi, je te dispense de la case hôpital.

— J'ai de la chance d'être encore en vie, fis-je en claquant des dents. Ces raclures connaissaient mon emploi du temps. Ils m'ont tendu un guet-apens et ils étaient déterminés à me faire la peau. Pourquoi? Et maintenant que j'ai tué l'un des leurs?

— Viens dormir à la maison, me proposa Claire.

— Je ne peux pas. Mais ne t'en fais, Claire. Ça va aller. Brady va placer une équipe en bas de chez moi.

Ce dernier était encore au téléphone lorsque je regagnai son bureau. Je m'assis à côté de Conklin, et tandis que Brady terminait sa conversation, je me rejouai mentalement la série d'événements survenus au cours de la demi-heure qui venait de s'écouler. J'espérais que l'homme que j'avais broyé derrière la portière était encore vivant, pour pouvoir l'interroger et le faire parler. J'avais tellement soif de réponses.

Brady raccrocha et prit aussitôt un autre appel. Il resta un moment à écouter son interlocuteur.

— Merci, fit-il avant de reposer le combiné sur son socle. (Il se tourna vers moi.) Le type que tu as écrasé en voiture...

— Oui?

— Il est parti. Ou alors ses amis l'ont ramassé et foutu dans le coffre. En tout cas, il n'y avait pas le moindre cadavre dans Harriet Street.

J'eus un moment de soulagement, mais la seconde d'après, une pensée me submergea avec la puissance d'un raz-de-marée.

Nous n'avions ni suspects, ni témoins, ni le moindre début d'identification. Pas même un numéro de plaque. Les hommes qui m'avaient attaquée étaient peut-être en train de s'enfuir en direction de Los Angeles, du Mexique ou de la côte est. Mais s'ils tournaient encore dans le quartier en attendant de pouvoir me foncer dessus?

— Tiens, fit Brady en me tendant un Glock identique à mon ancienne arme. Le chef arrive dans deux minutes.

Et merde! J'allais maintenant devoir raconter tout ça à Jacobi.

Warren Jacobi, le chef de la police, est un grand type bien en chair, aux cheveux gris et à la démarche claudicante, conséquence de deux balles reçues en pleine hanche lors d'une intervention nocturne dans le quartier de Tenderloin. J'avais moi aussi été blessée, mais contrairement à Jacobi, je n'avais pas perdu connaissance et j'avais pu appeler du secours. Cette nuit-là avait tissé entre nous un lien indestructible.

Au cours des douze dernières années, Jacobi a été successivement mon coéquipier, mon subordonné, et est à présent devenu mon patron. Je me levai lorsqu'il entra dans le minuscule bureau de Brady et il m'étreignit chaleureusement – mais avec beaucoup de précaution.

Je sentis mes yeux s'embuer de larmes que j'essuyai sur le tissu de sa veste.

— Je vais bien, Warren, ne t'inquiète pas. Je vais bien.

Il m'observa un moment en secouant la tête.

— Écoute-moi bien, Boxer, fit-il ensuite. Tu es devenue une cible. J'ignore pourquoi, et d'après ce que j'ai cru comprendre, tu n'en sais pas beaucoup plus que moi. Je sais que tu n'as pas agi de façon imprudente ou irréfléchie, mais il n'en reste pas moins que tu as été physiquement agressée, poursuivie et prise pour cible par des types armés. La prochaine fois qu'ils t'auront dans leur viseur, tu sais ce qui se passera ? Pas besoin de te faire un dessin ! Alors tu vas obéir sans faire d'histoires. Ne m'oblige pas à faire valoir ma supériorité hiérarchique. Et les ordres sont les suivants : prends des vacances et quitte la ville tant qu'on n'aura pas mis la main sur cette clique.

Pendant que j'écoutais Jacobi me débiter sa litanie, quelque chose en moi se mit à bouillonner jusqu'à ce que, ne pouvant plus me contenir, je finisse par exploser :

— Avec tout le respect que je te dois, Jacobi, tu dis des conneries grosses comme toi ! La situation était tendue, c'est vrai, mais j'ai su la gérer. C'est comme ça dans ce boulot. Tu vois, je m'en sors avec à peine une égratignure, alors arrête de me traiter comme une victime. Je vais très bien, physiquement *et* mentalement, et je suis tout à fait opérationnelle. Cette enquête, c'est à moi qu'elle a été confiée et je compte bien la mener à son terme, que ça te plaise ou non. C'est clair ?

Ayant dit cela, je retournai m'installer à mon bureau pour taper un rapport.

Plus tard, je retournai dans la rue pour vider le contenu de ma boîte à gants et reprendre mon sac resté au pied du siège passager, avant que mon Explorer, mortellement blessé, ne soit hissé sur le plateau d'une dépanneuse direction le labo.

Conklin me raccompagna chez moi. Je restai silencieuse durant tout le trajet, mais je posai ma main sur la sienne avant de quitter sa voiture, et la serrai fort. Il sortit pour venir m'ouvrir la portière. Je lui décochai un regard qui aurait dû le stopper net dans son élan, mais il insista pour monter avec moi.

Une fois dans mon appartement, je saluai notre nounou et souhaitai bonne nuit à mon coéquipier. Je pris une douche puis avalai un plat avec de la sauce tomate dont je ne gardai aucun souvenir. Je jouai un peu aux cubes avec ma fille avant d'aller la mettre au lit et, après avoir vérifié plusieurs fois les serrures et l'alarme, ainsi que la présence des véhicules de patrouille en bas de l'immeuble, je posai mon arme sur la table de nuit et me glissai enfin sous les couvertures. Martha s'installa à mes pieds et je m'endormis assez vite, d'un sommeil sans rêve.

Je me réveillai le lendemain matin dans un état de rage comme je n'en avais encore jamais connu. Je comprenais à présent que si tout le monde me traitait comme un pauvre petit chaton orphelin, ce n'était pas uniquement parce que j'avais été agressée à plusieurs reprises et que j'avais failli être tuée. C'était aussi parce que Joe m'avait quittée sans la moindre explication.

Les hommes qui avaient cherché à me supprimer allaient répondre de leurs actes, même si je devais passer le restant de ma vie à les traquer.

Et la chose valait également pour mon mari.

66

L'officier Evelyn Finley me conduisit au Palais de Justice en roulant très lentement et en prenant soin d'éviter les à-coups, comme si elle transportait un carton rempli de décorations de Noël en verre. Elle m'escorta également à travers le hall et attendit avec moi l'arrivée de l'ascenseur.

— Je ne fais que suivre les ordres, me dit-elle.

Merde alors.

— Merci, Finley. Je vais pouvoir me débrouiller seule, maintenant.

Je contournai le bureau de Brenda à l'entrée de la salle de la brigade et vis Brady, Conklin, McNeil et Chi, rassemblés près du bureau de ce dernier comme s'ils tenaient un conciliabule. Avais-je pas été délibérément tenue à l'écart de cette réunion, ou n'était-ce qu'une impression ?

Conklin me fit signe d'approcher, et Brady et lui se précipitèrent pour me rapporter une chaise. Je faillis éclater de rire, mais me refrénai et marmonnai un « Merci, j'aurais pu le faire moi-même ».

Cappy McNeil a presque cinquante ans et pas mal de kilos en trop – surtout au niveau du ventre –, mais c'est un gars fiable et expérimenté. Un excellent flic.

Son coéquipier, le sergent Paul Chi, de dix ans son cadet, est considéré par beaucoup comme l'un des meilleurs enquêteurs du SFPD. L'un et l'autre découvraient pour la première fois mon visage lacéré par les éclats de verre, mais ils avaient déjà eu vent du guet-apens dans lequel j'étais tombée la veille.

— Hey, Boxer! s'exclama Cappy. C'est grave ce qui t'est arrivé hier.

Il me tapota l'épaule et m'offrit l'un de ses donuts.

Chi attendit que je m'installe pour reprendre son exposé.

— Lindsay, pour te mettre au parfum, j'ai un indic qui habite au-dessus d'une épicerie, au croisement de Jackson et Stockton. Il m'a appelé hier soir pour me dire qu'il avait vu quatre hommes d'affaires asiatiques bien sapés aller et venir au volant de voitures de luxe, souvent à des heures étranges. Ils seraient apparemment basés dans un immeuble pourri du quartier.

Chi afficha une *street view* de la zone en question, sur Stockton Street, à l'est de la ville.

— Voilà, c'est ici, au 1035, un petit immeuble avec un pressing au rez-de-chaussée. Le locataire de l'appartement serait un certain Henry Yee, déjà condamné à deux reprises pour des affaires de drogue sans envergure. Il travaille dans le *noodle shop* au coin de Jackson. En fait, il sous-loue son appart à ces types et il dort dans le restaurant.

» La rumeur dit qu'ils seraient ici pour une mission gouvernementale. Ils ne sont pas liés à un quelconque trafic de drogue et…

— Attends, l'interrompis-je. Une mission gouvernementale pour le compte de quel pays ?

— La Chine, je suppose, mais personne ne le sait vraiment. Mon indic m'a expliqué que, la semaine dernière, il avait vu les gars en train de décharger des caisses assez lourdes d'un SUV de couleur sombre. Il n'y avait pas vraiment accordé d'importance jusqu'à hier soir.

» D'après lui, aux alentours de 20 heures, l'un de ces Chinois a garé son SUV sur Stockton Street, tout près du croisement avec Jackson Street. La voiture avait deux phares cassés. Après réflexion, mon indic se demande si les caisses qu'il les a vus manipuler l'autre jour ne contenaient pas de l'artillerie. C'est un junkie, mais il est loin d'être stupide et j'ai tendance à croire ce qu'il raconte.

— Un véhicule de couleur sombre m'a percutée par l'avant hier soir. Et en reculant, j'ai embouti le pare-chocs de la voiture qui m'avait coincée par-derrière. Le SUV que tu viens de décrire était sûrement l'une de ces bagnoles.

Brady contacta aussitôt Jacobi pour lui demander de nous rejoindre. Une heure plus tard, nous avions élaboré un plan d'action.

67

À 16 h 30, cet après-midi-là, trois équipes de la criminelle et notre groupe d'intervention spéciale, le SWAT, s'étaient déployés discrètement dans Stockton et Jackson Street. Le quartier était connu pour ses commerces chinois traditionnels, mais aussi pour son trafic de drogue, ses salles de jeux clandestines et ses gangs.

J'observai les alentours depuis la voiture où Conklin et moi étions en planque, sur Stockton.

Nous étions chargés de surveiller un immeuble de trois étages à la façade de stuc beige, de l'autre côté de la rue. À côté du pressing auquel Chi avait fait référence plus tôt, une porte peinte en gris menait aux appartements.

Les boutiques ouvertes regorgeaient de victuailles qui s'étalaient le long des trottoirs chargés de piétons et de clients. Le flot de circulation était rythmé par les feux et les arrêts de camions de marchandises contraints de se garer en double file. Un bus scolaire déposa un groupe d'enfants ; des touristes sortirent d'un restaurant en riant aux éclats.

Je continuai à observer la rue.

Lemke et Samuels étaient garés un peu plus loin, à l'angle de Washington Street. Michael et Wang, qui faisaient eux aussi partie de la brigade, surveillaient depuis leur voiture le *noodle shop* où travaillait l'informateur de Chi.

Sur le trottoir opposé à celui où nous étions arrêtés, adossé contre le mur d'une épicerie spécialisée dans les produits au ginseng, Brady feignait de lire un journal.

Habillés en civil, Chi et McNeil faisaient semblant d'examiner les produits sur l'étal d'un primeur lorsqu'un SUV BMW bleu vint se garer en double file, à une cinquantaine de mètres de l'immeuble à la porte grise. Je remarquai tout de suite la longue éraflure qui barrait l'un des côtés de la carrosserie.

Brady nous lança un regard furtif.

Nous quittâmes notre voiture et traversâmes la rue en coupant la circulation tandis que Chi et McNeil se rapprochaient par-derrière des deux Asiatiques qui se dirigeaient vers l'immeuble.

J'étais trop loin pour entendre ce que disait Chi, mais je devinai qu'il se présentait aux deux hommes, expliquait qu'il avait quelques questions à leur poser et demandait à voir leurs papiers.

Le plus grand des deux sortit soudain un pistolet et tira trois coups pendant que l'autre ouvrait la porte de l'immeuble. Chi porta les deux mains à son cou et s'effondra.

McNeil plongea entre deux voitures garées au bord du trottoir et tira en direction des deux hommes, qui disparurent à l'intérieur de l'immeuble. Aussitôt, surgissant de plusieurs SUV dispatchés aux alentours du bâtiment, les hommes du SWAT se déployèrent en tenue de combat – casques, boucliers, armures et M16. C'est à cet instant que des rafales d'armes automatiques arrosèrent la rue depuis les fenêtres au-dessus de nous.

En l'espace de quelques secondes, la rue commerçante s'était transformée en un champ de bataille où régnaient la panique et le chaos le plus total. Les piétons affolés poussaient des hurlements et couraient en tous sens pour tenter de se mettre à l'abri, tandis que Brady et McNeil traînaient Chi pour le protéger des tirs.

Conklin et moi franchîmes bientôt la porte grise et nous précipitâmes vers l'escalier. Des traces de sang étaient visibles sur les marches.

J'appelai Wang et lui demandai d'aller chercher Henry Yee, le serveur qui sous-louait l'appartement du dernier étage. Quelques secondes plus tard, l'équipe du SWAT pénétra dans l'immeuble et, tous les dix que nous étions, nous nous engageâmes dans l'escalier d'un pas lourd et décidé.

68

Même équipés de gilets pare-balles et armés de nos Glock, nous n'étions pas suffisamment protégés. Je le savais, mais l'adrénaline qui circulait dans mes veines m'empêchait de penser au danger.

Une fois le palier du dernier étage investi par le SWAT, le commandant m'adressa un signe de tête. Conklin et moi nous positionnâmes de part et d'autre de la porte de l'appartement.

Je frappai trois coups et hurlai :

— Police ! Lâchez vos armes et sortez, les mains en l'air.

Pas de réponse. Aucun autre bruit ne me parvenait que le battement de mon cœur. Nous nous écartâmes et le SWAT enfonça la porte pour jeter deux grenades paralysantes. Ils refermèrent aussitôt.

Une explosion assourdissante décolla des morceaux de plâtre du plafond ; dix secondes plus tard, le SWAT entra dans l'appartement. J'entendis des cris. De longues rafales d'armes automatiques qui se répondaient. Puis le bruit des bottes tandis que les hommes du groupe d'intervention parcouraient l'appartement pièce par pièce.

Lorsque le commandant nous donna son feu vert, Conklin et moi pénétrâmes à notre tour dans le logement.

Les corps de quatre hommes armés jusqu'aux dents gisaient dans le salon. Le SWAT avait mené l'action dans les règles de l'art.

Les murs étaient criblés d'impacts de balles, le parquet éclaboussé de sang.

Je ne comptai pas moins de six mitraillettes sur le sol, près de la fenêtre. Il y avait aussi plusieurs boîtes de munitions ouvertes et entamées. Sur la table de la cuisine, mon regard se posa sur quelque chose d'inhabituel : une sorte de tube métallique d'une longueur d'un mètre cinquante, équipé d'un viseur, d'un canon, d'une poignée et d'une extrémité dont la forme était étudiée pour se caler contre une épaule.

Je n'en avais encore jamais vu en vrai, mais je savais qu'il s'agissait d'un lance-missiles, et j'étais presque certaine que celui-ci avait une portée de cinq kilomètres et avait été récemment utilisé pour abattre un avion.

Deux questions se télescopèrent dans mon esprit. Ces hommes qui en avaient après moi depuis le jour du crash étaient manifestement des trafiquants d'armes.

Étaient-ils impliqués dans le crash du vol WW 888 ?

Étaient-ils responsables de la mort des quatre cent trente victimes de cette tragédie ?

Je me tournai de nouveau vers les cadavres et m'approchai pour observer leurs visages, à la recherche de l'homme qui avait fait de moi sa cible – celui qui, pas plus tard que la veille au soir, avait braqué son arme vers moi.

Il était là, à l'autre bout de la pièce, juste à côté de la porte donnant sur la chambre. Il avait glissé contre le mur après avoir été mortellement touché, et s'était immobilisé en position assise, laissant derrière lui une large traînée de sang. Sa tête et sa chemise étaient couvertes de sang; plusieurs balles avaient perforé son bras et son épaule.

Je m'approchai un peu plus. Je voulais en avoir le cœur net.

Les yeux de l'homme, largement espacés l'un de l'autre, étaient clos. Une fine cicatrice blanche parcourait son menton.

C'était l'enfoiré qui avait essayé de me tuer.

Bien sûr, je voulais le voir mort. Mais j'avais encore plus envie de lui parler. Je me penchai pour agripper son bras blessé en espérant que l'homme pousserait un cri et qu'il faisait juste semblant. Aucune réaction. Pas de cris, pas de sarcasmes. Et surtout pas la moindre réponse…

Mais à la façon dont ses lèvres s'étaient figées, j'aurais juré qu'il était mort avec un petit sourire narquois.

Je relâchai son bras et l'homme s'écroula mollement sur le côté.

Je fixais encore son cadavre lorsque j'entendis Conklin m'appeler derrière moi. Il avait son téléphone à la main.

— Je suis en ligne avec Wang, m'expliqua-t-il. Ils ont arrêté Henry Yee, le serveur du *noodle shop*. Il est déjà en garde à vue.

69

Vingt-quatre heures après le raid de Stockton Street, nous étions encore en train d'essayer de reconstituer le puzzle.

Chi se remettait de l'opération qu'il avait dû subir et son état était stationnaire. Deux piétons avaient été blessés lors de la fusillade – une enfant et sa mère, touchées par plusieurs balles tirées depuis la fenêtre de l'appartement.

Les médias scrutaient désormais le moindre de nos faits et gestes. Peu importait que les coups de feu qui avaient blessé ces passantes aient été tirés par des criminels, c'était au SFPD d'en payer les conséquences.

Un Jacobi sous pression donna une conférence de presse au cours de laquelle il expliqua que des armes automatiques de type militaire avaient été saisies à l'intérieur de l'appartement 3F du 1035, Stockton Street. En revanche, il ne mentionna pas la découverte du lance-missiles et conclut son intervention en annonçant qu'il ne répondrait à aucune question avant la fin de l'enquête.

Aucun document ou papier d'identité n'avait été retrouvé sur les hommes abattus au cours de l'opération. Leurs empreintes digitales n'avaient pas permis de les identifier et personne n'était venu réclamer les corps. Nous avions beaucoup de questions sans réponses, mais nous détenions le jeune Henry Yee.

Conklin et moi étions avec lui dans notre petite salle d'interrogatoire aux murs gris. Positionnée dans un coin du plafond, la caméra enregistrait, et la salle d'observation, derrière la vitre sans tain, était pleine à craquer de hauts gradés, parmi lesquels Brady, Jacobi et Leonard Parisi, notre district attorney.

Myope et mesurant à peine plus d'un mètre cinquante, Henry Yee semblait complètement perdu. Il était assisté par Ernest Ling, un avocat connu sous le nom de Daddy. Étant donné l'importance que revêtait le témoignage du jeune homme, Parisi en personne avait accepté de renoncer aux poursuites pour port d'arme illégal si les informations qu'il nous livrait nous permettaient d'avancer.

Pour le moment, nous avions établi que le jeune homme était âgé de vingt ans et qu'il avait arrêté l'école en première. Il était orphelin, et son casier comportait deux arrestations liées à de banales affaires de drogue.

Le bail de l'appartement 3F lui avait été transféré à la mort de sa mère. Le mois dernier, Yee avait commencé à le sous-louer à quatre Chinois qui lui avaient versé huit cents dollars au total. Il dormait depuis dans la réserve du Mei Ling Happy Noodles, où il travaillait comme serveur et plongeur. Ses sous-locataires l'engageaient parfois pour de petites tâches comme la livraison de plats à emporter, et il était également repassé plusieurs fois à l'appartement pour changer de vêtements.

Les quatre Chinois plaisantaient parfois en sa présence, et Yee prétendait avoir entendu des bribes de conversations.

Le jeune homme portait un pistolet caché sous son tablier lorsque Wang et Michael étaient venus l'arrêter. Il ne possédait pas de permis de port d'arme, et n'avait *a priori* aucun besoin d'un flingue pour effectuer son travail. Le Colt calibre 45 lui avait été offert par ses sous-locataires, et Yee semblait beaucoup y tenir.

Ce pistolet, en tout cas, nous avait porté chance.

Yee possédait un casier judiciaire et risquait une peine de prison pour possession illégale d'une arme à feu. Mais s'il se retrouvait impliqué d'une manière ou d'une autre dans le crash du vol WW 888, c'était la peine de mort qui lui pendait au nez.

Daddy Ling avait obtenu le meilleur arrangement possible pour son client. Nous attendions à présent d'entendre ce que Henry Yee avait à nous apprendre.

70

Henry Yee sirotait une canette de Coca tout en observant les photos des quatre Chinois prises à la morgue.

— Celui-là, c'est Dog Head. Je ne connais pas son vrai nom. Lui, c'est Jake. Et celui-là, Weisei – il ne parlait pas anglais. (Il pointa son doigt sur la photo de l'homme à la cicatrice.) Lui, c'est M. Soo. Il prétendait travailler pour le gouvernement.

— À quoi étaient destinées toutes ces armes, Henry? s'enquit Conklin.

— Je n'en ai aucune idée. M. Jake m'a dit que c'était pour des affaires privées.

— Avez-vous déjà entendu ces hommes parler de l'avion qui s'est écrasé près de l'aéroport? demandai-je ensuite.

— L'avion qui venait de Pékin? Non.

— Nous sommes persuadés qu'ils sont impliqués dans le crash, alors je vais vous demander de bien réfléchir, Henry. Faites appel à votre mémoire. Vous êtes certain de n'avoir rien entendu à ce sujet?

— Ne vous inquiétez pas, Henry, intervint M. Ling. Aucun de ces hommes ne peut plus vous faire de mal.

— Ils n'ont jamais rien dit à ce sujet, insista Henry Yee.

— Ça ne va pas, monsieur Ling. Pour l'instant, votre client s'est contenté de nous donner son nom et de nous dire qu'il avait arrêté le lycée avant le bac. Ce n'est pas l'accord que nous avions conclu.

— Il a peur que tout cela lui retombe dessus. Ça peut se comprendre, sergent.

Ling s'entretint quelques secondes à voix basse avec son client, qui m'observait à travers ses épaisses lunettes. Il finit par hocher la tête et poussa un long soupir.

— La seule chose que je sais, et ne vous énervez pas contre moi, mais… Je crois que ça n'a pas beaucoup d'importance, de toute manière.

Il s'interrompit et je ressentis un frisson, comme si nous étions sur le point de faire une avancée décisive – même si, par prudence, je préférais ne pas me réjouir trop vite.

— Avant-hier soir, je suis arrivé à l'immeuble en même temps que M. Soo, et j'ai remarqué que sa voiture était abîmée. Je lui ai demandé ce qui s'était passé et il m'a répondu qu'il avait eu un accident avec une policière qu'il appelait Dirty Mary. Il était furieux.

Dirty Mary… Était-ce le surnom que ce type m'avait donné?

— Dirty Mary? À cause de Clint Eastwood?

Le jeune homme hocha la tête et reprit son récit:

— Après le crash, M. Soo m'avait dit qu'il avait besoin d'une preuve pour son patron. Une preuve comme quoi un homme en particulier était à bord de l'avion. Apparemment, Dirty Mary l'avait empêché de faire son travail. Mais je crois qu'il a fini par retrouver le corps.

— Qu'est-ce qui vous fait croire ça ? demandai-je.

— Il y a environ dix jours, je l'ai aidé à décharger sa voiture et j'ai vu un corps enveloppé dans un drap. Enfin… j'ai juste eu le temps d'apercevoir un morceau de pied tout brûlé avant qu'il referme le coffre.

Je me remémorai ma première rencontre avec M. Soo, devant l'institut médico-légal.

— Il cherchait son fils ?

— Pas son fils, non. Quelqu'un d'autre.

Je repensai au corps qui avait mystérieusement disparu du Metropolitan Hospital. Je me souvenais du chaos cette nuit-là : les gens traumatisés, épuisés, les cadavres si nombreux que les morgues ne suffisaient plus à les accueillir.

Quelqu'un avait facilement pu se déguiser en infirmier et parcourir les rangées de brancards pour consulter les étiquettes accrochées aux gros orteils des cadavres, puis quitter tranquillement les urgences avec le corps.

Personne n'aurait cherché à arrêter un homme en blouse blanche. En tout cas pas cette nuit-là.

J'avais le souffle court, comme si j'étais au bord de l'évanouissement. Je me levai, posai les mains à plat sur la table et me penchai vers notre seul et unique témoin.

— Réfléchissez, Henry. M. Soo a-t-il déjà mentionné devant vous le nom de Michael Chan ? Recherchait-il son corps ?

— Je ne l'ai jamais entendu prononcer ce nom.

Le jeune homme semblait terrifié. Avait-il peur de moi? Craignait-il d'éventuelles représailles?

— Je crois que mon client s'est montré pleinement coopératif, fit Daddy Ling.

Fin de l'interrogatoire. Yee fut relâché.

Il me restait de nombreuses interrogations. De *très* nombreuses interrogations.

IV

Cindy me téléphona pour m'annoncer qu'elle avait des révélations à me faire.

— Et c'est du lourd, ajouta-t-elle. Tu peux me retrouver en bas dans cinq minutes ? Je te raccompagnerai chez toi.

— Donne-moi déjà un petit indice, fis-je en éteignant mon ordinateur et en fermant à clé le tiroir de mon bureau.

— Il y a vingt minutes, un type m'a contactée au journal, m'expliqua-t-elle avec un débit supersonique. Il affirme posséder un enregistrement vidéo des deux victimes anonymes du Four Seasons ; des images tournées à l'hôtel et qui proviennent d'une caméra cachée. Il veut me les montrer. Ça te suffit ou je continue ?

— OK, j'arrive.

Conklin était déjà rentré chez lui. Je demandai à Brenda d'annuler la voiture de patrouille qui devait me raccompagner puis appelai Mme Rose pour la prévenir que je serais en retard. Je remontai la fermeture éclair de ma veste et descendis les escaliers en trombe pour rejoindre Cindy.

Elle avait clairement attisé ma curiosité. Son contact était-il fiable? Cette vidéo existait-elle vraiment? Et si oui, y voyait-on apparaître le tueur? Je l'espérais. À croire qu'après toutes ces années, je suis restée une grande optimiste.

Cindy m'attendait devant le Palais de Justice. La circulation était intense, le soleil déclinait. Je montai dans sa Honda Civic quelques secondes avant qu'un agent de la circulation ne lui fasse signe de partir.

— Je t'écoute, lançai-je en attachant ma ceinture. On va où exactement?

Cindy passa la première et s'engagea sur la chaussée.

— Son nom de code est Jad, m'expliqua-t-elle en tournant vers moi ses grands yeux bleus. (Nous remontions Bryant Street en direction du nord-est.) Il effectuait une mission de surveillance. Il ne m'a pas dit pour le compte de qui, mais je suppose qu'il s'agit d'un organisme gouvernemental. Par contre, il m'a bien précisé que les images qu'il détenait pouvaient lui coûter la vie. Même au téléphone, je l'imaginais avec la sueur au front.

— Alors pourquoi t'avoir contactée?

— Il m'a dit que ce qu'il savait le rongeait de l'intérieur. Sa voix se brisait à la fin de chaque phrase, Linds. Le gars était complètement flippé.

— Tu lui as dit que je venais avec toi?

— Je lui ai juste dit que je ne voulais pas le rencontrer seule et que je serais accompagnée de mon associée. Comme Woodward et Bernstein, tu vois?

— Mon Dieu!

Je secouai la tête. Ce n'était pas la première fois que Cindy se mettait dans une situation hautement périlleuse dans le seul but de publier un bon papier.

— Ne t'en fais pas, Linds, il n'a rien trouvé à redire. Et attends, je ne t'ai pas encore tout raconté. En plus de la vidéo des deux jeunes, Jad possède également un enregistrement de ce qui pourrait bien être le couple Chan-Muller – un Asiatique en compagnie d'une femme blonde. Je me suis dit qu'il fallait sauter sur l'occasion. Jad peut très bien décider de prendre le large. Qui sait si demain, à la même heure, il ne sera pas sur un autre continent ?

— On aurait peut-être dû y aller avec le SWAT, Cindy.

— Je lui ai promis que notre rencontre resterait confidentielle. Il va nous montrer les vidéos, ne t'inquiète pas. C'est *lui* qui m'a contactée. Et puis on a rendez-vous sur le parking de l'Embarcadero, au bout de Washington Street. Il y aura plein de monde. Franchement, ça ne craint rien.

— On sera des cibles faciles.

— Ce n'est pas toi qui t'es débarrassée de trois desperados armés jusqu'aux dents d'un simple coup d'accélérateur ?

J'éclatai de rire.

— C'est bien pour ça qu'on me paie aussi cher !

Cindy me répondit par un grand sourire et s'engouffra dans un creux de circulation. Nous arrivâmes bientôt à l'Embarcadero, où nous accédâmes au parking situé à proximité du Ferry Building. Cindy se gara sur l'un des emplacements vides, face à la rue, et laissa tourner le moteur.

Elle fouilla un instant dans son sac, en sortit son téléphone et composa un numéro.

— Jad? Cindy à l'appareil. Je suis arrivée.

Il y eut un silence.

— La Civic bleue, première rangée face à la rue. OK. (Elle raccrocha.) Rendez-vous avec le destin! s'exclama-t-elle ensuite. Il sera bientôt là.

72

Une vieille Lincoln noire au pot d'échappement pétaradant prit le virage depuis l'Embarcadero et s'engagea sur le parking où Cindy et moi étions garées.

Le conducteur s'arrêta contre le grillage, partiellement dissimulé par une rangée de voitures.

Je jetai un coup d'œil par-dessus mon épaule comme il descendait de sa Town Car pour se diriger vers nous. L'homme, obèse, portait un long manteau gris et tenait dans sa main droite une sacoche d'ordinateur. Il toqua contre la vitre de Cindy, qui pressa le bouton de commande pour l'abaisser.

Elle le salua et me présenta :

— Lindsay, mon associée.

Jad ôta ses gants et les rangea dans sa poche.

— Enchanté, dit-il. Je vous propose qu'on s'asseye à l'arrière.

Cindy et moi nous installâmes sur la banquette arrière, de part et d'autre de l'imposant Jad. En le voyant de plus près, je me rendis compte qu'il n'avait pas plus de vingt-cinq ans. Sa peau était pâle et ses yeux marron furetaient partout sans jamais vouloir croiser les miens.

Je dus réprimer une furieuse envie de rire. Assise à côté de ce type venu me refiler des informations confidentielles, j'avais l'impression d'être plongée dans une vieille comédie d'espionnage. Cet improbable agent secret était-il ce qu'il prétendait être ? Avait-il vraiment capturé, sur sa vidéo, le tueur en train de commettre son forfait ?

— J'ai dit à mes supérieurs que l'équipement n'avait pas fonctionné, expliqua Jad. Parfois, ça déconne. Ce sont des choses qui arrivent. Je compte supprimer la vidéo juste après vous l'avoir montrée. Je peux vous garantir que ce film ne sortira jamais en salle.

— Comment voulez-vous que j'exploite cette information si je n'ai rien sur quoi m'appuyer ? retourna Cindy.

Jad ouvrit son ordinateur portable, un modèle fin et léger dont l'écran projeta sa lueur bleutée dans l'habitacle.

— Ça, c'est votre problème, Cindy. J'ai accepté de vous rencontrer sous certaines conditions. Quand vous aurez visionné l'enregistrement, ce sera à vous de vous débrouiller pour trouver une preuve corroborante. (Il pressa une touche de son clavier.) Vous êtes prêtes ? C'est parti.

Il cliqua sur Play et je reconnus instantanément la chambre 1420 du Four Seasons. Assis au bout du lit, Michael Chan regardait la télé en zappant d'une chaîne à l'autre. Quelqu'un sonna à la porte ; Chan éteignit la télé et alla ouvrir. Il sortit du champ de la caméra et on l'entendit dire : « Tu es en retard. »

La porte se referma en claquant, puis Chan et Muller apparurent dans le cadre. Muller avait les jambes enroulées autour de la taille de Chan, qui la tenait dans ses bras et se dirigeait vers le lit. Elle avait ôté ses lunettes et je distinguais presque ses yeux derrière sa longue frange.

Ils riaient et s'embrassaient avec fougue. Chan l'allongea sur le lit et lui ôta ses bottes, qu'il jeta sur le sol avec un geste familier, comme si cela faisait partie d'un rituel.

Je saisis quelques bribes de leurs échanges. Chan s'inventait en Prince de Gorgonzola ; Muller prétendait s'appeler Renata et avoir déjà couché avec lui à Rome contre de l'argent.

Ce petit flirt se poursuivit jusqu'à ce que Chan ait entièrement effeuillé sa partenaire. Il se déshabilla à son tour et les deux commencèrent à s'étreindre. J'ignore si elle appréciait ses gestes et ses caresses, mais si elle jouait la comédie, elle aurait largement mérité l'Oscar de la meilleure actrice.

Ils étaient nus sur le lit, haletant et soufflant, lorsque soudain l'écran de l'ordinateur portable devint noir.

— Hé ! s'écria Cindy. Que se passe-t-il ?

— Ouais, fit Jad. Je croyais que le problème venait de mon équipement, mais c'est le wifi de l'hôtel qui s'est désactivé.

» Attendez, ce n'est pas fini.

73

Jad lança une nouvelle vidéo.

Je reconnus cette fois la chambre 1418, voisine de celle de Chan. Deux lits simples, un canapé, un bureau et une table basse. Les deux jeunes – un Noir en pantalon de velours et pull-over, et une Blanche en jean et chemisier écossais pastel – étaient assis chacun devant un poste informatique, les yeux rivés sur leur écran. Le timecode indiquait 16 h 30.

— Il ne se passe rien pendant plusieurs heures, expliqua Jad.

Il passa l'enregistrement en vitesse accélérée jusqu'à 18 h 20.

Le garçon était assis au bureau, la fille penchée au-dessus de la table basse, tous deux l'air grave et absorbé par leur écran. L'angle de la caméra empêchait de distinguer les images qu'ils visionnaient, mais j'imagine qu'il devait s'agir des ébats de Chan et de Muller, dans la chambre voisine.

Nous les vîmes manger des sandwichs puis faire rouler le chariot du room service pour le sortir dans le couloir. À 18 h 20, Jad cliqua sur Play.

— Regardez bien, dit-il.

Le jeune homme de la chambre 1418 pressa une touche sur le clavier de son ordinateur et s'adressa à une personne qui venait vraisemblablement d'apparaître sur son écran.

— Salut, Joe. Tu arrives bientôt ?

Une voix résonna dans les haut-parleurs de son ordinateur :

— Salut, Bud. Chrissy est avec toi ?

Un frisson parcourut mon corps tout entier, suivi d'une vertigineuse sensation de chute. J'agrippai l'accoudoir et m'efforçai de ne pas parler, de ne pas bouger et de ne pas fondre en larmes. Cette voix, c'était celle de mon mari. J'en aurais mis ma main à couper.

— Je suis là, boss, lança la fille.

Elle se leva pour venir se pencher par-dessus l'épaule de son collègue et adresser un petit geste de salut à l'écran.

— Parfait. Je suis encore dans le hall, fit la voix de Joe – l'homme qui partageait ma vie depuis des années et qui avait promis de m'aimer pour le meilleur et pour le pire, le père de ma fille. C'en est où ?

— Ils sont en pleine action, répondit Bud.

— Ils ont parlé de l'avion en provenance de Pékin ?

— Pas pour l'instant, répondit la fille.

— OK, j'arrive.

— Bien reçu, fit Bud.

À 18 h 23, l'écran devint entièrement noir.

J'éprouvais toujours cette sensation de chute vertigineuse, mais j'avais retrouvé ma clarté d'esprit.

Entre le début de la coupure de wifi et le moment où le chef de la sécurité, Liam Dugan, nous avait montré le corps de la femme de chambre dans le placard, quatre personnes au total avaient été assassinées.

— Bud et Chrissy… Si ça se trouve, c'étaient leurs vrais noms, fit Jad. Si vous republiez leur photo avec ces noms-là, peut-être que quelqu'un se manifestera. Vous avez entendu «Joe» parler d'un avion en provenance de Pékin?

» Trois jours plus tard, le vol WW 888 a été abattu au-dessus de l'autoroute. Bud et Chrissy ont peut-être été assassinés parce qu'ils étaient au courant. Personnellement, je préférerais ne rien savoir… Vous aussi, vous êtes au courant, maintenant. (Il se tourna vers Cindy.) Il faudrait faire passer le message que des gens savaient ce qui allait se passer, vous ne croyez pas? Mais je refuse de m'en charger. Et maintenant, dites au revoir à la vidéo.

— Attendez! s'écria Cindy. J'aimerais revoir la dernière minute.

Jad poussa un soupir, puis revint en arrière pour repasser la séquence. J'entendis Joe poser des questions à propos d'un vol en provenance de Pékin. Ainsi donc, il était au courant. Il savait tout.

Jad ferma la vidéo et fit glisser le fichier vers une icône intitulée DESTROY. Les flammes du logiciel consumèrent les enregistrements.

Les images avaient peut-être disparu pour toujours, mais elles étaient désormais imprimées à jamais dans mon cerveau.

74

Le vent s'était levé, maltraitant les jeunes arbres plantés dans le ciment le long du trottoir. Les voitures défilaient sur l'Embarcadero, projetant l'éclat de leurs phares sur l'asphalte. Une soirée d'été classique à San Francisco, mais pour moi, rien ne serait jamais plus comme avant.

Joe savait qu'un avion allait être pris pour cible, un crash qui s'annonçait comme une terrible catastrophe aérienne.

Nous quittâmes la banquette arrière de la voiture de Cindy, et Jad lui expliqua que son numéro de téléphone n'était plus valide, avant d'ajouter :

— Ne le prenez pas mal, mais j'aimerais rester ici et vous regarder partir pour être certain que vous n'allez pas essayer de me suivre.

Nous échangeâmes des poignées de main, puis Cindy souhaita bonne continuation au jeune homme. Je me demandai si les supérieurs de Jad avaient réellement gobé cette histoire de matos défectueux, ou s'ils n'étaient pas en train de le surveiller – s'ils n'étaient pas en train de nous surveiller, Cindy et moi, tandis que nous regagnions nos places à l'avant de la voiture.

Cindy démarra et se dirigea vers la sortie, les yeux presque exorbités.

— Pour résumer, me dit-elle, les deux jeunes surveillaient Chan et Muller dans la chambre d'à côté. Pendant la coupure de wifi, quelqu'un est entré dans leur chambre et les a abattus, avant d'aller peut-être assassiner Chan. Quant à ce type qui parlait avec eux sur l'ordinateur… ?

— C'était Joe.

Elle se tourna vers moi.

— Attends deux secondes… Ne me dis pas que c'était *ton* Joe ?

— Ça reste entre nous, bien sûr.

— C'est pas vrai !

— Regarde la route, Cindy ! Si, c'était bien *mon* Joe. Joe Molinari.

— Mais quel est le lien entre lui et toutes ces personnes ? Je n'y comprends rien.

— C'est aussi la question que je me pose.

Mes pensées avaient beau chercher à se planquer, il m'était impossible de les ignorer.

Quel rôle mon mari avait-il joué dans la vie et la mort de Bud et Chrissy, de Chan, de Maria Silva ? Les avait-il assassinés ? Travaillait-il de concert avec Muller sur cette opération ? Quelles informations Joe détenait-il concernant le vol WW 888 ? Et qu'en avait-il fait ?

Il était encore trop tôt pour que je partage ces réflexions avec Cindy.

— Tu ne penses quand même pas que c'est Joe le tueur ? me demanda Cindy, les yeux ronds comme des soucoupes.

— Bien sûr que non, Cin'. Non, Joe travaille en free-lance. À mon avis, il a été engagé pour surveiller ce qui se passait dans la chambre de Chan. Si Joe s'apprêtait à rejoindre Bud et Chrissy pour leur donner ses consignes, quelqu'un l'a peut-être entendu dire qu'il montait et donné le feu vert au tueur?

J'improvisais en essayant d'imaginer la scène.

— Les deux jeunes s'attendaient à voir arriver Joe, mais c'est le tueur qui est venu frapper à leur porte. Ils ne se sont pas méfiés et ils ont ouvert.

— Je vois, fit Cindy. Le tueur les a descendus, puis il est passé dans la chambre d'à côté pour liquider Chan, et c'est seulement après que Joe a débarqué?

— Ça me semble une bonne explication, lançai-je tout en me demandant si elle était vraiment si bonne que ça.

— Et après? Qu'est-il arrivé à Joe et à Muller?

— Ça, j'aimerais bien le savoir…

— D'après mes calculs, l'avion s'est écrasé environ soixante-deux heures plus tard, c'est bien ça?

Je hochai la tête.

— Exact.

Le jour où j'étais allée inspecter la scène de crime au Four Seasons, Joe était rentré tard, aux alentours de 2 heures du matin. Deux jours avant le crash. Nous avions fait l'amour et pris le petit déjeuner ensemble, et j'avais évoqué le quadruple homicide du Four Seasons. Nous en avions discuté un moment puis j'étais partie travailler.

Ce jour-là, Michael Chan avait été identifié. Conklin et moi nous étions rendus à Palo Alto pour annoncer sa mort à Shirley Chan.

Et hormis sur la vidéo où Joe passait en voiture devant la maison des Chan, je ne l'avais plus revu. Comme Cindy l'avait fait remarquer, deux jours et demi après le quadruple homicide du Four Seasons, un missile avait provoqué le crash du vol WW 888.

Cindy s'efforçait de conduire tout en se repassant mentalement les images visionnées sur l'ordinateur de Jad.

— Je vais avoir un problème pour écrire mon article, Lindsay. Joe est un personnage central dans cette intrigue. Sur la vidéo, on l'entend évoquer l'avion en provenance de Pékin. Si cette information avait été exploitée correctement, elle aurait pu permettre de sauver des centaines de vies. Mais je n'ai aucune preuve. Je ne peux quand même pas présenter ça comme une rumeur.

— Tu ne peux pas attendre au moins vingt-quatre heures pour le publier ?

— Pourquoi ?

— Le temps pour moi d'obtenir des réponses.

— Auprès de qui ?

— Je te le dirai quand je les aurai.

— Lindsay !

— Je te promets l'exclusivité si je découvre quelque chose.

Lorsque je franchis la porte de l'appartement que je partageais avec mon mari, Mme Rose, ma merveilleuse voisine, m'annonça qu'elle devait partir.

— Mon fils m'attend au Tommy's et il faut encore que j'aille me changer. Il reste de la salade de pâtes au frigo. Oh, je n'ai pas eu le temps de sortir Martha, et Julie n'a pas encore mangé, ni pris son bain. Elle n'est pas très coopérative, ce soir. Désolée, Lindsay.

Je la remerciai pour tout et lui souhaitai une bonne soirée. Après son départ, adossée à la porte, épuisée par la rencontre un peu plus tôt avec Jad, je me fis la réflexion que j'étais au bout du rouleau.

Pire que ça.

J'étais l'enquêtrice principale dans une affaire de quadruple homicide sans témoins et sans preuves matérielles, une affaire sur laquelle venaient se greffer une mystérieuse attaque terroriste et des services secrets qui agissaient en douce.

Cerise sur le gâteau, mon mari était partie prenante dans tout ou partie de cette histoire. C'était comme s'il m'avait mis un coup sous la ceinture avant de me briser les rotules et de m'abandonner au fond d'une ruelle crasseuse.

J'étais reconnaissante envers Cindy de m'avoir conviée à cette rencontre, mais aussi d'avoir accepté un délai de vingt-quatre heures pour publier son article, le temps que je trouve des réponses à mes questions.

Je savais cependant qu'elle n'attendrait pas plus longtemps.

Concernant les meurtres, je lui avais servi la seule théorie qui me venait à l'esprit, et dans laquelle Joe ne portait pas la moindre culpabilité.

Il était pourtant possible qu'il ait eu connaissance de ce projet, et même qu'il en ait été l'exécuteur – et donc l'auteur d'un quadruple homicide.

Je pris soudain conscience des gémissements de Martha, qui me tournait autour en remuant la queue.

— Oui, Martha. On y va.

Elle me suivit dans la chambre de Julie. Je réveillai ma fille tout doucement et, bien entendu, elle se mit à pleurer. Je lui racontai des bêtises pendant que je lui enfilais une veste polaire et un chapeau. Après avoir maladroitement déplié la poussette, je l'y assis et l'attachai.

Martha ne tenait plus en place, et même si je souhaitais lui faire plaisir, la promenade serait brève.

Je poussai Julie jusque dans l'ascenseur, suivie de Martha que je tenais en laisse. Il ne lui fallut pas longtemps pour faire sa petite affaire, mais dès que je tournai les talons pour regagner l'immeuble, elle se mit à tirer sur la laisse en aboyant. Elle mourait d'envie d'aller se dégourdir les pattes.

— On n'a pas toujours ce qu'on veut dans la vie, ma vieille.

Je passai la fin de soirée à m'activer comme un robot multitâches.

Après avoir donné à manger à Julie et à Martha, et sifflé la fin d'une bouteille de chardonnay qui restait dans le frigo, je me servis une assiette de salade de pâtes que j'engloutis en trente secondes chrono.

En chemin pour le lave-vaisselle, je pris la corbeille que je gardais sur le comptoir de la cuisine, près du micro-ondes, et qui servait plus ou moins de vide-poche, accueillant tickets de caisse, trombones, stylos et autres prospectus.

Les deux types de la CIA qui étaient venus me rendre visite l'autre jour pour me demander d'arrêter de traquer Alison Muller m'avaient laissé leurs cartes. Ils les avaient déposées sur le comptoir mais je ne me rappelais pas les y avoir revues.

J'espérais que Mme Rose les avait mises dans la corbeille.

Après avoir fouillé un instant, je les retrouvai : Michael J. Dixon et Christopher Knightly, Central Intelligence Agency. Les numéros de téléphone étaient indiqués dans le coin, en bas, à gauche.

Dixon, le brun, m'avait semblé être le plus gradé.

Il était presque 20 heures. Décrocherait-il son téléphone ?

Je devais essayer.

Je composai le numéro. Il répondit à la troisième sonnerie.

— Agent Dixon? Lindsay Boxer à l'appareil. Vous m'avez rendu visite il y a de ça quelques jours pour me parler d'Alison Muller.

— Je m'en souviens parfaitement, madame Molinari. En quoi puis-je vous être utile?

— Il faut que je vous voie. Je dispose d'informations qui touchent à la sécurité de la nation. Elles concernent également mon mari, et je pense qu'elles vous intéresseront.

Dixon me communiqua une adresse où je devais me rendre le lendemain matin à 9 heures. J'ignorais ce que j'allais lui dire, mais j'avais toute la nuit pour y réfléchir.

Une longue nuit sans sommeil.

76

Je me levai avant que ma fille ne se réveille, me douchai rapidement pour activer la circulation sanguine, et pendant que Mme Rose prenait mon foyer en main, j'appelai pour me faire porter pâle et demandai à Brenda de dire à Conklin que je lui parlerais après le déjeuner. Je commandai ensuite un taxi pour me rendre au bureau de la CIA de Montgomery Street, puis revêtis mes plus beaux atours : tailleur-pantalon en gabardine bleue, chemisier cintré et chaussures Freda Salvador, une paire très chic que j'avais ressortie récemment pour ma rencontre avec June Freundorfer.

Mme Rose me servit une tasse de café puis j'allai repérer sur Google Maps l'adresse que Dixon m'avait donnée. Je découvris que l'immeuble abritait une division de la CIA appelée National Resources Division – le NR.

Je passai quelques minutes à me renseigner.

Le NR était à la CIA ce que les terrains de basket des cours de lycées étaient à la NBA.

Le NR recrutait des gens sans formation qui avaient accès à des informations : des ressortissants étrangers habitant aux États-Unis prêts à transmettre des renseignements en échange d'une rémunération, et probablement aussi pour se sentir importants. Le NR engageait également des Américains ayant des contacts à l'étranger – hommes politiques, ingénieurs aéronautiques, journalistes.

Ces «opérateurs à temps partiel» venaient d'horizons très divers – étudiants, chefs d'entreprise, artistes et techniciens, comme Jad. Ou comme Bud et Chrissy, qui avaient mis en place la surveillance vidéo de Michael Chan et d'Alison Muller.

Et pendant que ces geeks espionnaient des espions, Joe Molinari était aux premières loges.

Mon chauffeur de taxi sonna à l'interphone.

J'informai Mme Rose que je l'appellerais dans quelques heures et étreignis tout le monde avant de partir.

— Alexander Building ? demanda le chauffeur.

— C'est ça.

La voiture démarra et s'engouffra dans la circulation.

Vingt-cinq minutes plus tard, je me retrouvai face à un immeuble début XXᵉ de style néo-gothique, tout en briques beiges. Dans le hall, je présentai ma carte d'identité au vigile.

Ce dernier contacta le bureau de l'agent Dixon puis inscrivit mon nom sur un badge autocollant qu'il me tendit.

— Quatrième étage. Vous pouvez y aller, fit-il en m'indiquant l'ascenseur.

77

J'étais seule dans l'ascenseur qui me transportait vers le quatrième étage. Les portes s'ouvrirent et je m'avançai sur un sol en granit menant à une double porte en verre où apparaissait le logo de la CIA, un aigle blanc sur fond bleu.

La zone de réception, luxueusement moquettée, accueillait un ensemble de fauteuils tapissés regroupés autour d'une table basse ronde en verre transparent. Une galerie de portraits ornait l'un des murs. Y figuraient tous les anciens directeurs de la CIA, dont le président G. H. W. Bush et le directeur actuel.

Je me présentai à la femme assise derrière le bureau de réception, signai un registre et allai m'asseoir. Il n'y avait aucun magazine sur la table basse, mais mon attente fut de courte durée.

L'agent Michael Dixon arriva bientôt par une porte située sur la gauche de la réceptionniste.

— Bonjour, madame Molinari, fit-il en me serrant la main. Vous me suivez ?

Nous longeâmes une série de box ouverts où travaillaient de jeunes employés, ainsi que plusieurs bureaux aux portes fermées.

Au bout du couloir, Dixon ouvrit une porte donnant sur une salle de conférences aux murs lambrissés. Christopher Knightly, son acolyte de l'autre jour, se tenait près de l'une des fenêtres et observait la vue sur la ville.

— Bonjour, sergent Boxer, fit-il en se tournant vers moi. Je vous en prie, asseyez-vous. (Il s'adressa à celui que j'avais pris à tort pour son supérieur :) Merci, Dixon. Vous pouvez y aller.

Je m'installai sur l'un des huit fauteuils pivotants disposés tout autour de la table en acajou. Je refusai le café et la bouteille d'eau qu'il me proposa, même si j'avais la bouche sèche. Je commençais à me demander si je n'avais pas commis une erreur monumentale en venant ici.

Knightly tira à lui un fauteuil et y logea son imposante carcasse de joueur de football.

— Vous avez affirmé à Dixon détenir des informations de la plus haute importance. Des informations concernant le vol WW 888. Alors, qu'avez-vous à nous apprendre ?

C'était presque comique. Je me trouvais dans les locaux de la CIA, une énorme agence de renseignements impliquée dans des affaires qu'il m'était même impossible d'imaginer.

Je n'étais qu'un simple flic, mais si j'avais eu Christopher Knightly face à moi en garde à vue, j'aurais pu l'interroger pendant des heures. Je décidai d'adopter cette attitude.

— Comme vous le savez, j'enquête actuellement sur un quadruple homicide. Je veux découvrir pourquoi Michael Chan a été assassiné, et par qui. Je veux également découvrir qui a tué la femme de chambre et les deux jeunes techniciens de la CIA qui se trouvaient dans la chambre voisine de celle de Chan. Je veux découvrir pourquoi j'ai été suivie et agressée par quatre Asiatiques qui cachaient un lance-missiles Stinger dans l'appartement qu'ils sous-louaient à Chinatown. Et enfin, je veux comprendre en quoi mon mari, Joe Molinari, est concerné par cette affaire et quel a été son rôle exact.

» Si vous n'êtes pas en mesure de m'apporter des réponses et des explications convaincantes sur ce qui devrait me pousser à ne pas divulguer ce que je sais, j'irai trouver la presse pour leur révéler que la CIA était au courant des menaces qui pesaient sur le vol WW 888, et qu'elle est peut-être même en partie responsable de ce drame.

J'eus soudain peur d'en avoir trop dit. Comme un caniche qui aboie sur un pitbull, j'avais peut-être eu les yeux plus gros que le ventre.

S'ils venaient à me considérer comme un danger pour la sécurité de la nation, je risquais de me retrouver placée en détention par le gouvernement. Ou pire. Je repensai au jeune homme transpirant qui nous avait montré les vidéos sur son ordinateur portable et qui craignait manifestement pour sa vie. Je repensai à Bud et Chrissy, abattus dans une chambre d'hôtel.

Knightly m'adressa un sourire condescendant.

— Nous n'allons pas vous faire de mal, sergent. Je ne suis pas un méchant, vous savez.

— Alors c'est qui, le méchant ? explosai-je. Hein ? C'est qui le salaud dans cette histoire ?

La porte s'ouvrit derrière moi. Je fis pivoter mon fauteuil et me retrouvai face à un homme qui ressemblait beaucoup à mon mari.

Mon Dieu!

— J'imagine que c'est moi, le salaud, lança Joe en s'effondrant sur une chaise.

Je l'observai bouche bée, totalement paralysée. Il faisait vraiment peur à voir. Les yeux cernés, il ne s'était pas rasé, ni visiblement changé depuis plusieurs jours.

Que lui était-il arrivé?

Pourquoi n'avait-il pas l'air content de me voir?

— Joe? lâchai-je d'une voix rauque.

Il me dévisagea avec une expression qui s'apparentait fort à de la tristesse.

— Que veux-tu savoir, Lindsay? Je vais essayer de répondre à toutes tes questions.

78

J'étais sous le choc, incapable de parler.

Mon mari se tenait face à moi. Mon *mari* !

Je me tournai vers Knightly, de l'autre côté de la table, puis de nouveau vers Joe.

— Laisse-nous seuls un instant, Chris, fit Joe. Et éteins les caméras.

— OK, répondit Knightly.

Lorsqu'il eut quitté la pièce, Joe s'approcha de moi et me tendit ses mains.

J'eus un mouvement de recul – un geste purement instinctif. Cet homme ressemblait physiquement à celui que j'avais épousé, mais il était devenu pour moi un parfait inconnu.

— Je sais que tu es fâchée, Linds. Je le serais aussi, à ta place.

— *Fâchée ?*

— Le terme est mal choisi. Disons plutôt furieuse… J'ai bien conscience de t'avoir fait du mal, et tu ne peux pas savoir à quel point ça m'attriste. Mais s'il te plaît, Linds, même si c'est dur, je te demande de me croire.

Le croire ? Comment ? Pourquoi ?

— Où étais-tu passé ?

— Il est encore trop tôt pour que je réponde à cette question.

— J'ai cru que tu étais *mort*, Joe ! hurlai-je.

— Je sais.

— Et il m'arrive de regretter que tu ne le sois pas.

C'était un mensonge, mais je l'avais asséné avec véhémence. Joe planta son regard dans le mien.

— Tu aurais pu m'appeler, me laisser un message ou m'envoyer un texto pour me dire que tu allais bien.

Il poussa un soupir et baissa les yeux. Regrettait-il ? Réfléchissait-il à ce qu'il allait me répondre ? Au fond, je m'en moquais.

— Tu nous as abandonnées, Julie et moi. Au cours des dix derniers jours, je me suis fait agresser violemment. On m'a frappée, on m'a tiré dessus, on m'a tendu un guet-apens. Et toi, pendant ce temps-là, tu faisais quoi ? Tu jouais aux espions avec Alison Muller ?

— Je ne savais pas que tu avais été agressée, Linds ! s'exclama-t-il. Tu n'es pas blessée ? Tu vas bien ?

— Parle-moi, Joe. Dis-moi tout et je te répondrai.

Il m'observait avec des yeux tristes et, seconde après seconde, je réévaluais mon jugement en fonction de ce que mon instinct me soufflait. Joe me mentait-il ? Avait-il des ennuis ? Que penser du Joe Molinari que j'avais face à moi ?

Il tendit ses mains pour tenter de prendre les miennes, mais j'eus de nouveau un mouvement de recul. Je ne savais pas si j'étais encore amoureuse de Joe, ni si lui l'avait jamais été de moi.

79

— Je reviens dans une minute, fit Joe en se levant.

Il quitta la pièce et je restai à contempler son fauteuil vide, qui continuait à tourner paresseusement en son absence. Je me demandais ce qu'il pourrait bien me dire pour que je lui fasse à nouveau confiance. Allait-il seulement essayer ?

Après cinq interminables minutes, Joe revint dans la pièce avec deux bouteilles d'eau. Il en déposa une devant moi et dévissa le bouchon de la seconde, dont il but la moitié d'une seule traite avant de prendre la parole :

— Alison Muller travaillait pour moi il y a de ça environ dix-huit ans. On était très jeunes tous les deux, idéalistes, et elle avait un véritable don pour le renseignement.

— Quel genre de don ? demandai-je.

— Elle n'en avait pas qu'un, à vrai dire. Un QI hors du commun. Elle était belle. Les gens lui faisaient facilement confiance. Elle parlait couramment plusieurs langues et elle n'avait pas froid aux yeux.

Après June Freundorfer, John Carroll et Khalid Khan, c'était maintenant au tour de Joe de me chanter les louanges de Muller.

Je n'avais guère envie d'en entendre davantage la concernant, mais je ne comptais pas non plus abandonner la partie. Alison Muller était un personnage central dans cet infâme enchevêtrement de secrets, et j'étais presque certaine que c'était elle qui avait assassiné Shirley Chan.

— Elle se proposait souvent de jouer l'appât, fit Joe.

— Ce qui consistait à séduire des hommes et à coucher avec eux pour leur soutirer des informations.

— Exactement.

— Mais elle a également couché avec toi, n'est-ce pas, Joe ?

— On avait une vingtaine d'années, Lindsay. C'est de l'histoire ancienne, tout ça. Ce qu'il faut retenir, c'est qu'elle était brillante et très estimée pour son travail, mais elle a fini par détester ce qu'elle faisait. À ce moment-là, j'étais au FBI et j'avais perdu le contact avec elle.

— Arrête, Joe. Je sais que tu l'as vue récemment.

— J'allais y venir. À l'époque où je travaillais pour la Sécurité intérieure, Michael Chan était déjà connu pour être un espion à la solde des Chinois, mais on pensait qu'il valait mieux ne pas l'arrêter. Et j'ai appris qu'Alison Muller, qui faisait toujours partie de la CIA, avait demandé à être impliquée dans l'affaire.

» Peu de temps après, je suis venu vivre avec toi à San Francisco. Alison vivait sur la côte, avait un excellent job qui lui permettait de voyager sans éveiller les soupçons. Elle était mariée. Elle avait des enfants. C'était la couverture idéale. Et comme je l'ai découvert récemment, Chan était tombé raide dingue amoureux d'elle.

» J'étais au Four Seasons le jour où il a été assassiné.

— Je sais.

Joe haussa les sourcils.

— Je t'ai vu sur un enregistrement vidéo. Je t'ai vu aussi passer en voiture devant la maison des Chan, à Palo Alto.

Joe hocha la tête et laissa échapper un profond soupir.

— La camionnette…, lâcha-t-il.

Je scrutai son visage pour tenter de repérer un tressautement, un signe. Mais Joe était un menteur professionnel, de classe gouvernementale. Triple menace.

— Ça commençait à devenir compliqué, dit-il. On avait perdu la trace de Muller. Chan et les deux jeunes techniciens s'étaient fait descendre juste sous nos yeux. Et on était au courant qu'une grosse opération se préparait en coulisse.

— Le genre d'opération où un avion s'écrase sur l'autoroute ?

— Oui. On savait que la menace existait, mais on n'avait pas les détails. On pensait que Chan les connaissait. C'est pour ça que Muller était avec lui. On ignorait qui étaient les contacts de Chan, et même si nos informations étaient exactes. Nous n'avions ni dates, ni heures.

Joe avait l'air dévasté. À cause du crash ? de la mort des deux techniciens ? de la disparition de Muller ?

— Quels sont tes projets ? demandai-je en gardant mes mains à plat sur mes genoux.

— Je dois retrouver Muller.

— Tu comptais rentrer à la maison ?

Je n'avais pas voulu poser cette question. Les mots avaient jailli de ma bouche sans que je puisse les retenir.

Joe me dévisagea d'un regard intense, et cette fois, je le laissai prendre mes mains dans les siennes. J'avais envie de le croire. Je voulais que notre vie redevienne ce qu'elle était avant cette histoire.

Était-ce possible ?

— Je ne peux rien planifier, Linds. Mon pays passe avant tout. Ç'a toujours été comme ça. Je suis désolé.

80

Je bouillonnais intérieurement, mais je ne voulais pas exploser. Pas ici, pas maintenant.

— Je vais y aller, Joe. Je connais le chemin.

— Laisse-moi te raccompagner.

Nous marchâmes en silence jusqu'au bureau de réception. Joe me tint la porte vitrée et attendit avec moi l'arrivée de l'ascenseur. Je ne le regardai pas, et lorsque l'ascenseur s'ouvrit, je montai dans la cabine sans un mot.

J'appelai Cindy sitôt après avoir quitté le bâtiment pour lui dire que je n'avais rien appris de nouveau, mais qu'en revanche, j'avais vu Joe. Je pris soin de préciser que cette info devait rester *off*.

Elle poussa un cri suraigu dans mon oreille, voulut savoir ce que Joe m'avait dit, où il était et quand elle pourrait lui parler.

— Tout ce que je sais, c'est qu'il participe à une opération orchestrée par la CIA. Surtout, ne le grille pas, Cindy. Je t'en supplie. Par contre, si tu veux publier les photos de Bud et de Chrissy avec leurs noms, n'hésite pas.

— C'est comme si c'était fait, répondit-elle. À plus, Linds.

J'appelai ensuite un taxi et me postai au coin de Bush Street et de Montgomery Street en ruminant mes pensées.

Je songeai que Conklin méritait que je lui fasse part de tout ce que je savais. J'envisageais également une réunion avec Jacobi, Brady, Conklin et, sur permission spéciale, Cindy. Je me devais de signaler toute activité criminelle, et mon éthique professionnelle exigeait franchise et transparence envers mes partenaires. Je voulais aussi leur avis, et ainsi me libérer d'une pression telle que je n'en avais jamais ressentie.

Mais dès que je me représentai la scène, d'autres pensées surgirent. De quel côté étais-je ?

Du côté de mon mari que, dix jours plus tôt, j'aimais encore d'un amour entier et pur ?

Du côté de mes collègues et amis, qui me vouaient une confiance absolue et réciproque ?

Le taxi arriva bientôt. À la question du chauffeur qui me demanda où je souhaitais aller, je m'entendis répondre : « Au croisement de Lake et de la 12ᵉ. »

L'homme démarra et se replongea dans une conversation téléphonique avec sa petite amie. Je me renversai contre l'appuie-tête et fermai les yeux.

Ce fut le chauffeur qui me réveilla :

— Vous êtes arrivée, madame.

Dix minutes plus tard, après m'être changée pour un ensemble jean et tee-shirt, je retournai dans le bureau de Joe pour fouiller à nouveau ses affaires. Julie gigotait dans son youpala à côté de moi.

— Je ne sais pas trop ce que je cherche, Julie, rou-coulai-je. Qu'est-ce qui pourrait bien venir éclairer ce que Papa m'a dit tout à l'heure? Figure-toi que c'est un espion en service actif. Oui, en service actif.

Julie partit dans un grand éclat de rire et je me levai du fauteuil pour aller l'embrasser.

— Je veux être sûre de n'avoir rien laissé de côté. J'aimerais juste savoir ce qu'il faisait durant tous ces mois où il jouait au papa poule ici avec toi.

Le tiroir du haut, côté droit, contenait une boîte remplie d'articles de papeterie. Je l'avais déjà ouverte pour en inspecter le contenu, mais cette fois, je la vidai intégralement et découvris une petite clé scot-chée au fond.

Elle comportait un numéro.

Peut-être celui d'un coffre-fort.

Et pour ce que j'en savais, un coffre-fort qui *nous* appartenait. Un coffre qui aurait renfermé nos polices d'assurance-vie et les papiers de l'appartement.

Mais il pouvait aussi s'agir d'un coffre aux trésors débordant de lettres d'amour, de cartes d'embarque-ment et de mèches de cheveux d'Alison Muller.

Je mis la clé dans ma poche, pris Julie dans mes bras et regagnai ma chambre. Je tirai les rideaux et me mis au lit avec ma fille. Martha se pelotonna sur le tapis tout près de nous.

Je restai allongée, immobile. Nous étions seules. Peut-être l'avions-nous toujours été? J'avais été dupée par mon mari, trahie par mon meilleur ami.

« Mon pays passe avant tout », m'avait-il dit. « Ç'a toujours été comme ça. »

Quel enfoiré.

81

J'organisai une conférence téléphonique avec Rich et Cindy, et après quelques échanges, nous parvînmes à finaliser un plan d'action.

J'appelai Brady dans la foulée :

— Il faudrait que je te voie en dehors du bureau. C'est important.

— Tu n'as pas l'air bien, Boxer.

Brady m'avait percée à jour. J'avais l'impression qu'un fil barbelé m'enserrait la poitrine et le front. J'avais du mal à respirer et je sentais poindre une violente migraine ophtalmique.

— Tu es chez toi ? me demanda-t-il. Je pourrais passer te voir après le travail.

— Parfait. Sonne à l'interphone et je descendrai.

J'étais peut-être paranoïaque, mais les deux barbouzes qui étaient venues chez moi l'autre jour pour me dissuader de poursuivre mon enquête sur Alison Muller avaient très bien pu en profiter pour dissimuler un ou deux micros au passage.

À 19 h 20, Brady m'envoya un texto pour me dire qu'il était en route. Vingt minutes plus tard, il sonnait à l'interphone. Je pris Julie avec moi et me précipitai dans l'escalier.

Je trouvai Brady appuyé contre sa Buick, les bras croisés sur la poitrine, ses cheveux balayant son visage. Il ouvrit la portière et je montai avec Julie.

— Alors? lança-t-il. Tu es malade ou tu voulais juste décompresser un peu? Franchement, tu devrais prendre quelques jours, Boxer…

— Merci, Brady, mais je ne suis ni malade, ni sur le point de m'effondrer. J'ai du nouveau concernant le quadruple homicide du Four Seasons, et je préférais te rencontrer en dehors de chez moi parce que je soupçonne la présence de micros dans mon appartement.

Tenant toujours Julie contre mon épaule, je lui relatai ma rencontre avec Jad dans la voiture de Cindy. Je lui fis part de ce que nous avions appris en regardant les vidéos, à savoir que nos deux victimes anonymes étaient en mission pour la CIA lorsqu'elles avaient été abattues.

— Grâce à Cindy, on connaît maintenant leurs surnoms : Bud et Chrissy. Elle publie leurs portraits aujourd'hui.

— Une bonne chose, fit Brady. On aboutira peut-être à une identification formelle.

Je hochai la tête et m'éclaircis la gorge.

— J'ai entendu quelque chose en regardant les vidéos de Jad. C'était la voix de Joe. Il parlait aux deux jeunes via un logiciel sur l'ordinateur et je l'ai entendu demander s'ils avaient capté de nouvelles informations concernant un avion en provenance de Pékin. Ils ont répondu que non, mais ça signifie quand même que la CIA savait quelque chose deux jours et demi avant le crash. L'histoire ne dit pas s'ils évoquaient le vol WW 888.

Brady laissa échapper quelques jurons bien sentis, que Julie était heureusement encore trop jeune pour comprendre. J'attendis qu'il se calme avant de poursuivre :

— Ce matin, je suis allée dans les bureaux de la CIA à Montgomery. Joe y était. Je l'ai vu.

— Tu te fous de moi? lâcha Brady d'un air incrédule.

Malgré tout, il garda une oreille attentive, et me laissa terminer sans m'interrompre davantage. Je lui décrivis ma visite dans les locaux du NR. Si Joe ne m'avait pas appris grand-chose, il m'avait néanmoins confirmé que Michael Chan était un espion à la solde de la Chine, qu'Alison Muller était un agent de la CIA et qu'elle avait disparu au cours de sa mission.

— La CIA niera avoir su quoi que ce soit concernant l'avion, mais ils ne peuvent pas nous empêcher de continuer à mener notre enquête, n'est-ce pas? Et même si je ne peux pas encore le prouver, je suis certaine qu'Alison Muller est soit l'auteur, soit un témoin capital de ces meurtres.

Brady se passa la main dans les cheveux et resta une longue minute à contempler la rue par la vitre de sa portière.

— Tu comptes faire quoi? demanda-t-il soudain.

Je lui fis part de mon plan.

— Tu es vraiment sûre de vouloir affronter la CIA, Boxer?

— Je ne vois pas d'autre moyen de boucler cette affaire.

— OK. Je te suis.

82

Brady lança un avis de recherche pour retrouver le conducteur d'une Lincoln Town Car de couleur noire avec un pot d'échappement troué, et aux alentours de 15 heures le lendemain après-midi, un jeune homme répondant au nom de Jeffrey Alan Downey, alias Jad, était assis dans notre salle d'interrogatoire.

D'après son permis de conduire et les réponses qu'il avait fournies au policier en uniforme qui l'avait conduit jusqu'ici, Downey était âgé de vingt-deux ans et titulaire d'un diplôme en informatique de l'université de Berkeley. Il travaillait en free-lance comme technicien informatique et vivait à Oakland avec sa grand-mère.

Il ne mentionna pas les noms de ceux pour qui il travaillait, mais d'après les quelques informations que j'avais pu glaner, son profil correspondait parfaitement à celui des jeunes recrues embauchées par l'antenne locale de la CIA.

Brady et moi observions la scène à travers la vitre sans tain. Conklin entra dans la pièce, où Jad, le jeune et transpirant propriétaire de la vieille Lincoln à l'échappement défectueux, lui expliqua qu'il était tout à fait prêt à payer une amende.

— Vous n'avez aucune raison de me garder ici, ajouta-t-il. Je connais mes droits, vous savez.

Conklin lui adressa un sourire.

— Où étiez-vous hier soir, monsieur Downey ?

— Vous êtes sérieux ? Désolé, mais je ne vois pas pourquoi je vous répondrais.

Jad semblait maintenant suffisamment effrayé pour sortir son joker je-suis-sous-la-protection-de-la-CIA.

— S'il prononce le mot en A, tu lâches l'affaire et tu le laisses repartir, fit Brady.

— OK, boss.

Downey leva les yeux vers moi lorsque j'entrai dans la pièce.

— Hé, je vous reconnais ! s'écria-t-il. Vous êtes la journaliste du *Chronicle* ! C'est quoi, cette histoire ?

Je demandai à Conklin s'il pouvait me laisser un instant en privé avec M. Downey, puis m'installai sur une chaise et me présentai.

— Désolée pour cette arrestation, monsieur Downey, mais je vous garantis que si vous répondez honnêtement à nos questions, vous serez libre dans une heure. Personne ne saura jamais que vous avez parlé à la police.

— Je suis en état d'arrestation ? bafouilla-t-il. De toute manière, je ne vous dirai rien. Vous m'avez manipulé. Je suis certain que vous avez enfreint un règlement.

Je me levai de ma chaise, ouvris la porte et hurlai :

— Allez tous faire un tour et éteignez les caméras. Merci !

Je glissai un clin d'œil à Conklin, claquai la porte et retournai m'asseoir face à Downey. Je me penchai vers lui par-dessus la table jusqu'à ce que nos nez se touchent.

— Faites bien attention, monsieur Downey. Je vous rappelle que vous avez délibérément gardé pour vous des informations concernant le crash du vol WW 888 qui a coûté la vie à plus de quatre cents personnes. Alors soit vous me dites tout ce que vous savez, soit je vous remets à la Sécurité intérieure. Je me fous que vous soyez ou non protégé par je ne sais qui, pour moi vous êtes complice d'un acte de terrorisme. Vous avez vraiment envie de finir votre vie dans une prison fédérale ?

Le visage de Downey s'empourpra et des larmes jaillirent de ses yeux.

— Vous vous trompez, sergent. Je ne sais rien à propos du crash. J'ai contacté Cindy Thomas parce que je n'arrêtais pas de repenser à la tuerie du Four Seasons, mais je n'avais rien à voir avec ces personnes ni avec cette histoire d'avion. D'ailleurs, il ne s'était pas encore écrasé quand j'ai réalisé ces vidéos de surveillance. Vous ne pouvez pas affirmer que ce Joe parlait bien du vol WW 888 en particulier. Moi non plus. Je ne suis qu'un simple technicien. On m'a engagé pour faire de la surveillance, point barre.

Il enfouit son visage dans ses mains et se mit à sangloter.

— Regardez-moi ! m'écriai-je en tapant du poing sur la table.

Il se redressa d'un seul coup.

— Ne vous faites pas d'illusions, monsieur Downey, la CIA ne bougera pas le petit doigt pour vous. Ils n'ont pas vu les images que vous nous avez montrées l'autre soir, mais Cindy Thomas et moi les avons vues. Alors à moins que vous parveniez à me convaincre de ne pas le faire, je vous balance. Et je vous garantis qu'on témoignera contre vous.

Il renifla et utilisa les mouchoirs en papier que je lui tendis pour éponger son visage.

— Vous vous trompez sur moi, bafouilla-t-il. Je ne suis qu'un gamin, et je ne travaille pas pour la CIA !

Oh, je commençais à comprendre… June Freundorfer m'avait dit que le FBI s'intéressait de près à Chan. Ils s'intéressaient peut-être aussi à Muller.

— Pour qui, alors ? Le FBI ?

Downey hocha la tête et sa poitrine se souleva comme s'il allait se remettre à sangloter. Je me penchai vers lui et lui tapotai les mains.

— OK, Jeffrey. Dites-moi ce que vous savez. Si je vous trouve crédible, vous pourrez rentrer chez vous dès ce soir.

Le jeune homme se moucha bruyamment. Il était toujours aussi agité et effrayé, mais il venait de faire un pas vers moi.

— Je ne sais rien d'autre que ce qu'on entend dans la vidéo – quand ce type, Joe, questionne les deux jeunes à propos d'un vol en provenance de Pékin. Je n'étais même pas censé apprendre quoi que ce soit à ce sujet. Il était seulement question d'un réseau d'espionnage chinois.

— Un réseau d'espionnage ?

— J'étais payé pour observer et écouter, rien d'autre. Si Chan était un espion, alors vous en savez plus que moi. Pareil pour Muller. Peut-être que cette histoire de Prince de Gorgonzola était un code secret? Je ne sais pas. Je n'ai fait qu'enregistrer ce qui se passait. En l'occurrence, une partie de jambes en l'air.

— Que savez-vous concernant Alison Muller?

— C'est elle qui vous intéresse? J'ai une vidéo. Donnez-moi mon ordinateur, je vais vous la montrer.

Ainsi donc, Downey possédait une vidéo de Muller !

Le barbelé qui m'enserrait la poitrine se désintégra aussitôt et je sentis mon cœur bondir de joie, mais je m'efforçai de n'en rien laisser paraître. Je demandai à Jad s'il voulait boire quelque chose pendant que j'allais chercher son ordinateur.

— Non, répondit-il en secouant la tête comme un chien qui s'ébroue en sortant de l'eau.

Je quittai la salle d'interrogatoire numéro deux, refermai la porte derrière moi et demandai à Conklin ce qu'il pensait de tout ça.

— Ce n'est qu'un petit employé. Je pense qu'il dit la vérité.

Il disparut dans le couloir et revint quelques minutes plus tard avec la sacoche contenant le portable de Downey. Je pris deux bouteilles d'eau au distributeur et regagnai la salle d'interrogatoire.

Downey sortit son ordinateur, se leva lourdement de sa chaise et alla brancher l'adaptateur dans une prise de courant. Il se rassit, alluma le portable et, après un moment qui me parut durer une éternité, il lança enfin la vidéo.

— Si vous remarquez quelque chose, dites-le moi, OK ? lança-t-il. Parce que j'ai passé pas mal de temps à suivre cette gonzesse et je n'ai jamais rien vu de spécial.

Downey tourna l'ordinateur vers moi.

— D'habitude, après avoir shooté les vidéos, je les envoie à mon boss et je les efface de mon disque dur. Celle-ci, je l'ai encore parce qu'elle date du jour où je leur ai dit que ma caméra avait déconné. Regardez : là, on la voit quitter son bureau à 16 h 30. Elle est allée directement au Four Seasons au volant de sa voiture.

J'observai Alison Muller quitter l'immeuble de bureaux où le logo Aptec s'affichait au-dessus de la porte. Elle portait des lunettes de soleil Gucci, un long manteau en cuir noir et des bottes à talons aiguilles. Le téléphone collé à l'oreille, elle rejoignait sa voiture garée au sous-sol.

Lorsqu'elle se fut installée au volant, Downey cliqua sur l'icône de la vidéo suivante, visiblement filmée depuis la caméra embarquée d'une voiture qui suivait celle de Muller, en train de quitter le parking souterrain.

— Le trajet dure un peu plus d'une heure, fit Downey.

— Passez-le en accéléré.

Muller se faufila dans la circulation et prit la direction de San Francisco. Elle quitta sa voiture après s'être arrêtée dans Stevenson Street, une rue parallèle à Market Street.

On la voyait remettre plusieurs billets au voiturier, et même si la caméra de Jad était trop loin pour capter la conversation, je savais qu'elle lui demandait de ne pas garer sa voiture trop loin car elle allait devoir repartir vite.

La vidéo s'interrompit à cet instant – Downey l'avait sûrement arrêtée pour garer sa propre voiture.

— Voilà, fit Downey. La suite vous la connaissez. Muller rejoint Chan dans la chambre 1420, le wifi s'arrête peu de temps après et c'est la fin de l'histoire.

— Vous pouvez me faire une copie de ces enregistrements ?

Downey reprit son ordinateur et rabattit l'écran d'un geste sec.

— Écoutez, je vous ai montré ce que vous m'aviez demandé. J'ai mis ma vie en danger pour ça, et je n'ai commis aucun crime, alors laissez-moi partir, sinon je fais appel à un avocat et je vous attaque en justice pour violation de mes droits constitutionnels. C'est clair ?

Voilà, il venait de prononcer le mot en A.

— Merci pour votre aide, monsieur Downey. Je vais vous raccompagner.

84

De retour à mon bureau, je contactai la police de Monterey et m'entretins un moment avec le chef de la brigade. Je lui demandai s'il avait de nouvelles informations concernant Alison Muller.

— Personne ne l'a vue. Aucun signe, aucun indice. Son mari nous appelle tous les jours, et tous les jours, on lui répète qu'on n'a rien de neuf.

Je relayai ces informations proches du néant à Brady, lequel m'apprit qu'un technicien passerait chez moi à 8 heures le lendemain matin pour rechercher d'éventuels caméras ou micros cachés dans mon appartement.

— Tu ne pourrais pas lui demander de passer plutôt ce soir? demandai-je, même si je me doutais que notre labo croulait sous le travail, comme d'habitude.

— Je vais voir ce que je peux faire.

Conklin me raccompagna chez moi à la fin de la journée et attendit que je sois à l'intérieur de l'immeuble pour démarrer.

Mme Rose me fit le compte-rendu de la journée de Julie, de son premier jusqu'à son dernier rot.

Après son départ, je dînai devant la télé et passai un moment de détente avec ma petite famille.

Dans ce calme relatif, à présent que j'avais du temps pour réfléchir, je me rendais compte que quelque chose à propos des vidéos de Jad me taraudait sans que je parvienne à mettre le doigt dessus.

Qu'est-ce qui clochait au juste ?

Était-ce lié à quelque chose que j'avais vu ou entendu ? Un détail qui m'avait échappé ? Je repensai à Chan et Muller en pleins ébats amoureux. Était-ce dans cette direction que je devais chercher ?

L'émission *America's Got Talent* venait de commencer lorsque l'interphone sonna. C'était Dale Culver, notre meilleur *bug-buster*.

Je m'installai avec Julie dans le grand fauteuil de Joe pendant qu'il démontait mes téléphones et inspectait les lustres et le dessous des meubles.

— Je n'ai rien trouvé, sergent Boxer, me dit-il lorsqu'il eut terminé et rangé tout son matériel. Ni micro ni caméra.

Je remerciai le jeune homme d'avoir accepté de faire des heures sup' puis allai coucher Julie.

J'étais en train de récurer une casserole quand mon téléphone portable se mit à sonner. J'ôtai mes gants de vaisselle et pris l'appel sans vérifier le nom de mon correspondant. Je n'aurais de toute manière pas reconnu le numéro.

— Lindsay ? C'est moi, fit une voix que je reconnus à peine.

— Lindsay est absente, répondis-je.

Je pressai la touche rouge et balançai mon téléphone sur le comptoir, où il atterrit en rebondissant avec un bruit mat. Nouvel appel. Je décrochai à la troisième sonnerie, juste avant que le répondeur ne se déclenche.

— Qu'est-ce que tu veux?

— Que tu m'écoutes, tout simplement. S'il te plaît.

Je m'approchai de l'évier pour fermer le robinet.

— Vas-y, marmonnai-je d'une voix aussi chaleureuse qu'une porte de prison.

— J'ai retrouvé Muller. Elle se planque quelque part au nord de Vancouver. Je pars demain en avion et je pense que tu devrais m'accompagner.

— Pourquoi je ferais ça, Joe?

— On a toujours bien travaillé ensemble. Et je sais à quel point l'enquête sur les meurtres du Four Seasons te tient à cœur.

— Je vois.

— Je me disais que tu aimerais venir.

J'appelai Mme Rose dans la foulée, pris une douche et m'habillai sans trop comprendre ce que je faisais, ni pour quelles raisons – mais la curiosité devait en faire partie. La curiosité est une force autant qu'une faiblesse.

Je pouvais en dire autant de l'amour que j'avais pour Joe.

85

Une berline noire attendait en bas de l'immeuble, moteur allumé. Joe quitta le siège conducteur pour venir à ma rencontre.

— Salut, Lindsay. Si ça ne te dérange pas, j'aimerais passer faire un bisou à Julie.

— Non, Joe. Hors de question.

— OK. Je comprends.

Il m'ouvrit la portière côté passager et je montai à bord de la voiture.

— Pourquoi tu tiens tant à ce que je t'accompagne? demandai-je à nouveau.

— Je ne veux pas que les choses prennent cette tournure entre nous, Linds, dit-il en passant la première.

Je le scrutai tandis qu'il meublait la conversation en parlant de la météo et de la circulation. Il s'était rasé depuis la dernière fois, et il portait une chemise et un jean neufs. S'il ne cherchait pas à éviter mon regard, il semblait en revanche distant. Éprouvait-il des remords? de la honte? Lorsqu'il me posait une question, je répondais avec une froideur équivalente. *Julie va bien. Mme Rose est adorable. L'enquête se poursuit : on explore plusieurs pistes, mais on n'a pas beaucoup progressé.*

Je finis par allumer la radio.

Nous arrivâmes à l'aéroport San Rafael du comté de Marin, où un jet Gulfstream était prêt à décoller. Nous embarquâmes à 23 heures.

Nos sièges étaient séparés par l'allée centrale, ce qui me paraissait tout à fait approprié. Joe et moi étions devenus des étrangers l'un pour l'autre. Comment un tel gouffre avait-il pu se creuser entre nous en l'espace de seulement deux semaines ? Je le revoyais prenant le petit déjeuner avec Julie, et je me demandai s'il n'avait pas tout simplement joué cette petite scène de bonheur domestique dans le seul but de me tromper. Je décidai qu'il valait mieux claquer la porte à ce souvenir.

Le pilote annonça le décollage puis une hôtesse vint contrôler nos ceintures et les compartiments à bagages. Les réacteurs se mirent à rugir et l'accélération nous cloua à nos sièges.

Lorsque l'avion se stabilisa, j'entrepris de siroter un Perrier, le nez collé à la vitre du hublot. Ma boisson terminée, j'inclinai mon siège pour essayer de me détendre en écoutant un peu de jazz sur mon lecteur, mais les questions défilaient à toute vitesse derrière mes paupières closes, comme des oiseaux en bord de mer.

Je pensai à Joe assis de l'autre côté de l'allée, un quasi-étranger qui avait pourtant partagé ma vie toutes ces dernières années. Serions-nous divorcés d'ici quelques mois ? Vivrais-je dans un nouvel appartement, ou bien continuerais-je à habiter celui de Joe avec Julie, entourée par les souvenirs de temps plus heureux ?

Je pensai aussi à Alison Muller : son mariage, ses enfants, son rôle encore flou dans le quadruple homicide du Four Seasons ; je me remémorai la scène de la chambre avec Michael Chan – et c'est à cet instant que les images entrèrent en collision avec mes souvenirs de la scène de crime. Ça ne collait pas.

Je me concentrai jusqu'à comprendre pourquoi.

Michael Chan avait été touché au visage et au torse et s'était effondré avec les pieds face à la porte. Comment Muller aurait-elle pu lui tirer dessus depuis la porte alors qu'elle se tenait derrière lui dans la pièce ?

Avait-elle reçu l'aide d'un complice ? Une autre personne avait-elle tué la femme de chambre avant de venir frapper à la porte pour abattre Chan ? Cette même personne s'était-elle ensuite rendue dans la chambre voisine pour liquider les deux jeunes techniciens ?

Joe avait dit à Bud qu'il montait les rejoindre. Les meurtres avaient eu lieu juste après.

Avait-il assassiné Bud et Chrissy, qui attendaient sa visite et lui avaient ouvert la porte sans se méfier ? Était-il ce complice qui avait assisté Alison Muller dans la perpétration de ces meurtres atroces ? Était-ce lui qui l'avait ensuite exfiltrée de l'hôtel ?

Mais pourquoi ? Si Joe et Muller étaient associés, pourquoi me demandait-il de l'accompagner dans ce voyage destiné à la ramener ?

M'étais-je, sans le savoir, jetée dans la gueule du loup ?

Mes yeux se rouvrirent d'un seul coup, comme si mon esprit rejetait brutalement cette idée. Non,

Joe n'aurait jamais fait une chose pareille. Il n'aurait jamais pu manigancer de la sorte dans le but de m'assassiner. Ou alors… Je me tournai vers mon mari, qui dormait paisiblement à quelques dizaines de centimètres de moi. Qui était le *vrai* Joe?

Le vol était court. Je ne mangeai rien. Je ne dormis pas. Lorsque le signal lumineux indiqua qu'il fallait attacher sa ceinture, j'agrippai mes accoudoirs et me préparai à l'impact.

L'atterrissage à l'aéroport international de Vancouver se déroula sans encombre.

Je descendis les marches métalliques en tremblant et Joe me prit le bras tandis que, têtes baissées, nous traversions le tarmac balayé par un vent glacial.

J'aimais le contact de sa main sur mon bras. À cause du vent, des larmes perlèrent au coin de mes yeux, si fines que je n'eus pas besoin de les essuyer.

Nous patientâmes au comptoir d'Avis le temps que les documents pour notre voiture de location sortent de l'imprimante. Je tambourinai des doigts sur le bureau d'accueil.

— Je ne peux pas le prouver, me dit Joe, mais je pense que c'est Alison qui a commis le quadruple homicide du Four Seasons. Et si c'est le cas, je dois absolument l'arrêter.

» Si tu ne veux pas être mêlée à ça, dis-le moi maintenant et je te dépose à l'hôtel.

— J'ai autant envie que toi de l'arrêter, répondis-je en m'efforçant de conserver une voix et une expression neutres. (C'était vrai, de toute manière.) Ne t'en fais pas pour moi, Joe. Je suis flic. Le boulot passe avant tout.

86

Joe m'expliqua que nous allions prendre l'auto-route «Sea to Sky» jusqu'à Brackendale, à environ une heure vingt de trajet.

J'attachai ma ceinture et m'absorbai dans la contemplation de la route illuminée qui nous menait vers le nord. Nous franchîmes le fleuve Fraser puis remontâmes Granville Street, où les silhouettes des buildings en verre nous apparurent peu à peu tandis que nous traversions le pont menant au centre-ville de Vancouver.

Nous tournâmes à gauche dans West Georgia Street et traversâmes Stanley Park. Mes yeux se fermèrent bientôt, et quand je me réveillai, le flamboyant pay-sage urbain avait laissé place à la nuit la plus sombre.

— Tout va bien, fit Joe.

Il me disait souvent ça quand je me réveillais en sursaut après un cauchemar.

— On arrive dans combien de temps?

— Pas tout de suite, répondit-il.

Il marqua un bref temps de pause, puis, comme s'il s'y était préparé depuis un long moment, prit une profonde inspiration et lança :

— Je ne pouvais pas te dire où j'étais ni ce que je faisais, Lindsay. Et même maintenant, je ne devrais pas t'en parler.

Le préambule se voulait solennel, et même si je souhaitais connaître le fin mot de l'histoire, je redoutais ce qu'il s'apprêtait à m'annoncer : qu'il était amoureux d'Alison Muller, qu'il ne m'avait jamais aimée, que son emménagement à San Francisco était uniquement lié à une mission qu'il s'était vu confier, que notre mariage n'était qu'une mascarade destinée à brouiller les cartes.

— Ne te sens pas obligé, Joe.

— Je veux que tu saches parce que tu es ma femme.

— OK.

— J'ai intégré la CIA juste après mes études.

— Je sais. June Freundorfer me l'a dit.

Il eut l'air surpris, mais il poursuivit sans relever :

— J'ai servi en Irak et en Afghanistan, et ça, je n'en parle jamais à personne. C'était un mensonge par omission, Lindsay, mais je t'assure que parler de ce que j'ai fait durant ces années-là ne nous aurait apporté rien de bon, à toi comme à moi.

Joe entreprit alors de rassembler les morceaux de son passé. Il me parla de son travail au sein du FBI, évoquant l'affaire qui nous avait amenés à collaborer trois ans plus tôt, une période chargée d'intensité au cours de laquelle nous étions tombés fous amoureux l'un de l'autre.

Il embraya sur son départ pour San Francisco pour que nous puissions vivre ensemble.

— Ce que j'ai omis de te dire, parce que je ne pouvais pas en parler, c'est que peu après la naissance de

Julie, la CIA m'a demandé de reprendre du service de façon ponctuelle, en cas de besoin. Je ne pensais pas qu'ils auraient besoin de moi aussi vite.

Tandis que nous poursuivions notre route vers le nord, je songeai que Joe et moi avions déjà passé beaucoup de temps ensemble – presque une vie, ou du moins le croyais-je. Le souvenir de la nuit où j'avais accouché me revint brusquement en mémoire. Joe était alors en déplacement « professionnel » – une réunion où il devait intervenir en tant que consultant, m'avait-il expliqué à l'époque.

Une tempête avait sévi sur la ville cette nuit-là, et j'avais été prise de violentes contractions. Depuis les fenêtres de ma chambre, je voyais les arbres et les lignes électriques couchés à terre, plusieurs voitures abandonnées en plein milieu de la route. Au standard du 911, on m'avait dit que les services d'urgence étaient débordés, et c'étaient finalement les pompiers qui avaient répondu à mon appel à l'aide. Ils avaient débarqué dans mon appartement en uniformes complets et s'étaient disposés autour de mon lit en me donnant des consignes pour que l'accouchement se passe au mieux. C'est dans ce contexte que Julie avait vu le jour.

Où Joe se trouvait-il vraiment cette nuit-là ?

— Lindsay ?

— Je t'écoute, Joe. Et je dois dire qu'entendre ces révélations sur ta vie cachée me donne l'impression d'être une imbécile finie.

— Je comprends. Et j'en suis désolé, mais… Je ne t'ai pas encore tout dit.

La tension dans la voiture était telle que je la voyais presque crépiter comme une ligne électrique arrachée sous la pluie. J'avais envie de prendre Joe et de le secouer en hurlant : « Tu vas le cracher, le morceau ? »

Si seulement il ne m'avait pas caché toutes ces choses.

Je l'observai longuement, d'un regard insistant. Je voulais lire à travers ce voile de mensonges et de désinformation. Comment pouvais-je prétendre le connaître ? Cet homme était un espion. Triple menace.

Comment croire le moindre mot de ce qu'il me racontait ?

Pourtant, la question jaillit de ma bouche sans que je puisse la retenir.

— Où étais-tu passé depuis deux semaines et demie ? Pourquoi tu ne m'as pas appelée ?

Il secoua la tête et frappa ses deux paumes contre le volant, mais cette question, il allait devoir y répondre, car je n'allais pas bouger de mon siège.

— J'ai à cœur de servir mon pays et j'ai toujours fait passer ce devoir avant le reste. Mais il y a une chose sur laquelle tu dois me croire, Linds.

Il s'interrompit. Nous traversions un pont ; la mer des Salish s'étendait sur notre gauche tandis que de hautes falaises se dressaient sur notre droite. Existait-il un pont assez solide pour franchir le gouffre qui s'était creusé entre Joe et moi ?

— Quoi, Joe ?

— Je vous aime, Julie et toi. Je vous aime… tellement ! Je sais que tu as toutes les raisons d'en douter, mais crois-moi, je te jure que c'est vrai.

87

J'avais toujours considéré Joe comme un homme
ouvert d'esprit, accessible, honnête – et *sincère*. C'était
pour ces qualités que je l'aimais. Mais la vérité venait
d'éclater au grand jour. Il n'avait cessé de mentir
depuis le début de notre relation.

Alors pourquoi, lorsqu'il me fit cette déclaration
d'amour, eus-je envie de le croire ? La vérité tenait en
trois petits mots. Malgré les mensonges et la duperie,
je *voulais* faire confiance à mon mari. Je l'aimais.

— Ne t'arrête pas là, Joe. Parle-moi d'Alison Muller. Raconte-moi tout depuis le début.

Il n'y avait aucune autre voiture sur l'autoroute.
J'avais l'impression d'être dans un tunnel, lancée à
toute vitesse à la poursuite de deux cônes lumineux,
comme précipitée vers le bout du monde.

Joe me répéta qu'il avait perdu le contact avec
Alison Muller jusqu'à ce qu'il reprenne du service
avec la CIA, neuf mois plus tôt. C'était d'après lui
à cette période que la CIA avait commencé à s'intéresser à Michael Chan, un citoyen naturalisé américain, espion à la solde du gouvernement chinois.
Né en Chine, Chan était arrivé aux États-Unis en

tant qu'étudiant. Il vivait et travaillait à Palo Alto depuis huit ans et enseignait l'histoire à l'université de Stanford.

Quelques mois plus tôt, Muller s'était portée volontaire pour une mission de séduction destinée à découvrir quelles informations Chan communiquait à son pays, et à essayer de le retourner si elle y parvenait. Selon Joe, c'était en raison de son ancienne collaboration professionnelle avec Muller qu'on lui avait demandé de diriger l'opération.

— Comme je te l'ai déjà dit, je pense que Chan était tombé raide dingue d'Alison. Bien sûr, il ignorait qu'elle faisait partie de la CIA et qu'elle avait fait de lui sa cible. Il n'avait aucun soupçon concernant sa couverture, à savoir son job et les voyages d'affaires qui leur permettaient de se voir régulièrement. Mais depuis quelque temps, Chan traversait une période stressante et il a fini par tout raconter à Alison.

— Laquelle t'a aussitôt fait part de ce qu'elle avait appris.

— Exactement. Il y a environ un mois, Chan lui a confié qu'un haut gradé des services de renseignement chinois était sur le point de trahir son pays pour rejoindre le camp des États-Unis, et que cet homme possédait des informations susceptibles de renverser le gouvernement chinois.

» Ce qui rendait Chan complètement fou, c'était le fait que cet homme n'était autre que son père ! Chan Senior projetait de venir s'installer en Californie pour vivre auprès de lui. Il s'était procuré des faux papiers en utilisant le nom et l'adresse de son

315

fils, ce qui inquiétait énormément Michael. Il avait entendu dire que des Sino-Américains de San Francisco avaient été engagés pour supprimer son père dès l'arrivée de son avion aux États-Unis.

» Dans son esprit, Chan ne faisait que se confier à la femme qu'il aimait. Il remettait en question sa propre loyauté envers le gouvernement chinois. Il était vraiment très inquiet pour son père, et il ignorait que Muller nous répétait tout ce qu'il lui disait.

» Mais les informations étaient incomplètes. Chan ne savait pas quel avion son père prendrait pour venir. C'était ce détail crucial que Muller devait chercher à obtenir ce fameux soir au Four Seasons – la suite, on la connaît…

Ainsi, Chan Senior avait voyagé sous le nom de Michael Chan à bord du vol WW 888. C'était donc *son* corps qui avait disparu. En même temps que me venait cette révélation, Joe reprit le fil de son récit :

— Michael Chan a été assassiné ; Bud et Chrissy ont été assassinés ; Muller a disparu et, peu de temps après, l'impensable s'est produit : le crash du vol WW 888. Je suis certain que les hommes que vous avez abattus à Chinatown étaient ceux qui étaient censés supprimer Chan senior, le fameux transfuge.

» Alors que s'est-il passé ? Excès de confiance ? Stupidité ? Envie de faire mumuse avec un nouveau jouet ? J'ignore pourquoi ils ont décidé d'abattre cet avion avec un missile, mais ils l'ont fait.

— Tu penses qu'ils ont pris cette décision seuls ? m'exclamai-je.

— Oui. Les services secrets chinois étaient apparemment stupéfaits lorsqu'ils ont appris ce qui s'était passé. Ils ont tenté de retourner la situation en accusant la CIA. Et nous, on regrette de ne pas avoir obtenu à temps les renseignements qui nous auraient permis d'éviter la catastrophe. Le directeur du bureau des affaires internes devait déterminer si j'étais ou non impliqué dans cette affaire. Comment lui en vouloir? Après tout, c'était moi qui dirigeais l'opération Muller-Chan.

» J'ai été arrêté et interrogé, et c'est pour ça que je n'ai pas pu t'appeler, Linds. J'étais retenu dans une pièce en sous-sol dont j'ignore même l'emplacement. (Il poussa un long soupir avant d'ajouter :) Je ne suis pas certain d'avoir raison sur toute la ligne, mais disons que ce sont les conclusions auxquelles je suis parvenu.

» Les Chinois ont commis pas mal d'erreurs. En matière de renseignement, ce sont des amateurs. Alison aussi a peut-être commis des erreurs.

— Tu crois que c'est elle qui a tué Chan? demandai-je.

88

Les mains cramponnées au volant, Joe resta silencieux plusieurs minutes tandis que nous filions sur l'asphalte.

— Cette question, je me la suis posée une bonne centaine de fois. Si je mets de côté mon amitié et que je m'en tiens aux faits, je dirais qu'elle jouait sur les deux tableaux, en travaillant à la fois pour nous et pour les Chinois, tout ça très habilement.

J'avais parfaitement entendu ce que Joe venait de dire, mais j'étais tellement abasourdie par sa réponse que je devais l'entendre une deuxième fois.

— Tu es en train de me dire que Muller est un agent double? Qu'elle espionne le pays pour le compte de la Chine?

— Ce n'est qu'une hypothèse, Lindsay, mais c'est loin d'être insensé. Si elle bosse pour le MSS, alors c'est elle qui est derrière le quadruple homicide du Four Seasons. Chan trahissait son pays en livrant à Muller des informations classées secrètes. C'était un ennemi et il fallait l'éliminer. C'est un peu comme s'ils avaient échangé leurs allégeances, comme si Chan avait quitté le train dans lequel Muller venait de monter.

— Donc, selon toi, elle aurait liquidé Chan parce que c'était un traître?

— C'est ce que je pense, oui. Elle savait que Bud et Chrissy surveillaient ce qui se passait dans la chambre, et si c'est bien elle qui l'a assassiné, elle devait aussi les supprimer tous les deux et emporter leurs ordinateurs.

J'avais l'impression d'être de retour dans la chambre du Four Seasons, face aux cadavres ensanglantés de ces deux jeunes. Je revoyais encore les cordons d'alimentation de leurs portables branchés sur la multiprise murale.

— Bud et Chrissy n'avaient encore rien entendu concernant le vol que le transfuge devait emprunter. Je suis monté pour faire le point avec eux, mais l'ascenseur a mis longtemps à arriver, et quand les portes se sont ouvertes, beaucoup de gens sont montés dans la cabine. On s'est arrêtés à tous les étages ou presque.

Joe s'interrompit et passa la main sur son visage, comme s'il revivait ce moment où l'opération avait échappé à son contrôle.

— Le temps que j'arrive au quatorzième, tout était déjà terminé. J'ai trouvé Bud et Chrissy morts dans la chambre 1418. Je suis allé frapper à la porte de la 1420 mais Alison n'est pas venue ouvrir. J'ai dû la rater à quelques minutes ou quelques secondes. Sinon, je pense qu'elle m'aurait tué moi aussi. Je n'ai appris que plus tard que Chan était mort. Si ma théorie est juste, elle était sur le point de disparaître et elle a fait en sorte qu'il ne puisse jamais rien balancer la concernant.

— Mais pourquoi elle aurait changé de camp ?

Il haussa les épaules.

— Ce ne sont pas les raisons qui manquent : une vengeance liée à je ne sais quelle lointaine rancune, une proposition alléchante qu'elle n'a pas pu refuser. Mais elle est assez cinglée pour avoir agi uniquement par goût du risque.

— C'est peut-être aussi elle qui a tué Shirley Chan.

— Oui. Si elle voulait s'assurer de faire le ménage derrière elle, ça se comprend. Au cas où Chan se serait servi d'elle et de ce qu'elle lui racontait pour informer sa femme. Mais c'est encore une autre hypothèse…

Joe laissa sa phrase en suspens. Il monta le chauffage, ajusta la ventilation et but une gorgée de sa bouteille d'eau.

Toutes ces informations me donnaient le tournis. Je tâchai de les digérer, songeant que si Muller était bien un agent double, alors Joe devait se sentir responsable de tout ce qu'elle avait fait. Ou bien peut-être s'apprêtait-il lui aussi à faire le ménage derrière lui ?

Bon sang. Personne ne savait où je me trouvais. Étais-je en train de faire confiance à un homme qu'au fond je ne connaissais pas vraiment ? Je secouai la tête pour chasser cette terrifiante pensée.

— Je sais, ça paraît incroyable, et puis je n'ai pas encore pu la confronter. J'ai peut-être faux sur toute la ligne.

— Qu'est-ce qu'elle serait venue faire près de Vancouver ?

— Si elle roule maintenant pour les Chinois, la Colombie-Britannique est un point de départ pour la Chine plutôt intéressant.

La théorie de Joe semblait crédible, mais était-ce la vérité?

— Tu essaies d'arrêter Muller, ou de la sauver? m'entendis-je demander.

— À ton avis?

89

La pancarte au bord de la route indiquait SQUAMISH.

Le peu que je savais de cette ville me venait d'un article que j'avais lu quelques années plus tôt dans la rubrique voyages du *San Francisco Chronicle*, à propos du Bald Eagle Festival. Je me souvenais qu'elle était composée d'un mélange de petits centres commerciaux et de maisons en bois disséminés dans un somptueux paysage de montagne. Des routes boisées reliaient entre eux les différents quartiers, parcourus par de nombreuses rivières. Mais nous n'étions pas là pour faire du tourisme.

Il faisait nuit noire à Squamish, et la visibilité était presque nulle.

Tandis que nous traversions la ville, je jetais de brefs coups d'œil à Joe, dont le visage était éclairé par les lumières du tableau de bord. J'aurais voulu pouvoir lire dans ses pensées, mais d'après ce qu'il m'avait dit, cet enchevêtrement de faits, de suppositions et d'assassinats s'articulait autour d'Alison Muller. Une femme intelligente, manipulatrice et, à mon sens, dotée d'une personnalité psychopathique.

Allais-je enfin la rencontrer ? Qu'allait-il se passer ? Qui serait encore vivant au lever du soleil, dans quelques heures ? Reverrais-je jamais ma fille ?

Il le fallait. Je devais rester en vie pour Julie.

Joe s'engagea sur une route à deux voies qui s'enfonçait dans une forêt de conifères. J'apercevais une trouée un peu plus loin sur notre droite. Il éteignit les pleins phares pour passer en feux de stationnement à l'approche d'une maison en bardeaux, au toit affaissé. La lueur de nos phares se réfléchit sur les feux arrière d'une voiture garée au bout de l'allée.

— C'est ici qu'elle se planque, fit Joe.

Nous poursuivîmes notre route ; une cinquantaine de mètres plus loin, je vis deux voitures garées de part et d'autre de la route, dans un coin d'ombre épaisse : une deux portes japonaise et un pick-up Ford rouillé.

— Ce sont nos véhicules, fit Joe.

Il entra une nouvelle adresse dans le GPS, tourna à droite dans un chemin de terre, puis de nouveau à droite en direction de Brackendale. Un kilomètre plus loin, nous arrivâmes devant un hôtel Best Western, où un panneau éclairé indiquait CHAMBRES LIBRES.

Joe coupa le moteur et passa un appel sur son téléphone.

— Slade ? C'est Molinari. Je suis devant.

La suite se trouvait au rez-de-chaussée et semblait assez récente. Assis devant une télévision, trois hommes regardaient CBC News sans le son. De corpulences et de tailles moyennes, sans signes distinctifs particuliers. L'un avait le crâne dégarni, un autre une épaisse tignasse rousse, le troisième un visage très pâle, des lunettes et un style d'employé de bureau.

Christopher Knightly, le grand gaillard aux cheveux jaune paille dont j'avais fait la connaissance à mon appartement, se tenait dans la cuisine, une cannette de bière décapsulée à la main.

Il paraissait surpris et mécontent de me voir.

— Knightly, tu connais déjà Lindsay, fit Joe. Les autres, je vous présente ma femme, le sergent Lindsay Boxer, qui travaille à la brigade criminelle du SFPD. Je lui ai demandé de venir parce qu'elle est étroitement liée à l'enquête sur le quadruple homicide du Four Seasons. Elle a vu la scène de crime et c'est aussi elle qui a dirigé le raid de Stockton Street.

Knightly posa sa cannette sur le comptoir et s'exclama :

— Putain, Joe. Ça te dit quelque chose, le protocole ? Rien de personnel, sergent, mais on n'est pas à San Francisco, ici, et il n'est pas question de votre enquête. Muller n'est pas seulement un assassin, elle est également coupable de trahison, envers nous et envers le pays tout entier !

— C'est moi qui ai pris cette décision, Chris. J'en assumerai les conséquences si les choses tournent mal.

L'homme aux lunettes se leva pour venir me serrer la main et se présenta : agent Fred Munder.

Le rouquin s'approcha de Joe.

— C'est une blague, ou quoi ? Si les choses tournent mal, comme tu dis, c'est nous tous qui en paierons les conséquences !

— C'est comme ça, Geary, répondit Joe sèchement. Et maintenant, au travail !

324

Je me rendis aux toilettes ; à mon retour, l'agent Munder expliquait aux autres :

— Il ne s'est rien passé ces trois dernières heures. Muller est toujours dans la maison. À mon avis, elle ne ressortira pas aujourd'hui.

— Elle a toujours été un peu trop sûre d'elle, observa Knightly. C'est vrai qu'elle est très intelligente, mais ça n'efface pas son côté arrogant, et pour tout dire, je la trouve aussi un peu tordue, à vouloir absolument plaire aux hommes. Tu ne t'es jamais demandé, Joe, pourquoi elle était si encline à attirer l'ennemi dans son lit ?

C'était clairement une pique qu'il lui lançait, mais Joe n'eut pas le temps de répondre, car le téléphone de Knightly se mit à gazouiller dans la poche de poitrine de sa chemise.

— Ouais ? (Il écouta pendant quelques secondes.) OK. Ne la lâche pas. (Il raccrocha.) Muller vient de prendre la route, lança-t-il. Elle est dans un convoi de trois voitures qui se dirigent vers le nord. Est-ce que quelqu'un l'a alertée ? Et qui ?

Knightly observait Joe fixement, et comme je me tenais à côté de Joe, il me fixait moi aussi.

90

Il y eut une brève discussion entre Joe et les autres hommes de l'équipe pour définir les itinéraires et le timing, puis la chambre se vida de ses occupants. Knightly et l'un de ses coéquipiers partirent en tête, suivis dans une deuxième voiture par Munder et son acolyte. Joe et moi fermions le cortège, direction l'autoroute.

Le paysage devait être magnifique en plein jour, mais la nuit, l'autoroute déserte n'était pas éclairée. Autour de nous, les bois impénétrables et les falaises abruptes couvertes d'arbres sombres apparaissaient comme une menace.

Joe avait placé son téléphone dans un étui fixé sur le tableau de bord et restait en communication permanente avec Knightly, lequel était également en liaison téléphonique avec les deux véhicules de la CIA qui nous précédaient, le pick-up et la berline qui avaient pris en filature le convoi de Muller depuis la maison où elle se planquait.

Une information nous parvint bientôt : les trois voitures du convoi venaient de se séparer. La voix de Knightly crépita dans le haut-parleur :

— Ils nous ont grillés, putain ! Et on ne sait pas dans quelle voiture elle est montée.

Un nouveau plan d'action fut élaboré, un nouvel itinéraire assigné à chaque véhicule dans l'espoir de parvenir à localiser la voiture de Muller.

Joe entra les coordonnées dans son GPS et enfonça la pédale d'accélérateur. Il conduisait au mépris du danger, négociant des virages serrés à près de cent trente kilomètres à l'heure dans la nuit noire comme de l'encre.

J'étais franchement terrorisée en regardant l'aiguille du compteur se rapprocher de la zone rouge. Joe roulait à cent cinquante lorsque nos phares éclairèrent un panneau indiquant WHISTLER RESORT.

— On vient de passer Whistler, fit Joe à Knightly. On se dirige vers l'aérodrome de Pemberton.

— OK, fit Knightly. Je viens de prévenir la gendarmerie canadienne. Si on ne la rattrape pas bientôt, on se retrouve à l'aérodrome.

Joe ralentit pour se caler à cent dix, et lorsqu'une intersection se présenta, il donna un brusque coup de volant sur la droite. La voiture zigzagua sur la route déserte avant de retrouver l'adhérence, puis Joe accéléra de nouveau et nous fonçâmes vers l'est. Sous le ciel étoilé, l'éclat du croissant de lune révélait les silhouettes fantomatiques des arbres qui se dressaient le long de la route ; sa lueur se reflétait à la surface du fleuve Lillooet, qu'on devinait au loin.

Joe jeta un coup d'œil à son GPS.

— Cramponne-toi ! lança-t-il en virant à droite d'un coup sec pour s'engager dans Airport Road à presque cent kilomètres-heure.

J'eus beau me cramponner, une ornière nous fit rebondir sur la route. Le volant lui échappa des mains et la voiture fit une brutale embardée sur la droite. Il parvint à rétablir la trajectoire *in extremis*.

— On l'a perdue, fit la voix de Knightly.

La communication fut interrompue pour laisser place à des grésillements suivis d'un sifflement statique.

— Knightly! hurla Joe. Tu m'entends, Knightly?

Non, il ne l'entendait pas. Nous avions perdu la communication avec la voiture de tête et nous ne savions pas où était passée Alison Muller.

— Génial! grogna Joe.

Au même instant, juste devant nous, une nouvelle intersection se présenta sous les lignes électriques qui longeaient Airport Road. Joe s'y engagea beaucoup trop vite et les pneus dérapèrent sur le gravier. La voiture se retrouva sur deux roues avant de se remettre d'aplomb. Nous continuâmes à foncer en direction de l'aérodrome sous un ciel gris acier qui semblait infini.

Les montagnes de la chaîne Côtière, que nous avions longées jusque-là, se dressaient maintenant face à nous tel un mur infranchissable. Une vaste prairie rectangulaire s'étendait devant nous, l'équivalent de cinq terrains de football placés côte à côte. Elle était séparée en deux par une étroite piste en terre.

Nos phares éclairèrent soudain plusieurs remorques pour planeurs garées de façon désordonnée, un peu plus loin sur notre gauche. En scrutant l'obscurité, je distinguai un petit hangar pour avions au bout de la route. Plusieurs voitures étaient rangées sur la droite du bâtiment ; leurs phares illuminaient deux petits avions posés sur une piste d'atterrissage orientée est-ouest, parallèle aux montagnes.

Joe éteignit les phares et rétrograda jusqu'en seconde pour rouler au pas.

— Ça doit être elle, me dit-il. Essaie de contacter Knightly.

Je tendis la main vers le téléphone et pressai la touche de rappel, mais nous n'avions toujours pas de réseau.

Je fis une nouvelle tentative.

Cette fois, la voix de Knightly résonna dans l'habitacle.

— On est à l'aérodrome ! hurlai-je. Ils sont ici.

Nous obtînmes des grésillements pour toute réponse.

— Répétez, Knightly. On vous entend mal.

La communication fut à nouveau coupée.

— Ce n'était pas du tout censé se terminer comme ça, fit Joe.

Le plan initial consistait sûrement à encercler la planque de Muller, à la capturer et à repartir avec elle. La situation était devenue parfaitement incontrôlable. Tout était désormais possible.

Joe ralentit un peu plus, et quelques personnes descendirent des voitures garées près du hangar. Quatre Asiatiques, un Blanc au physique de colosse et une femme qui devait être Alison Muller. Ces deux derniers se mirent à courir en direction de l'un des avions. L'appareil ressemblait à un De Havilland Beaver, un avion de brousse extrêmement robuste.

Au même instant, les Asiatiques, à présent positionnés derrière leurs véhicules, ouvrirent le feu dans notre direction.

Joe mit un coup de volant sur la gauche et la voiture s'immobilisa dans l'herbe au milieu des remorques. J'avais mon Glock 9 mm à la main, un pistolet fiable et solide mais incapable de rivaliser avec les armes automatiques qui déversaient sur nous un déluge de balles.

Il aurait été plus risqué de prendre la fuite que de riposter. Je suis une bonne tireuse, même sous la pression.

J'étais prête à livrer combat.

Je me sentais invincible, mais je savais que ce courage me venait uniquement d'une montée d'adrénaline provoquée par le danger, mais aussi la peur, la confusion et toute la rage que j'avais réprimée ces dernières semaines.

— Reste dans la voiture ! hurla Joe.

Trop tard. Mon arme à la main, j'avais déjà les deux pieds à terre. Je m'accroupis derrière une remorque, seul rempart entre moi et ceux qui nous mitraillaient avec des armes automatiques.

Je n'avais pas de désir de mort. Simplement, je ne m'attendais pas à mourir. J'essayais de rationaliser. Nous étions à une trentaine de mètres des tireurs et il faisait nuit noire.

— J'ai peur qu'on ne fasse pas le poids, lança Joe.

À ces mots, il bondit et se précipita vers l'arrière de la remorque qui me servait de bouclier. Nous fîmes feu à plusieurs reprises sur les tireurs.

— Rends-toi, Alison ! hurla Joe entre deux salves de tirs. Les flics vont bientôt débarquer. Inutile qu'il y ait d'autres morts. Pose ton arme.

Muller éclata de rire. Un rire magnifique, à la fois rauque et léger.

— Tu sais que tu es drôle ? répondit-elle.

Elle s'élança de derrière la voiture où elle était accroupie. Son garde du corps lui emboîta le pas et les deux coururent vers l'avion le plus proche. Mon attention était focalisée sur Muller, mais je crus reconnaître l'homme qui la suivait. Je l'avais déjà vu, mais impossible de me rappeler où.

Je n'avais guère le temps de m'appesantir sur le sujet. Nous devions à tout prix empêcher Muller de monter à bord de l'avion.

Joe tira un coup de feu dans l'espace qui se rétrécissait entre Muller et l'appareil, et son garde du corps l'agrippa par les épaules pour la mettre à l'abri derrière une voiture.

— Tu fais une erreur, Alison ! s'écria Joe.

Le personnage central de cet interminable cauchemar se pencha par-dessus le capot de sa voiture et tira une longue rafale de pistolet-mitrailleur avant de se précipiter à nouveau vers l'avion, talonné par son garde du corps. Je levai mon arme, la suivis du bout de mon canon et tirai.

Muller fut prise de secousses et s'effondra sur le sol.

— Alison ! lança son garde du corps en s'approchant d'elle et en essayant désespérément de la relever.

Elle s'agenouilla et le repoussa tout en luttant pour tenter de se remettre debout.

La balle l'avait atteinte dans le dos. Si elle était vivante, c'était forcément parce qu'elle portait un gilet pare-balles. Même ainsi protégée, étant donné

l'angle de mon tir, elle avait de la chance d'avoir sur-
vécu.

D'un côté, j'étais soulagée de ne pas l'avoir tuée.

Je tenais absolument à l'interroger et à la mettre
en prison. Mais pour le moment, Muller était armée
et sur le point de prendre la fuite. Et les balles pleu-
vaient de nouveau sur nous.

93

Joe rechargeait son arme lorsque je vis la lumière de quatre paires de phares se déplacer le long de la piste cahoteuse qui menait au hangar. Les voitures passèrent devant nous et s'arrêtèrent en formant un demi-cercle à une vingtaine de mètres du bâtiment et de l'équipe de Muller. J'entendis Knightly crier :

— Lâchez vos armes, c'est un ordre !

Il avait suffisamment d'hommes en renfort pour se montrer convaincant.

Alison Muller surgit alors entre deux voitures, mains en l'air.

— Ne tirez pas ! s'écria-t-elle. Je ne suis plus armée.

Elle s'avança vers Knightly avec son garde du corps, lorsque l'un des Asiatiques pointa son arme vers elle. Le garde du corps poussa un cri et se jeta sur Alison pour faire écran. Les deux s'effondrèrent sur le sol.

C'est à cet instant que je reconnus le garde du corps, mais j'eus à peine le temps de traiter cette information que l'Asiatique levait à nouveau son arme vers Muller. Knightly tira pour l'abattre en même temps que Muller se remettait debout.

Apercevant Joe, elle appela :

— Joe, Joe ! Ne tire pas !

Elle courut vers lui et il baissa son arme.

C'est alors que je remarquai le bruit de deux hélicoptères volant en direction du hangar, leurs projecteurs braqués sur le terrain d'aviation.

Avec l'arrivée de la Royal Canadian Mounted Police, le rapport de force était désormais clairement en notre faveur. L'un des appareils vint se poser devant le De Havilland, l'autre devant le Cessna, bloquant ainsi totalement la piste.

Le vacarme était assourdissant ; le souffle du rotor soulevait des nuages de poussière. Je me détournai un instant, et lorsque je rouvris les yeux, ce que je vis me stupéfia.

Je n'avais pas entendu ce que Joe avait dit à Muller, mais elle avait clairement compris le message. Joe avait braqué son arme sur elle ; mains en l'air, Alison se tenait devant lui parfaitement immobile, les cheveux fouettant son visage.

94

L'aube naissante conférait au tableau une atmosphère cinématographique. Les pilotes des avions et des hélicoptères quittèrent leurs appareils; Munder et Knightly se chargèrent d'arrêter les trois Asiatiques puis s'approchèrent du garde du corps qui gisait sur le sol, inanimé. Mais pour moi, tout cela se déroulait en arrière-plan, car j'étais focalisée sur la scène qui se jouait devant moi.

— C'est fini, Alison! lança Joe. Retourne-toi et mets tes mains derrière le dos.

— Comment as-tu pu me faire ça? répondit-elle. Comment as-tu pu m'humilier à ce point?

Elle venait de se faire arrêter alors qu'elle était sur le point de s'enfuir; elle s'était fait tirer dessus par ceux de son camp, pourtant elle restait parfaitement calme. Et si son visage laissait transparaître un soupçon de vulnérabilité, celle-ci était uniquement liée à la tristesse qu'elle semblait éprouver. À la façon dont elle regardait Joe, je devinais qu'elle considérait son arrestation comme un affront personnel.

— Tu te moques de moi, Joseph? Tu crois que je ne sais pas ce que tu es en train de faire, et pourquoi?

Joseph?

Son sourire était semblable à une grimace. Joe lui attacha les poignets avec des menottes flexibles, puis la saisit par le haut du bras pour la forcer à se retourner.

Je les suivis jusqu'à notre Audi de location en écoutant la suite de leur conversation.

— Qu'est-ce qui t'arrive, Joseph ? Tu ne comprends pas que je travaille toujours pour toi ? Tu ne vois pas que tout ça faisait partie de notre plan ?

— Quel plan ? Tu nous a trahis, Alison. On aura d'ailleurs tout le temps d'en parler, mais pas maintenant.

— Trahis ? Tu savais que j'allais travailler pour nous une fois arrivée en Chine. Tu n'as donc rien compris ? C'était pourtant clair.

Joe poussa un ricanement moqueur, mais je ne distinguai pas l'expression de son visage.

Alison continuait à se justifier avec insistance. Comment savoir si elle disait la vérité ?

— Tu m'as dit que tu m'aimais, lança-t-elle soudain. Et maintenant ? C'est fini, tu n'éprouves plus rien pour moi ?

Joe ? Amoureux d'Alison ? Entendre ça m'était plus douloureux que la raclée que je m'étais prise devant l'épicerie l'autre jour. Bien plus douloureux. La portière arrière gauche de l'Audi émit un craquement lorsque Joe l'ouvrit. Il plaça sa main sur la tête de Muller, la força à monter et claqua la portière. Je m'installai à l'avant, côté passager.

— Je dois parler à Knightly, fit-il. J'en ai pour dix minutes. Surveille-la bien, Lindsay. Et surtout, ne te laisse pas embobiner. Elle ment comme elle respire.

— Joseph! appela Muller derrière lui. Ne me laisse pas seule avec elle. Elle m'a tiré dessus. (Elle semblait presque paniquée.) Elle va me tuer! C'est ce que tu veux?

— N'utilise ton arme que si tu y es forcée, me dit Joe en verrouillant les portières. Mais si jamais tu dois tirer, n'hésite pas. Il ne faut surtout pas la laisser s'enfuir.

— OK.

Désirait-il secrètement que je sois obligée de tirer?

Serait-ce pour lui le moyen de résoudre pas mal de problèmes?

J'avais moi aussi mes priorités.

Sur la piste nimbée d'une lueur rosée, Knightly s'entretenait avec les pilotes des hélicoptères de la gendarmerie canadienne. Joe échangea quelques phrases avec eux puis se dirigea vers le hangar pour rejoindre les agents occupés à faire monter les survivants dans les différents véhicules.

Je me retrouvais à présent seule avec Alison Muller, Mata Hari des temps modernes, qui venait de me fracasser le cœur, de le piétiner et d'y mettre le feu. Oui, je souffrais, mais je devais mettre cette douleur de côté.

Si la ville de San Francisco voulait poursuivre Muller en justice pour le quadruple homicide du Four Seasons, je devais absolument la faire parler. Je ne pouvais pas laisser mes sentiments compromettre la résolution de cette enquête.

C'était pour ce tête-à-tête avec Muller que j'étais venue jusque-là.

Assise de côté sur le siège passager, les pieds sous le volant, je lui montrai mon arme avant de me présenter :

— Je m'appelle Lindsay. Je suis la femme de Joe.

95

Muller se glissa sur la banquette arrière, dans le coin qui m'était diagonalement opposé, et cala les semelles de ses bottes contre le siège conducteur en essayant de trouver la position la plus confortable malgré ses poignets entravés derrière le dos.

Je tendis discrètement la main vers le portable de Joe resté accroché au tableau de bord, l'allumai et enclenchai l'enregistreur.

Je me tournai ensuite face à elle.

Je pris le temps de bien examiner les traits de son visage à la beauté fascinante : sa peau magnifique, ses cheveux bruns scintillants, sa frange si caractéristique et ses grands yeux aux pupilles presque entièrement dilatées. Elle avait beau afficher un air bravache, elle était encore clairement sonnée par son arrestation.

— Alors comme ça, vous êtes la femme de Joe ?

— Exact. Et je suis aussi flic au SFPD. Juste pour info, vous n'êtes pas obligée de parler, mais sachez que tout ce que vous direz pourra être retenu contre vous devant un tribunal. C'est bien clair ?

Son rire joyeux emplit l'habitacle.

— Vous ne pouvez rien contre moi. Je suis en garde à vue au niveau fédéral, donc le SFPD n'a rien à voir là-dedans. Vous savez qui je suis? Vous savez qui est votre mari? Ne vous fatiguez pas à répondre, vous ne savez rien. Vous ne connaissez pas vraiment Joe.

— Peut-être, en effet, répondis-je patiemment, en usant du ton bienveillant qu'employait souvent Conklin, mon coéquipier, lorsqu'il interrogeait un suspect. Tant mieux, vous allez pouvoir combler mes lacunes.

— Vous voulez savoir quoi, au juste? J'imagine que ça concerne surtout Joe. À commencer par la nature de ma relation avec lui? Si on se voit souvent? À quel point on est devenus proches au bout de vingt-cinq ans? Si c'est bien quand on couche ensemble? Oui, je suis certaine que vous aimeriez savoir tout ça. Mais à ce compte-là, pourquoi ne pas le demander directement à votre mari? Cela dit, bonne chance pour savoir s'il ment ou pas. L'art du mensonge est l'une des deux grandes qualités requises pour intégrer la CIA. La seconde, c'est la faculté de n'avoir jamais aucun état d'âme.

Moi aussi, je sentais encore les effets de l'adrénaline. Mon instinct de fuite ou de lutte avait accéléré tout mon système et mon poing gauche s'était fermé. Ce poing, je l'aurais volontiers collé dans la figure de Muller, mais je parvins à me contenir à la perfection. C'était la grande performance de ma vie.

— Ce qui m'intéresse surtout, c'est de savoir comment vous avez orchestré le quadruple homicide du Four Seasons et comment vous avez réussi à vous enfuir. Ça paraît presque impossible.

— Je n'ai rien à voir dans cette histoire.

— OK, Alison. Jouons au petit jeu des hypothèses, si vous le voulez bien ?

— Pourquoi pas. Mais dans tous les cas, je vous le répète, je n'ai rien à voir là-dedans. J'étais à l'hôtel pour m'envoyer en l'air, rien de plus. Et d'un seul coup, un type masqué a surgi dans la chambre pour tuer mon amant. J'ai couru m'enfermer dans la salle de bains, et quand je n'ai plus rien entendu, je me suis rhabillée et je suis sortie. Après ça, j'ai décidé de quitter le pays et de poursuivre ma mission pour la CIA en faisant semblant d'être passée du côté chinois, pour continuer à servir mon pays depuis la Chine. Et tout ça au prix d'énormes sacrifices personnels. Je m'apprêtais à quitter ma famille et votre mari, le grand amour de ma vie, l'homme le plus formidable au monde. C'est ce que vous vouliez savoir ?

— Vous êtes douée, ma parole.

— Merci. Vous n'auriez pas une cigarette, par hasard ?

— Je vais voir ce que je peux faire. Mais avant ça…

— Quoi encore ?

— La chose qui me laisse vraiment admirative, c'est que pendant votre petite partie de jambes en l'air, le wifi s'est miraculeusement désactivé. Une coupure qui a affecté votre chambre et la chambre voisine, ainsi que les parties communes de l'hôtel, mais bizarrement, aucune panne n'a été signalée dans Market Street, où un jeune qui bosse pour le FBI enregistrait à distance vos faits et gestes, ceux de Chan, et ceux de Bud et Chrissy.

Je l'observai fixement. Son visage restait de marbre mais je lisais l'inquiétude dans son regard.

— Pardon?

— Faites un effort de concentration, Alison. Je suis en train de vous expliquer qu'un technicien du FBI vous suivait depuis plusieurs semaines et qu'il a filmé vos ébats avec Michael Chan dans la chambre 1420 du Four Seasons, le tout depuis sa voiture. Renata et le Prince de Gorgonzola, ça vous dit quelque chose? Chaque minute, chaque détail : je vais vous décrire tout ce que j'ai vu sur ces enregistrements. N'hésitez pas à intervenir si je commets une erreur. OK?

Muller était manifestement ébranlée. Je l'avais prise par surprise et j'avais semé le doute dans son esprit tordu. Elle ignorait la vérité, à savoir que le jeune technicien en question n'avait pu enregistrer qu'une partie de la scène.

Je ne mentais peut-être pas aussi bien qu'elle, mais je m'en sortais plutôt pas mal.

Nous n'en étions qu'aux premiers rounds et je boxais ce jour-là dans la catégorie supérieure. Pourtant j'étais déterminée à gagner le combat.

96

J'espérais que le téléphone de Joe était chargé et enregistrait bien notre conversation, mais je n'osais pas regarder pour vérifier. Je m'efforçai de conserver un visage impassible, l'essentiel pour moi étant d'avoir réussi à capter l'attention de Muller.

— C'est la suite qui devient vraiment intéressante, si vous voyez ce que je veux dire ?

— Pas vraiment. Et j'ai l'impression que je peux faire une croix sur ma cigarette.

— On verra ça plus tard. Donc, comme je vous le disais, c'est après vos petites galipettes que les choses ont pris une tournure fascinante. Michael Chan ignorait quand son père arriverait aux États-Unis…

Elle haussa les sourcils. Je poursuivis :

— Mais votre complice dans cette opération écoutait tout ce que vous disiez grâce au dispositif mis en place dans la chambre 1420. Il surveillait également ce qui se passait dans la chambre voisine, celle de Bud et Chrissy.

— Dans votre imagination délirante, peut-être…

— Ce complice a entendu Joe dire à Bud qu'il montait les rejoindre dans leur chambre, et c'est à ce moment-là qu'il a désactivé le wifi, ce que seul le responsable de la sécurité était en mesure de faire.

Le visage de Muller se figea dans un masque de stupeur.

— C'est une histoire à dormir debout, lâcha-t-elle.

— Je l'ai rencontré, Alison. J'ai passé une journée et demie avec Liam Dugan, dans son bureau, à visionner les enregistrements des caméras de surveillance du hall d'entrée, du couloir et des ascenseurs. Il m'a dit qu'il ne comprenait pas comment Internet avait pu planter, mais que bon, «ce sont des choses qui arrivent».

La main dans laquelle je tenais mon arme dégoulinait de sueur. Je pris le pistolet dans l'autre main le temps de l'essuyer sur mon jean. Muller m'observait comme un chat posté derrière la fenêtre qui vient de repérer un oiseau dans le jardin.

— Honnêtement, Alison, je n'ai compris tout ça qu'au moment où Dugan a été abattu. Lorsqu'il a reçu la balle qui vous était destinée.

— La folie vous guette, ma pauvre Lindsay.

— Ah oui? Attendez, l'histoire n'est pas encore terminée. Revenons à l'hôtel, où Liam Dugan surveillait tout ce qui se déroulait au quatorzième étage. En entendant Joe annoncer qu'il arrivait, il a aussitôt désactivé le wifi, et puis il a sûrement bloqué l'un des ascenseurs, histoire de le ralentir au maximum dans sa progression. Il a ensuite emprunté l'ascenseur de service pour monter au quatorzième. Là, il a abattu la femme de chambre, qui représentait un témoin potentiel, avant de déposer son corps dans le placard.

» Il a pris le chariot, est allé frapper à la porte de la chambre 1420, a peut-être même lancé un appel à travers la porte pour faire croire à un passage du service d'entretien, puis il a utilisé son passe pour entrer. En entendant la porte s'ouvrir, Chan s'est dirigé vers l'entrée : Dugan lui a tiré deux balles en pleine tête et une troisième dans la poitrine, pour faire bonne mesure. Puis il vous a demandé de vite vous rhabiller pour partir.

— Oui, ça ferait un excellent scénario de film.

— Vous faites ce qu'il vous dit, enjambez le corps de Michael Chan et demandez à entrer dans la chambre voisine. De nouveau, Dugan utilise le passe qu'il a subtilisé sur le cadavre de la femme de chambre et qui est enregistré sur le système de sécurité. C'était malin.

— Brillant, même.

— Je reconnais. Bref, vous voici dans la chambre 1418, où les deux jeunes techniciens vous dévisagent en se demandant ce qui se passe. Deux minutes plus tôt, ils étaient en train d'espionner votre rencontre avec Michael Chan, et puis soudain, plus de wifi et vous voilà devant eux, un flingue à la main.

» Car vous avez tué ces deux jeunes, Alison. Ces deux jeunes qui n'étaient même pas armés. Et après ça, Dugan vous a exfiltrée de l'hôtel en vous faisant passer par l'escalier de secours. Il a ensuite appelé la police pour prévenir que des coups de feu avaient été entendus au quatorzième étage.

» Peu de temps après, la connexion Internet a été rétablie, et je parie qu'il n'était même pas essoufflé quand il a montré la scène de crime aux premiers flics arrivés sur place. Un chouette type, ce Dugan. Je comprends pourquoi vous l'aimiez. Ce qui m'amène à une question, Alison.

— Où est passé Joseph? demanda-t-elle. Souvenez-vous que je travaille pour le gouvernement fédéral!

— Bien sûr. Vous êtes intouchable, c'est ça? Je vous pose quand même ma question : pourquoi Dugan a-t-il fait tout ça pour vous? Pourquoi avoir tué pour vous? Pourquoi avoir sacrifié sa vie pour vous?

— C'est votre histoire, pas la mienne, répondit Muller en expirant comme si elle recrachait la fumée d'une cigarette imaginaire.

— Eh bien, voici ma théorie. Il a fait tout ça par amour. La vamp et l'ancien flic reconverti en chef de la sécurité. C'était une proie facile pour vous. Même dans ses rêves les plus fous, il n'aurait pas imaginé qu'une femme telle que vous puisse s'intéresser à lui. Je pense aussi, même si j'admets qu'il s'agit là d'une simple hypothèse, que vous aviez promis à Dugan de partir en Chine avec lui pour commencer une nouvelle vie à deux. Je me trompe?

Le regard perdu dans le vague, Alison semblait considérer les options qui s'offraient à elle.

J'avais mis en plein dans le mille.

— Écoutez, je vais disparaître pendant quelque temps. J'aimerais que vous disiez à mes filles que je vais bien et que je les aime. Il y a aussi certaines choses que j'aimerais dire à Khalid.

— Aucun problème. Mais seulement si vous avouez avoir tué Shirley Chan.

Alison poussa un long soupir.

— Vous êtes une garce! fit-elle en secouant la tête. OK. Je ne savais pas si Michael lui avait parlé de moi, et si oui, ce qu'il avait pu lui dire exactement. Elle était intelligente et elle aurait pu se servir de ces informations pour retourner certaines personnes contre moi. Alors je suis allée chez elle et je l'ai tuée. C'est bon, vous êtes contente? Alors maintenant, fermez-la. Votre voix m'est insupportable.

— C'est réciproque. Vous me rendez malade.

Je m'emparai du téléphone de Joe et lui montrai l'écran, où s'affichait l'icône d'un micro. Je revins en arrière pour repasser la fin de l'enregistrement : «Vous me rendez malade.»

— Ça enregistre encore. Si vous voulez adresser un message à votre famille, c'est le moment ou jamais.

Je t'ai eue, songeai-je tandis qu'elle parlait à ses filles. Le meurtre de Shirley Chan n'avait pas été commandité par le gouvernement. C'était une initiative de Muller, qui l'avait liquidée dans le seul but de se protéger.

Si la CIA venait à lâcher Muller, nous pourrions l'inculper pour cet assassinat. Ses aveux représentaient un bon début pour la constitution du dossier.

Lorsque Muller eut fini d'enregistrer son message, j'éteignis le téléphone.

— Voilà, c'est dans la boîte!

Elle me regarda en souriant – une manière de me remercier pour le service qu'elle m'avait demandé. Puis elle partit dans un fou rire, si communicatif que j'explosai de rire à mon tour. Une hilarité davantage

348

liée au soulagement et à l'hystérie qu'à une conni-
vence humoristique, mais une hilarité irrépressible.
Nous ricanions et gloussions comme de vraies
lycéennes.

Sauf que son rire se teintait de jaune ; le mien,
non.

97

Chris Knightly approcha son gros visage de la fenêtre ouverte.

— Vous vous amusez bien, les filles? demanda-t-il.

Je ne l'aimais pas beaucoup, ce Knightly, mais je me foutais de ses sarcasmes. J'avais obtenu ce que je voulais. Knightly déverrouilla la portière arrière, qui émit un craquement plaintif lorsqu'il l'ouvrit.

— Je vais t'aider à sortir, Ali. Attention à ta tête.

Joe ouvrit la portière avant, et tandis que Knightly et Muller se dirigeaient vers l'un des hélicoptères, il s'installa au volant puis se pencha vers moi et orienta le canon de mon arme vers le sol. Il desserra un à un mes doigts crispés autour de la crosse.

— Tout va bien, Linds. C'est fini.

Il ouvrit ses bras et je me réfugiai contre lui, m'abandonnant un instant au plaisir de cette étreinte – mais un instant seulement.

— Et maintenant? lançai-je en m'écartant de lui pour me rasseoir au fond de mon siège. On fait quoi?

— Je vais aller interroger Alison avec Knightly. Munder est un gars très sympa. Il va rejoindre l'aéroport de Vancouver en hélico avec quelques gars. Tu pars avec eux. Je t'appellerai dès que possible.

Je hochai la tête. Il était inutile de lui demander où il comptait emmener Muller et combien de temps il allait encore s'absenter. Joe m'ouvrit la portière et je quittai la voiture, promenant mon regard autour du petit aérodrome qui, quelques dizaines de minutes plus tôt, avait été le théâtre d'une intense fusillade.

L'agent Munder vint m'informer que je pouvais utiliser les toilettes du hangar, et qu'il y avait également du café et de quoi manger.

— N'hésitez pas à vous servir.

Un peu plus tard, il m'aida à monter à bord de l'hélicoptère, où le vacarme rendait illusoire la moindre tentative de conversation. Tant mieux. Le vol jusqu'à l'aéroport fut de courte durée. J'attendis le départ de l'avion en compagnie de Munder.

Conklin et Cindy m'étreignirent plus que chaleureusement à mon arrivée. Assise sur la banquette arrière, je leur narrai les quinze heures que j'avais passées avec la CIA et m'endormis sans m'en rendre compte avant la fin de mon récit.

Cindy m'accompagna jusqu'à la porte de mon appartement et resta avec Mme Rose et Julie pendant que je prenais la douche la plus agréable de toute mon existence. Puis je me retrouvai seule avec Julie et Martha.

Je m'installai dans le fauteuil de Joe en serrant ma fille dans mes bras, et fondis en larmes jusqu'à ce que Julie se mette à pleurer elle aussi. La pauvre Martha ne comprenait rien à ce qui se passait. Elle me tourna autour en poussant des petits jappements plaintifs jusqu'à ce que j'aie pleuré toutes les larmes de mon corps.

Nous fîmes une sieste avant d'aller nous promener au parc toutes les trois.

Assises au bord du lac, nous passâmes un long moment à regarder les canards et les gens. J'avais beau essayer de me détendre, mon cerveau turbinait à cent à l'heure.

Tant de questions demeuraient sans réponse.

98

J'étais en train de me brosser les dents lorsque le téléphone se mit à sonner, à 7 heures le lendemain matin. C'était Brady.

— A-ô?

— Lindsay? Tout va bien?

Je crachai mon dentifrice et me rinçai la bouche avant de répondre :

— On ne peut mieux.

— Parfait. Une voiture t'attend en bas. Rends-toi au croisement de Mission Street et de Cortland Avenue. Il y a deux officiers sur place. Ils te mettront au parfum. Conklin est déjà en route.

Brady raccrocha.

— *It's gonna be another bright, bright, sunshiny day*, fredonnai-je en contemplant mon reflet dans le miroir de la salle de bains.

Je terminai mes ablutions matinales avant d'accueillir Mme Rose, qui s'enquit de mon état dès que j'ouvris la porte.

Décidément, tout le monde voulait savoir comment j'allais. J'avais l'air de m'être fait traîner de haut en bas de Filbert Street accrochée à l'arrière d'un camion poubelle, ou quoi?

— Ça va. Et vous?

— Un peu tendue. Ma fille doit accoucher d'un instant à l'autre. Elle a déjà préparé son sac pour l'hôpital. Vous comptez rentrer vers quelle heure?

— Je serai ici à 18 heures. Sinon, appelez-moi et je ferai mon possible pour rentrer plus tôt.

— Ça me va.

J'embrassai Julie, ébouriffai les oreilles de Martha et lui jetai une balle de tennis dans le couloir. J'attrapai une bouteille de thé dans le frigo et descendis les escaliers en trombe.

Une Camaro rouge pompier, avec calandre et enjoliveurs dorés, était garée devant mon immeuble. Une enveloppe à mon nom était scotchée sur la vitre de la portière. Elle contenait un trousseau de clés ainsi qu'un message écrit de la main de Brady en lettres capitales : JOYEUX NOËL DE LA PART DU SERVICE VÉHICULES.

Ce n'était pas encore Noël, et l'ancien propriétaire de cette voiture était sûrement tombé pour trafic de stupéfiants. Je détestais ce genre de bagnole tape-à-l'œil, mais tant que l'assurance ne m'aurait pas remboursé mon vieil Explorer à présent décédé, j'allais devoir m'en contenter.

Le trajet jusqu'à Mission aurait presque pu me faire marrer si j'avais été d'humeur à rire. Je récoltai un nombre incalculable de gestes offensants et de coups de klaxon, ainsi que deux propositions de course, mais le point positif, c'était que la Camaro passait de zéro à cent en un clin d'œil, tenait les virages comme si elle était collée à la route et freinait en un instant. Le service véhicules avait transformé cette caisse de dealer en une voiture de flic ultra-performante.

En arrivant au croisement de Mission et de Cortland, je vis Conklin qui m'attendait devant un bazar. Il n'était pas seul. Trois voitures de patrouille étaient garées le long du trottoir, et un groupe de badauds s'était formé derrière le ruban jaune. Jonchant le sol, des éclats de verre scintillaient au soleil.

Conklin vint à ma rencontre et me présenta l'officier qui était arrivé le premier sur les lieux.

— L'officier Dow a interrogé la femme il y a quelques minutes, m'expliqua mon coéquipier. Dow, pouvez-vous répéter au sergent Boxer ce que vous m'avez raconté?

Le policier en uniforme était jeune, fébrile et clairement impatient de me faire son rapport.

— Elle m'a expliqué qu'elle en avait ras le bol de son vieux et qu'elle l'avait tué. Elle a aussi dit qu'elle ne faisait plus confiance aux hommes et qu'elle préférait mourir plutôt que de se rendre.

— Son vieux? Elle parlait de son mari ou de son père?

— Son mari.

— Le SWAT arrive bientôt?

— Elle menace de se suicider si elle voit débarquer le moindre homme en noir. Mais elle accepte de vous parler, sergent. Elle a vu votre photo à la télé après le raid de Chinatown l'autre jour.

Voilà, je venais de reprendre du service, pour une affaire où il n'était question ni d'espions, ni d'enfants qui devenaient orphelins, ni de multiples homicides. Le tableau était loin d'être idyllique, mais c'était déjà mieux.

Mon gilet pare-balles était resté dans le coffre de mon Explorer, lequel se trouvait encore au labo pour analyses, mais j'avais enfilé ce jour-là mes chaussettes porte-bonheur.

— Comment s'appelle-t-elle? demandai-je à l'officier Dow.

99

Sur le coup de 14 heures, j'étais de retour chez moi. J'avais ôté mes chaussures et éteint mon téléphone sitôt franchi le seuil de la porte.

Mme Rose était maintenant à la maternité au côté de sa fille. La victime de la boutique était à l'hôpital dans un état stationnaire, et la jeune femme avait été placée en garde à vue sous surveillance spéciale pour prévenir toute tentative de suicide.

Quant à Joe, il se trouvait avec Alison Muller dans je ne sais quelle prison secrète, à Washington ou à l'étranger, et j'ignorais quand il serait de retour et si j'accepterais qu'il revienne vivre avec moi.

Je repensai aux allusions de Muller concernant la nature de sa relation avec Joe, et j'avais beau connaître ses talents de manipulatrice, je savais Joe doué des mêmes aptitudes au mensonge – peut-être même la surpassait-il. Les deux faisaient vraiment la paire.

Mme Rose avait coutume de dire que quand tout va mal, il faut préparer du thé.

Je fis donc bouillir de l'eau et entrepris de trier l'énorme pile de courrier qui s'accumulait sur le comptoir de la cuisine depuis plusieurs semaines. Joe payait la plupart des factures ces derniers temps, mais je savais encore faire les comptes!

Je soufflai sur mon thé pour le refroidir, me branchai sur Radio Alice, une station dont j'appréciais la programmation musicale, et déposai le courrier sur la table basse à côté de mon ordinateur portable. Je jetai les prospectus par terre et classai le reste en plusieurs tas : factures, relevés de compte…

En épluchant les dépenses, je tombai sur un prélèvement correspondant à la location d'un coffre-fort dont j'ignorais l'existence. Joe ne me l'avait peut-être pas volontairement caché, mais le fait est qu'il ne m'en avait jamais parlé.

Il était 14 h 35. Notre banque était située à quelques blocs, au croisement de Clement Street et de la 9e Avenue. Si Julie se montrait coopérative, je pouvais encore y être avant la fermeture.

J'allai aussitôt prendre la clé que j'avais trouvée dans le tiroir du bureau de Joe quelques jours plus tôt, puis enfilai mes chaussures, attachai Julie dans son porte-bébé et filai à la banque, où j'arrivai cinq minutes avant la fermeture. J'expliquai à la responsable des coffres que je n'en avais pas pour longtemps, que je devais simplement accéder à mon coffre avant le week-end et que c'était urgent.

Était-ce si urgent que ça? me demandai-je tandis que la femme ouvrait la porte. N'étais-je pas sur le point de m'infliger une désagréable surprise?

— Madame Molinari? Je dois aller chercher mon fils à l'école et je ne peux vraiment pas être en retard.

Le numéro 26 était gravé sur la clé de Joe. L'employée introduisit sa clé dans l'une des serrures et j'introduisis la mienne dans celle de mon coffre. Je fis glisser la longue boîte métallique, que j'apportai dans la petite pièce située à côté de la chambre forte.

Je défis le loquet d'une main fébrile, ouvris la boîte et en observai longuement le contenu, plusieurs enveloppes non cachetées qui renfermaient divers documents : les papiers de l'appartement, notre certificat de mariage, l'acte de naissance de Julie et l'acte de décès du père de Joe. Sous ces enveloppes, je découvris une boîte à bonbons toute plate, avec une bordure dorée et un couvercle décoré d'un nœud stylisé.

Je me fis brièvement la réflexion que j'étais sur le point de fouiller dans quelque chose qui ne m'appartenait pas, mais tant pis. J'étais décidé à lever le voile sur les mensonges de Joe. J'avais le droit de connaître la vérité.

Si la vie secrète de Joe et d'Alison Muller était documentée, je devais absolument le savoir.

Je soulevai le couvercle. Un parfum de chocolat et de cerise s'échappa de la boîte, mais il n'était pas question d'Alison Muller.

La boîte contenait une mèche des cheveux de Julie, attachés avec un fin ruban rose. Il y avait également une photo de Joe et moi, tout sourire, appuyés contre le bastingage du ferry qui nous emmenait à Catalina. C'était ce jour-là que nous avions échangé nos premiers « Je t'aime ».

Sous cette photo, je trouvai une copie de nos vœux de mariage, que nous avions prononcés sous un belvédère surplombant l'océan, à Half Moon Bay. Une autre photo nous montrait Joe et moi en habits de mariage, pieds nus sur la plage, riant aux éclats avec Cat et ses filles. Il y avait également une impression d'un vieil e-mail que j'avais envoyé à Joe pour lui dire qu'il me manquait terriblement, et que je terminais par cette question : «Tu rentres quand?»

Autres temps, autres lieux, mais pensées similaires à celles qui me hantaient.

Je fus tirée de mes songes par l'employée qui toquait contre le carreau en indiquant sa montre.

— J'arrive, lançai-je.

Je replaçai tout dans la boîte métallique, que j'allai remettre à sa place dans la salle des coffres avant de quitter la banque avec Julie.

— Et maintenant? demandai-je à ma petite princesse adorée tandis que nous traversions Lake Street pour rejoindre notre immeuble. Que va-t-il se passer, maintenant, Julie?

ÉPILOGUE

100

Alison Muller connaissait chaque centimètre carré de la cellule dans laquelle elle était enfermée depuis maintenant un mois – ou peut-être davantage, elle ne savait plus précisément. Même la différence entre le jour et la nuit était insaisissable dans la lumière grise et artificielle de cette boîte souterraine que seul un esprit malade avait pu concevoir.

Les murs et le plafond étaient inclinés selon des angles inhabituels, les pierres du mur disposées de façon aléatoire.

Heureusement qu'elles étaient là, ces pierres bizarres. Chacune possédait sa propre personnalité. Comme celle près de son lit, dont la forme évoquait celle d'un rein. Ou celle juste à côté, qui ressemblait à l'Ohio. Les contempler lui occupait l'esprit.

Elle n'avait pas de codétenue. Elle ne sortait pas. Sa cellule comportait en tout et pour tout un petit lit de camp, des toilettes et un pommeau de douche fixé au mur, juste au-dessus, qui distribuait uniquement de l'eau froide.

Chaque jour, son interrogateur venait lui apporter son unique repas et une tenue de rechange en papier.

Il venait à intervalles réguliers s'asseoir sur la chaise placée devant la grille de sa cellule pour l'interroger. Très formel, il portait des vêtements neutres et déprimants mais impeccablement repassés, et toujours une cravate. Alison ne le connaissait pas et l'homme avait toujours refusé de lui donner son nom.

Lorsqu'elle lui posait la question, il répondait qu'elle pouvait l'appeler comme elle le souhaitait, que son nom était sans importance.

Elle l'avait donc appelé Sans Importance pendant un moment, avant d'essayer d'autres noms – Bert, Voldemort, Condor. Mais celui qui avait fini par s'imposer était Secret Agent Man, Sam en abrégé.

La cinquantaine bedonnante, Sam était dépourvu de tout sens de l'humour, mais c'était un interrogateur hors pair. Il ne levait jamais la main sur elle, mais il savait comment l'atteindre, comment la rendre inquiète en lui parlant notamment de ses enfants.

Souvent, il apportait des petits «bonus», comme de la nourriture ou des vêtements propres.

Ces bonus restaient sous sa chaise tout le temps que duraient les questions, et généralement, au moment de partir, il glissait les paquets sous la grille de la cellule. Parfois, il repartait avec.

— Bonjour, madame Muller, avait-il lancé en arrivant ce jour-là, comme à son habitude. Tout va bien ?

— Tout va pour le mieux, avait-elle répondu. Quel endroit charmant. Si vous pouviez juste me faire livrer des fleurs fraîches et demander qu'on change les draps, ce serait parfait.

L'interrogateur souriait en permanence, si on pouvait parler de sourire pour qualifier ses fines lèvres étirées en un semblant de rictus. Tous les jours, il posait la même question : «Qui a donné l'ordre d'abattre l'avion?»

Et tous les jours, elle fournissait la même réponse :

— Comme je vous l'ai déjà dit, Sam. J'avais entendu parler d'un groupe de dissidents chinois mais je ne les connaissais pas. J'ignore pour qui ils travaillent. Et je crois savoir qu'ils sont tous morts. Maintenant, dites-moi à qui je dois faire une fellation pour pouvoir enfin quitter ce trou à rats?

— Quelles informations avez-vous transmises à la Chine?

— Absolument aucune.

Un jour, après la sempiternelle série de questions, Sam lui avait dit :

— J'ai vu Caroline.

Il avait sorti son téléphone de la poche de sa chemise et lui avait montré une photo de sa fille à la sortie du collège.

— Regardez, elle avait un bleu sur le bras gauche. Je crois qu'elle se bagarre dans la cour. Ou alors c'est peut-être Khalid qui lui a fait ça.

Il lui avait ensuite posé l'une de ses questions habituelles.

— Qui est votre contact en Chine? Qui deviez-vous retrouver en arrivant là-bas?

— Je n'avais aucun contact. Quelqu'un devait venir me chercher à l'aéroport, mais j'ignore qui. Je vous jure que c'est la vérité. Tout s'est passé très vite. N'oubliez pas que je fais encore partie de la CIA. Je comptais continuer à travailler pour le pays une fois là-bas. Molinari le sait pertinemment. Écoutez, je vous ai dit tout ce que je savais. Qu'est-ce que je dois faire pour sortir d'ici ?

Ce jour-là, à la fin de la séance, Sam lui avait simplement dit : « Aujourd'hui, c'est frittata au fromage et aux champignons. J'ai goûté, c'est délicieux. Bon appétit. À bientôt, madame Muller. »

Et puis il était parti.

Alison avait songé à se donner la mort. Elle s'était jetée tête la première contre le mur, mais la pièce était trop petite pour prendre l'élan suffisant et elle n'avait récolté qu'une migraine carabinée. Une caméra espion la filmait en permanence. La seule fois où elle avait tenté de se pendre à un barreau, Sam avait aussitôt rappliqué. « Non, madame Muller. Ne faites pas ça, sauf si vous voulez qu'on vous confisque vos vêtements. »

Elle n'était pas encore assez désespérée pour tenter de se noyer dans les toilettes, mais ça n'allait pas tarder.

Elle allait passer le restant de ses jours en prison.

Elle allait mourir enfermée dans cette boîte.

Le plus tôt serait le mieux. Il n'existait aucune issue et la vie n'avait plus de sens. Même fantasmer, elle en était devenue incapable. Elle n'allait tout de même pas continuer à se leurrer éternellement en croyant à la possibilité du bonheur.

Elle alla s'allonger sur le lit de camp et se mit à compter ses cheveux, un par un, en attendant son prochain entretien avec Sam.

C'était la seule chose qui lui restait.

101

Alison pensait être devenue folle.

Des voix étouffées lui parvenaient depuis le couloir, deux voix qu'elle connaissait bien. L'une appartenait à Sam, l'homme qui la persécutait depuis plusieurs semaines, mais si elle était certaine d'avoir perdu la raison, c'était parce que l'autre voix appartenait à Joe.

Il y eut d'abord ces voix, puis les ombres projetées sur le sol en pierre. L'instant d'après, ils se tenaient tous deux face à elle, de l'autre côté de la grille.

— Vous avez de la visite, madame Muller, fit Sam en déposant le repas et la tenue de rechange sous la chaise. (Il se tourna vers Joe.) Prenez votre temps. Quand vous serez prêt, vous savez où me trouver.

Alison se précipita vers la grille et agrippa les barreaux.

— Joseph ! Tu es venu me sortir de là ?

— Je n'ai pu obtenir qu'une simple visite, répondit-il.

Il effleura sa main et prit place sur la chaise de Sam. Elle s'assit par terre, collée aux barreaux pour rester le plus près possible de lui.

— Qu'est-ce que tu viens faire ici, alors ?

— Je voulais voir si tu avais réussi à obtenir des draps en soie et une vue sur l'océan grâce à tes charmes.

— Oh, oui, c'est comme le Ritz, ici. Et je n'ai même pas eu à passer à la casserole.

Elle se força à sourire, mais ne put garder la pose bien longtemps. Un voile sombre tomba sur son visage. Elle passa la main dans ses cheveux emmêlés pour les rabattre derrière ses oreilles et leva les yeux vers Joe. Il affichait un air détaché, mais elle voyait malgré tout qu'il éprouvait de la peine pour elle. Il avait encore des sentiments.

— Ça me gêne que tu me voies comme ça, Joseph. Je sais que je ne suis pas à mon avantage… Et toi, comment ça va ? Tu en es où ?

— J'aimerais te répondre que j'ai repris ma vie comme si rien n'avait changé, mais bien sûr, il y a eu des conséquences. Aussi bien personnelles que professionnelles.

— Tu veux en parler ?

Il secoua la tête.

— Je comprends, dit-elle. Mais venons-en au fait. (D'un geste circulaire, elle désigna la minuscule cellule dans laquelle elle était enfermée.) Il faut absolument que je sorte d'ici.

— Je sais.

— J'ai répondu à toutes leurs questions. Ils me torturent, Joe, pourtant je ne leur cache rien. Ils ne tiennent pas compte de toutes les années que j'ai passées à la CIA. Tout ce qu'ils savent faire, c'est me bombarder de questions, toujours les mêmes. Mais je leur ai dit tout ce que je savais.

— Ils n'ont pas l'air très convaincu.

— Tu peux m'aider, Joe. Tu peux essayer de leur parler. Tu le sais, toi, tout ce que j'ai fait, tout ce que j'ai sacrifié pour le travail.

— Ils ne m'écouteront pas.

— Je t'en supplie, Joe. J'ai des enfants. J'ai encore beaucoup à donner à la CIA. Sauve-moi, Joe. Je sais que tu en es capable.

— Tu veux que je leur transmette quelque chose ?

— J'ai déjà tout dit.

— Je dois y aller. Je n'avais droit qu'à cinq minutes.

— Tu reviendras ?

— Je ne sais pas.

Il lui tapota la main et s'en alla.

102

Sam arriva à la grille à l'heure habituelle. Il était habillé comme tous les jours : veste kaki, chemise blanche, cravate à rayures bleues et pantalon gris. Il était rasé de près, ses cheveux soigneusement peignés. En revanche, il ne lui avait pas apporté sa tenue de rechange et son repas – son seul de la journée.

— Bonjour, madame Muller. Je m'appelle Anderson.

— Anderson ? C'est votre prénom, ou votre nom de famille ?

— Anderson tout court. Nous devons nettoyer votre cellule et j'ai pensé que vous aimeriez prendre une douche chaude avant qu'on vous ramène ici.

— C'est une plaisanterie ?

À la simple pensée de se retrouver sous le jet d'eau chaude, elle frémit de bonheur.

— Pas du tout. Sachez que je suis équipé d'un Taser. Ai-je besoin d'en dire davantage ?

— Non. Je me tiendrai tranquille. De toute manière, je ne vois pas où je pourrais m'enfuir.

— C'est vrai.

C'était sûrement Joe qui avait organisé tout ça. Il avait au moins eu cette attention. Cette douche représentait peut-être un moyen de l'inciter à se montrer plus coopérative. Et peut-être que ça marcherait.

Anderson ouvrit la porte de la cellule et se recula d'un pas. Il écarta sa veste pour qu'elle voie la crosse du Taser qui dépassait de l'étui accroché à sa ceinture.

— Tout droit, madame Muller. Vous verrez une ouverture sur votre gauche au bout du couloir, puis un petit escalier. La salle de bains se trouve en haut des marches. Il y a du savon, du shampoing et une serviette propre. On est en train de préparer votre repas. Longe de porc et pommes de terre nouvelles. Brownie au chocolat pour le dessert.

— Eh bien! s'exclama Alison avec un grand sourire. C'est mon anniversaire?

Elle avait parcouru une dizaine de mètres le long du couloir lorsqu'Anderson lui logea une balle dans la nuque avec son calibre 44. Il alla s'agenouiller auprès d'elle, rabattit sa cravate sur son épaule et lui prit le pouls.

Son cœur ne battait plus.

Il laissa échapper un soupir, contourna le corps et regagna son bureau pour faire son rapport.

103

C'était la première fois depuis au moins un an que j'invitais mes amis à dîner à la maison. Julie portait une robe de soirée à paillettes, et depuis peu, elle connaissait un nouveau mot.

Maman.

Le plus beau de tous les mots.

J'avais passé la journée à cuisiner avec Mme Rose, et tous mes amis étaient à présent réunis dans mon salon. Il y avait Claire et Edmund, son adorable mari. Yuki et Brady, mon boss en même temps que mon idole. Richie et Cindy, évidemment, ainsi que Jacobi, accompagné d'une femme qu'il fréquentait depuis peu.

Elle s'appelait Miranda, et interprétait le rôle de Dora dans une série télé que je n'avais jamais vue, mais lorsqu'elle était arrivée, Mme Rose avait failli s'évanouir.

Nous buvions tous des cocktails. Mme Rose avait décliné ma proposition de se joindre à nous. Sa fille venait d'accoucher, et elle n'était pas mécontente de quitter un peu mon appartement.

Je l'étreignis chaleureusement et lui remis son chèque.

— Amusez-vous bien, fit-elle en me pressant affec-tueusement le bras. À demain matin.

Brady entra à cet instant dans la cuisine, à la recherche d'un tire-bouchon.

— Je ne sais pas ce que tu as préparé, mais ça sent drôlement bon, me complimenta-t-il en ouvrant une bouteille de vin. J'en ai l'eau à la bouche.

— Encore dix petites minutes de patience, répon-dis-je en rigolant.

Yuki nous rejoignit, passa les bras autour de la taille de Brady et l'embrassa dans le cou. Il leur avait fallu du temps à ces deux-là, mais ils avaient fini par se trou-ver. Ils étaient clairement faits l'un pour l'autre.

— Tu veux que je t'aide à préparer la salade? me demanda-t-elle. Je peux faire la sauce, si tu veux?

— Avec plaisir.

Au salon, Edmund et Claire riaient à gorge déployée à une anecdote que venait de raconter Miranda. Jacobi avait les joues bien rouges et semblait passer un excellent moment. De son côté, Cindy s'était ins-tallée dans le grand fauteuil avec Julie. La question des enfants a engendré de nombreux conflits dans sa relation par ailleurs idyllique avec Richie, et je pense qu'à chaque fois qu'elle vient chez moi, elle s'occupe de Julie pour voir si elle parvient à s'envisager dans le rôle de mère.

Richie se tenait debout derrière elle et la regardait avec des étoiles plein les yeux. Il était amoureux, à n'en pas douter.

Quant à moi…

Joe était venu plusieurs fois rendre visite à Julie, et si les voir tous les deux ensemble me faisait fondre le cœur, pour autant, je ne l'avais jamais laissé passer la nuit, ni même partager un repas avec nous.

Je n'étais tout simplement pas prête. Et je ne voyais pas comment je pourrais l'être un jour. Il m'avait menti. Il était devenu pour moi une personne étrange, mystérieuse. J'ignorais où il vivait, ce qu'il faisait de ses journées. Comment partager l'existence d'un homme à qui on ne fait plus confiance ?

Brady m'aida à sortir le rôti du four, et Claire apporta les légumes pendant qu'Edmund servait le vin.

Lorsque tout le monde fut assis, Richie fit tinter son verre avec sa cuillère pour réclamer l'attention.

— Merci de nous avoir tous réunis chez toi ce soir, Lindsay. Je voulais juste dire que j'étais personnellement soulagé que ta voisine t'ait aidée à concocter ce repas, car chacun sait que tu es incapable de préparer un simple café !

Tout le monde éclata de rire, même Julie et moi.

Et soudain, l'interphone sonna.

— C'est le dessert qui arrive, fit Claire. Ne t'approche pas de la porte, histoire que la surprise reste entière.

Claire est une vraie accro au chocolat, une addiction que je trouve tout à fait compréhensible !

— OK, répondis-je. Va pour la surprise.

Je retournai à table, et Claire se leva pour aller ouvrir. Une minute plus tard, j'entendis le loquet s'actionner et mon amie s'écrier : « Tiens, ce n'est pas le gâteau ! »

Qui était-ce, alors ?

Je me dirigeai vers la porte et vis mon mari qui se tenait à côté de Claire.

— Désolé, Lindsay. Je ne voulais pas déranger.

— C'est toi qui as organisé ça, Claire?

— Moi? Pas du tout. Attends, tu me vois faire un truc pareil? Jamais de la vie!

Elle me glissa un clin d'œil et disparut au salon.

Joe avait apporté un bouquet de roses. Il ressemblait au prince charmant de la Belle au bois dormant. Séduisant. Plein d'espoir. Peut-être avait-il laissé son cheval en bas de l'immeuble? En l'observant, je vis les rides qui s'étaient creusées sur son front ces dernières semaines; ses tempes, de plus en plus grisonnantes.

Plantée devant lui, je lui barrais le passage, indécise.

— Lindsay?

Honnêtement, je ne savais pas quoi faire.

Le laisser entrer?

Ou lui dire: «Pas maintenant, Joe. Peut-être une autre fois.»

REMERCIEMENTS

Nous tenons à remercier Richard Conklin, commissaire au sein du Stamford, Connecticut, Police Department, ainsi que le docteur Humphrey Germaniuk, médecin légiste et coroner dans le comté de Trumbull, Ohio, pour leur disponibilité et leurs précieux conseils.

Un grand merci également à nos excellents collaborateurs, Ingrid Taylar, Renee Paradis, Lynn Colomello et Pete Colomello. Et un merci tout particulier à Mary Jordan, sans qui rien ne serait possible.

Le Livre de Poche s'engage pour l'environnement en réduisant l'empreinte carbone de ses livres. Celle de cet exemplaire est de : 250 g éq. CO$_2$ Rendez-vous sur www.livredepoche-durable.fr

PAPIER À BASE DE FIBRES CERTIFIÉES

Composition réalisée par Lumina Datamatics, Inc.

———————

Achevé d'imprimer en France par
CPI BRODARD & TAUPIN (72200 La Flèche)
en octobre 2019
N° d'impression : 3035846
Dépôt légal 1re publication : novembre 2019
LIBRAIRIE GÉNÉRALE FRANÇAISE
21, rue du Montparnasse – 75298 Paris Cedex 06

57/9601/7